中國語言文字研究輯刊

三　編

許　錟　輝　主編

第 **2** 冊

漢字科學化理論與應用系統（中）

The system of scienceized theory and application of Chinese charaters (II)

陳　明　道　著

花木蘭文化出版社

國家圖書館出版品預行編目資料

漢字科學化理論與應用系統（中）／陳明道 著—初版—新
北市：花木蘭文化出版社，2012〔民 101〕
目 6+268 面；21×29.7 公分
（中國語言文字研究輯刊　三編；第 2 冊）
ISBN：978-986-322-047-3（精裝）
1. 漢字　2. 漢字改革

802.08　　　　　　　　　　　　　　　　101015851

ISBN-978-986-322-047-3

9 789863 220473

中國語言文字研究輯刊
三　編　　第二冊　　　　　ISBN：978-986-322-047-3

漢字科學化理論與應用系統（中）

作　　　者　陳明道
主　　　編　許錟輝
總 編 輯　杜潔祥
出　　　版　花木蘭文化出版社
發 行 所　花木蘭文化出版社
發 行 人　高小娟
聯絡地址　新北市永和區中正路五九五號七樓之三
　　　　　電話：02-2923-1455／傳眞：02-2923-1452
網　　　址　http://www.huamulan.tw 信箱 sut81518@gmil.com
印　　　刷　普羅文化出版廣告事業
初　　　版　2012 年 9 月
定　　　價　三編 18 冊（精裝）新台幣 40,000 元

漢字科學化理論與應用系統（中）

The system of scienceized theory and application of Chinese charaters (II)

陳明道　著

目次

第四章　造殷字母

第一節　概　說

　　我們認爲漢字科技化的第一個任務，就是構建一種具有一定數量、一定位階、一定次序、一定形狀和一定讀音的組字元件，具備這種條件的元件就叫做"漢字字母"。像英文只以 26 個字母就能拼出所有的字（word），就構字法言，是最簡便的系統。但英文是字母－音素文字，它的字母代表音素，而漢字是「形音義三位一體」文字，具體說，是以象形爲基礎密切結合詞和音節的「形音義三表文字」，其性質、範圍、語言層次和英文迥然不同。以詞和音節兩要素論，漢字已有表音的聲符，也有表詞義和屬性的形符，因爲它們的數量很多，不適合承擔拼字的任務或扮演字母的角色。因此，必須在音、義符外，單純從"形"或"符號"的角度切入，然後精心規劃。也就是說，這個待建的漢字字母應擺脫作爲音義符的羈絆，從所有漢字中分解出可以「組合」全部字的基本字根來，這基本字根當然不能僅是「單筆」的字元，必須有「複筆」在內。但是，複筆太多也不好，因此必須尋求一個平衡點。

　　組合字根系統如下：

①字元（41 個）〔註1〕

②字素（147 個）

③字母（188 個）＞④字範（41 個）

　　字母之所以選定 188 個，是爲了配合國際標準的‘美國標準資訊交換碼’（American Standard Code for Information Interchange） 簡稱 "ASCII 字集" 的最大容量，即最小的 2 的乘冪數＝2^8＝256（字符）；除去控制字元 68，所以字母數量最多只能≤188 個。

　　進一步說，本系統 188 字母：

　　一、與《康熙字典》214 部首比起來，少 214－188＝26，

　　二、與《漢語大字典》200 部首比起來，少 200－188＝12。

　　但 "部首" 雖多亦不能組出全部字來，所以，還是要找出能拼出全部漢字的 "字母" 來，以下兩家的字根具此功能：

　　一）杜敏文教授的字根計 588 個，比本系統多 588－188＝400 個，〔註2〕

　　二）王竹溪教授的字根計 156 個，比本系統少 188－156＝32 個。〔註3〕但其實際上仍不止此數，筆者初步估計總數在 190 之譜，與本系統（188）相伯仲。

　　本系統 188 字母既能拼出全部漢字，是目前拼寫漢字的字母中，最輕、薄、短、小、精、簡的集合（optium & minimum set），尤其可以容納於「單位元組」內，可謂「立足中華，莊敬自強」；另方面它吸收阿拉伯數字、標點暨拉丁字母等國際通用的資訊符號共 68 個，合計 256 字符，而自創「漢字母標準資訊交換碼」（Chinese Alphabet Standard Code for Information Interchange），簡稱 CASCII，可謂「放眼天下，溝通國際」。如時代需要，本系統之字母可精簡到 99 個以下。

　　預期線性化用 188 個漢字母拼字後，漢字可以脫離大字符集和「雙筆柢碼

〔註 1〕爲配合鍵盤鍵子數目以適應各人習慣、偏好，另制訂 36、47、50 字元系統（見下），共四套。

〔註 2〕見劉達人編著《漢字綜合字典》內謝清俊教授撰〈字根形碼索引說明〉，頁 14。

〔註 3〕見王竹溪編纂《新部首大字典》首頁 "五十六部首表"，部首下列有 "變體" 100 個，合計 156 個。實際上仍不止比數，如 "龶丰乁冂冏勹夕毋" 等未列入，筆者初步估計約在 190 之譜。

系統」（DBCS, Double Byte Code System）〔註4〕的笨拙，升級存在「單筆柢碼
系統」（SBCS, Single Byte Code System）中——雖然 188 個漢字母數比英文 26
字母多 7.3 倍，但基本上它跟英文字母是同在 SBCS「單筆柢碼系統」制中了。
王懋江先生以電腦統計漢語"詞"的平均長度是 4 個漢字，英語"詞"的平均
長度是 16 個字母。〔註5〕若將漢字改以"漢字母拼組形態"儲存，據筆者初步
統計一個漢字平均可拆成 4.5 個漢字母，即需 4.5 個筆柢（Bytes），4 個漢字組
合一詞，共需 18 個筆柢（Bytes），與英文一詞（word）平均 16 個字母，即需
16 個筆柢（Bytes）來比較，兩者差近，所以從電腦儲存空間及組字速度的觀
點評量，漢字母是可以和英文字母並駕齊驅的。所以，形所加諸於漢字的限制
和枷鎖，可望完全解除。

第二節　字　元

　　字元又名'筆形'，簡稱'筆'，是構成筆畫的最小單位，因其爲「一筆成形」
的「單筆」，故又稱'零組合字根'或'單筆字母'，但單筆不完全是字元，它必須能
構成所有單字而不致太多，組合方便而不致太繁，換言之，它是精心挑選的單筆。

一、用　途

　　字元可用於：
　　一）逐筆組字，
　　二）確立筆順，
　　三）字母之一員，
　　四）排序及排檢法，
　　五）編碼，
　　六）輸入法
　　　（一）標準鍵盤：十字型 41（另有 36，47，50）字元輸入法，

〔註4〕Byte 是電腦中儲存訊息的單位，台灣譯作"位元組"，大陸譯作"字節"，一個
　　　Byte 含有 8 個 Bit，Bit 台灣譯作"位元"，大陸譯作"位"，筆者以爲最有意義
　　　和價值的訊息是文字，文字的根柢爲筆畫，因此對音兼對義，將 Byte 譯作"筆
　　　柢"，筆畫之根柢也。Bit 亦對音兼對義譯作"筆"。
〔註5〕見許壽椿主編《文字比較研究散論》，頁 137～138。

（二）九宮十數字鍵盤：又分

    1. 十字型十筆尾段方向輸入法，

    2. 十字型十筆首段方向輸入法，

    3. 十字型十筆型輸入法。

由於字元可以獨立運用，使它具有「微型字母」的資格。

二、漢字筆畫筆形表

大陸學者黃伯榮、廖序東先生主編《現代漢語》上冊列「漢字筆畫筆形表」，表上有 35 種筆畫形狀及其名稱、例字，如下：

筆畫	名稱	例字	筆畫	名稱	例字	筆畫	名稱	例字
、	點	义	丨	豎鈎	水	㇈	橫折折折鈎	乃
㇔	左點	办	㇁	彎鈎	豕	㇋	橫撇彎鈎	队
㇔	長點	刈	㇂	斜鈎	式	乚	豎提	氏
一	橫	三	㇃	臥鈎	心	ㄴ	豎折	巨
丨	豎	卅	フ	橫撇	又	ㄴ	豎彎	西
丿	撇	彳	㇕	橫折	丑	㇄	豎彎鈎	己
㇓	平撇	禾	㇚	橫折提	计	㇗	豎折撇	专
丿	豎撇	月	㇆	橫折鈎	丹	㇙	豎折折	鼎
㇏	捺	大	㇎	橫折彎鈎	凡	㇗	豎折折鈎	弓
㇏	平捺	之	㇊	橫折折	凹	㇜	撇折	丝
㇀	提（挑）	江	㇅	橫折折撇	及	㇛	撇點	女
㇇	橫鈎	冗	㇅	橫折折折	凸	合計	35 筆形	

它有五個缺點：

一）無讀音。

二）未標序號。

三）名稱大部分過於冗長、且太相似，如：橫折彎鈎、豎折折鈎、橫折折、橫折折撇、橫折折折鈎，既難分辨又不易記憶。

四）以簡化字為對象，如㇚（计）ㄴ（专）為簡化字特有之筆形。而部分正體字筆形未涵蓋在內，如乙。

五）前後的連續或分隔，沒有嚴密的邏輯和科學化標準，以及可供記憶的口訣或歌謠。

三、制訂漢字元

漢字元系統是由：

一）一筆畫形（one stroke form），

二）最小數目（minimum number），

三）應用需要（application demand），合計三個維（dimensions）契合而成。

茲據行政院 文化建設委員會資訊應用國字整理小組 編印的《中國文字資料庫》第一二集計 42423 字，及《中文資訊交換碼異體字表》計 11517 字，合計 53940 字，並參酌大陸簡化字，歸納出 50 種「一筆畫形」；然後，結合電腦上可用的 51 個鍵盤子，41 個注音符號四聲，以及世界通行的 Ø～9 加 a～z 共 36 個數字鏈的數目考量；加上各行業、領域需要，暨個人偏好、習慣等因素。制訂出 36、41、47、50 四種「漢字元系統」。

四、41 字元系統

首先，據台灣學生從小熟習的「國語注音卅七符號暨四聲」，合計 41 個的考量，制訂「41 字元」。並依筆尾、筆首段方向暨筆型分別排序，搭配中華民謠〈茉莉花〉，作《41 字元歌》，以表字元之讀音暨次序，並利記憶。

一）以筆尾段方向排序

（一）列　表

1 尾向　○ ↙　　　　　↓　　↘　　←　•→　　↖　　↑　　↗

2 九宮 0　1　　　　　　2　　3　　4　5 6　　7　　8　　9

3 向號　00101112131415161718192021222330313233404142500606162636465707172737480818283849091

4 總序　01020304050607080910111213141516171819202122232425262728293031323334353637383940 41

5 鍵盤 ○□二土ㄘ[{"8?>< ㄈ C A A B C D E F G H I J K L M N O P Q R S T U V W X Y Z

6 字元 ○丿丨ノヲ丿丶フフ⁊ㄣㄅㄱㄟ丶丶ㄑㄔㄐ丿﹒﹒ㄧㄩ一一ㄥㄣㄅㄣㄅㄑㄟㄥㄋㄟㄟㄑ∕

7 例字 ○態形變建壹音辭迨詠厌平與倉頡文健妙道兩儀凸參體四凹五組設陸丐承考捌代七風九圪以拾

　讀音（同上）

　歌詞（同上）

8 歌曲　中華民謠《茉莉花》：見附錄(二)。

（二）說　明

1. 與黃伯榮、廖序東先生（以下簡稱黃廖氏）35 筆形比較，本文 41 字元多 6 個筆形，增減情形為：

1）本文有：

（1）○

（2）▎（短豎，如到攸帥師归之▎）

（3）〵（長曲捺，如廴建延廸廼廻之〵）

（4）⌐（反折，如凸北兆吳臾𤰔之⌐）

（5）━（短橫，如示行上之━）

（6）⅂（如別幻刀力之⅂）

（7）乁（如迅孔之乁）

（8）乙（如挖之乙）

（9）𠃌（如也乜他之𠃌）。

2）黃、廖氏有：

（1）⺄（臥鈎，如標楷體心之⺄）

（2）乚（如计之乚）

（3）𡿨（橫折折折，如凸之𡿨）。

（4）丶（長點，如蟲惠萬之丶）。

2. 本文 41 字元，放大其形並與筆尾之'筆向''向號'對照如下：

0）○筆向：○

　　向號：　00

1）⤶ 筆向：丶　丿　丿　ろ　━　丶　フ　⅂　フ　乚

　　向號：　10　11　12　13　14　15　16　17　18　19

2）↓筆向：▎　乚　フ　▎

　　向號：　20　21　22　23

3）↘ 筆向：丶　〵　〵　丶

　　向號：　30　31　32　33

4）←筆向：フ　⌐　⌐

　　向號：　40　41　42

5）•筆向：丶

　　向號：　50

6）→筆向：━　乚　乚　━　〵　乁

　　向號：　60　61　62　63　64　65

7）↖筆向：）３ 了 ㄅ ㄋ

　　向號：　70　71　72　73　74

8）↑筆向：ㄥ ㄥ ㄟ ㄟ 乙

　　向號：　80　81　82　83　84

9）↗筆向：ㄥ ✔

　　向號：　90　91

3. 特色

1）它可涵蓋正體、簡化字，亦即可組合正體字、亦可組合簡化字。如'专'由（1）▬（短橫）（2）一（長橫）（3）ㄣ（4）ヽ（長點可以短點、代）組合而成。計之ㄣ可以ㄥ或ㄟ代替。其他字元／筆形，正體字、簡化字相同，可通用。

2）將41筆形之尾段分十個方向排列，稱作'十筆尾向'，以0～9代表，0表'無向'，1表'↙向'，2表'↓向'，3表'↘向'，4表'←向'，5表'原點'，6表'→向'，7表'↖向'，8表'↑向'，9表'↗向'，這代號是具有意義的──筆尾方向跟電腦鍵盤右側的數字鍵位置方向，完全對應，所以根據這特點，我們設計一套相當簡易的'十字型十筆尾向輸入法'。

3）一個'筆向'包涵1～10個筆形／字元，仍以一碼標其序號。所以，上列'向號'以兩碼代表一個筆形／字元──第一碼表'筆向'，第二碼表'同筆向序號'。'總序號'則從01排到41。

4. 從字型講，41字元均屬'一元型'；從幾何圖形講，涵蓋點、線、面

1）ˋ、二字元爲點形，

2）丨ノ㇇㇈ノ ㇆㇇㇆ㄥ㇆㇇㇇ヽㄟㄑヽㄱㄣ丨一ㄥㄥ 一ㄥ）３ 了 ㄅ ㄋㄥ ㄟㄟㄟ乙ㄥ✔ 卅八字元爲線形，

3）○字元爲面形。

5. 字元辨證：

1）○，古代籌算中並沒有表'零'的東西，只好在該零字的位置空缺，宋、元兩朝算家方始使用'○'以代替空位。〔註6〕延至今日

〔註6〕見傅溥著，《中國數學攬勝》，頁116。

則與一二三四五六七八九十百千萬億兆等數字合用，故爲常用漢字，惜千年來字書均未列入，今正式補入爲漢字一員。其次，‘○’爲「萬用字元」，其位置可容納未納入 41 字元之單筆，如 乙 ㇀ 丶 丿 乀 等，亦稱「備用字元」。

2）從 "孑" 之字根有 "辶" "廴"。

（1）辶，《中國文字資料庫》《中文大辭典》《康熙字典》均列入 4 畫，惟《漢語大字典》列入 3 畫。

（2）廴，《中國文字資料庫》《中文大辭典》《康熙字典》均列入 3 畫，惟《漢語大字典》列入 2 畫。

茲據《漢語大字典》 "孑" 算 1 畫，故得列爲字元。

3）從 "了" 之字根有 "阝"，《中國文字資料庫》《中文大辭典》《康熙字典》均列入 3 畫，惟《漢語大字典》列入 2 畫。茲據《漢語大字典》 "了" 算 1 畫，故得列爲字元。

4）從 "乛" 之字有 "厌" "专"。

（1）厌，《中國文字資料庫》《中文大辭典》《漢語大字典》均列入 6 畫，惟《康熙字典》列入 5 畫。茲據《康熙字典》 "乛" 算 1 畫，故得列爲字元。

（2）专，《漢語大字典》列入 4 畫，"乛" 算 1 畫，故得列爲字元。

5）從 "㇆" 之字有 "乃" "书"。

（1）㇆，《康熙字典》列入 1 畫，故得列爲字元。

（2）乃，以上各字典均列入 2 畫，"㇆" 算 1 畫，故得列爲字元。

（3）书是 "書" 的草寫體，從 "㇆"。

6）從 "乚" 之字有 "虯" "臾" "北" "凸"。

（1）虯，《中文大辭典》列入 9 畫；

（2）臾，《中文大辭典》列入 7 畫。以上 "乚" 均算 1 畫，故得列爲字元。又此字元可視爲 "𠃌" 之直角體；"北" 字小篆左從 "乚"，一筆成形而非切合組織。

7）從 "乁" 之字有 "凹"，以上各字典均列入 5 畫，"乁" 算 1

畫，故得列爲字元。

8）從"勺"之字有"与"，《中國文字資料庫》《中文大辭典》《康
熙字典》均列入 4 畫，惟《漢語大字典》列入 3 畫。茲據《漢
語大字典》"勺"算 1 畫，故得列爲字元。

9）從"凵"字有"鼎"，各字典均列入 13 畫，"凵"算 1 畫，故
得列爲字元。

6. 每一字元配一標準字鍵，建立'十字型十筆尾方向輸入法'：

1）最上列有⓪①②③④⑤⑥⑦⑧⑨共十鍵爲"字型鍵"：

⓪鍵　代表 I 一元型，

①鍵　代表 X 交叉型，

②鍵　代表 E 匣匡型，

③鍵　代表 F 原匡型，

④鍵　代表 S 迂迴型，

⑤鍵　代表 O 圜圍型，

⑥鍵　代表 P 巴且型，

⑦鍵　代表 Y 傾斜型，

⑧鍵　代表 T 上下型，

⑨鍵　代表 H 左右型。

2）標點鍵有 11 個，全移作輸入鍵：

⌐鍵　代表 ✦

⊒鍵　代表 亅，

⊢鍵　代表 ノ，

⊡鍵　代表 乛，

〕鍵　代表 ⌐，

〔鍵　代表 ✧，

"鍵　代表 フ，

∷鍵　代表 ⌐，

?鍵　代表 フ，

⊐鍵　代表 乚，

◁鍵　代表｜。

3）鍵盤右下角有 4 操控鍵，與左下角重複，可經軟體特別設計，
移作輸入鍵：

↑Shift Shift 移轉鍵：此鍵單獨使用時沒有任何功用，所以可移作漢
字"輸入鍵"。字元為┗。

Ctrl Ctrl 控制鍵：此鍵單獨使用時沒有任何功用，所以可移作漢字
"輸入鍵"。字元為┓。

Alt Alt 選擇鍵：此鍵單獨使用時沒有任何功用，所以可移作漢字
"輸入鍵"。字元為｜。

⊞ 視窗鍵：此鍵單獨使用時沒有任何功用，所以可移作漢字"輸
入鍵"。字元為○。收容未納入字元之單筆形，作"備用字
元輸入鍵"。

4）羅馬字母鍵有 26 個，作輸入鍵：

Ａ鍵　代表丶，

Ｂ鍵　代表⌣，

Ｃ鍵　代表ㄥ，

Ｄ鍵　代表乀，

Ｅ鍵　代表ㄱ，

Ｆ鍵　代表亅，

Ｇ鍵　代表⌐，

Ｈ鍵　代表ヽ，

Ｉ鍵　代表━，

Ｊ鍵　代表∟，

Ｋ鍵　代表∟，

Ｌ鍵　代表一，

Ｍ鍵　代表ㄥ，

Ｎ鍵　代表乀，

Ｏ鍵　代表），

Ｐ鍵　代表ㄋ，

Ｑ鍵　代表了，

Ｒ鍵　代表ㄅ，

Ｓ鍵　代表ㄋ，

Ｔ鍵　代表ㄥ，

Ｕ鍵　代表ㄴ，

Ｖ鍵　代表ㄟ，

Ｗ鍵　代表乁，

Ｘ鍵　代表乙，

Ｙ鍵　代表ㄣ，

Ｚ鍵　代表✓。

7. 九宮十數字鍵以字十型、十筆尾向兩符號搭配，建"十字型十筆尾向輸入法"：

　1）九宮十數字鍵　　2）十字型符號　　3）十筆尾段方向符號

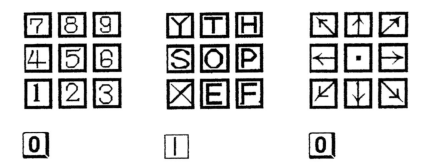

8. 字元共 41 個，為便記誦特編字元歌，歌詞係隳括第貳篇第一章所列漢字之重要屬性、特徵而成；全文標點如下：

○態形變，建壹音辭，迤詠反平與倉頡，文健妙，道兩儀，凸參體、四凸、五組，設陸丂，承考捌代、七風、九圪，以拾。

歌譜則以中華民謠《茉莉花》充任，以其旋律優美已廣受世界各民族喜愛；另外，《茉莉花》歌詞字數 41，恰好與字元數相同，歌詞字序即'字元'序，亦其代碼。每字鑲有一字元，該字即代表該字元之名稱與讀音。歌詞、譜見附錄（二）。

9. 歌詞解釋：

　1）辭同詞。'壹音辭'指漢字單字為一音節詞或詞素。

2）兩儀，指：

（1）文與字。

（2）獨體文與合體字。

（3）形與聲。

（4）依類象形與形聲相益。

（5）分離排列與非分離排列。

（6）首儀與尾儀。

（7）單筆與複筆。

（8）內部語言與外部字形。

（9）歷時與共時。

（10）左右腦文字。

'兩'從冂，'儀'從亅，兩字元末段左挑鉤方向介於 ↖ 與 ← 之間，為平衡各方向字元數目，特置於 ← 向下。

3）參體：三才一體，包括

（1）形音義三位一體。

（2）聲韻調三音一體。

（3）點線面三結構一體。

（4）元角分三形狀一體。

（5）視聽觸（目耳手）三覺文字一體。

（6）造字法、造詞法、用字法為六書三法。

（7）'十''米''井'為漢字三坐標。

（8）字母、字型、組合法為組字三動力。

（9）一首、同意、相受。

（10）單性、無性、雙性為六書三性生殖。

（11）依類象形、依聲託事、形聲相益為造形三法。

（12）形形相益、聲聲相益、形聲相益造成會意、諧聲、形聲三合體字。

4）"參"從厶，厶從丶，丶的筆向為 ↘，軌跡甚短，宛如一圓點，為平衡各方向字元數目，特置於「5原點‧」下。

5）四凷：凷同塊，指漢字是四四方方的方塊字。四凷，又有下列
　　意思：

（1）象形、象事、象意、象聲四種依類象形造字法。

（2）正、反、合、變四相變化程式。

6）五組：五組合。包括交插、接觸、內涵、距切、分離五大筆畫
　　組合方式暨「橫豎撇點捺」五基本字元。

7）六肀：即"六書"。書，唐朝虞世南寫作"肀"，簡化字作
　　"书"。有：

（1）古典六書：

　①象形、象事、象意、象聲、轉注、假借。

　②象形、指事、會意、形聲、轉注、假借。

（2）現代六書：構位、構材、構貌、構法、構型、構媒。

8）七風：

（1）歷史上甲 → 金 → 篆 → 隸 → 楷 → 行 → 草的七種書體風
　　　貌。

（2）現代楷書宋、明、黑、斜、花、空、立體七種風格。

9）捌代：

（1）上古五帝及夏商周三代，正是漢字草創發軔期，語出《文選・
　　　陸機・五等論》：「然則八代之制。」《注》：「八代謂五帝三王
　　　也。」《白虎通・號》：「三王者夏商周也」。

（2）指中世漢魏六朝，正是漢字發展成熟期，且形音義理論及字
　　　書均完備於斯時，語出蘇軾《韓文公廟碑》：「文起八代之衰。」

（3）指古今文字正反合變共八代變相。

10）九圪，即九宮，指：

（1）「九宮井坐標」，是漢字構形和構型的基礎，由此推衍出九位
　　　置、九方向、九框角等觀念。圪通屹仡，語出《詩・大雅・
　　　皇矣》：「崇墉仡仡。」本義為「宮牆高貌」。

（2）或作九艺＝九藝，可統稱一切藝術科技。

11）以拾：拾同十。指十全型式：

（1）IXEFSOPYTH 十字型

（2）十組合

（3）十字根

（4）十判法

（5）十判準

（6）十位置

（7）十筆順

（8）十筆首向

（9）十筆末向

（10）十筆型。

二）以筆首段方向排序

（一）列　表

| 0筆形 | ○丨 | 橫 | 起 | 丨 | 豎 | 起 | 丨 | 撇（提）起 | 丨 | 捺 | 起 | 丨 |

| 1筆向 | 0→ | ㄱ | ㄋ | ↓ | ㄴ | ↗ | ㄥ | ㄥ | ↘ |

| 2九宮 | 01 | 2 | 3 | 4 | 5 | 6 | 7 | 8 | 9 |

| 3筆類 | ○橫 | 橫折 | 橫彎 | 豎 | 豎折 | 提 | 撇折 | 撇（點） | 捺 |

4號　00101120212223242530313233343536404142435051525354555660617071808182839091929394 95

5序　01020304050607080910111213141516171819202122232425262728293031323334353637383940 41

6盤　0下⼟卜⼋刂（“⺈?><EC AABCDEFGHIJKLMNOPQRSTUVWXYZ

7元　○一⼀フフフフフ乙乙ㄋㄋ⼅丨丨⼁一⼅⺄乚ㄥㄥㄥ⼃丿丿八乀乀丶丿）

8詞　圖北冥深冷之海鯤御風九亿擊乃建學宮山絕頂峰蚪龍與駿馬厌地潛玄妙誠悟慧見義廷迎來傳猶

9曲　中華民謠《茉莉花》，歌詞、曲譜亦見附錄(二)。

（二）說　明

1. 字元形狀與數目跟上列'以筆尾方向排序'者全同，僅筆首方向相異。可依個人喜好選用一種。

2. 41 字元，放大其形並與'筆向' '向號' 對照如下：

0）○筆向：○

　　向號：00

1）→筆向：━　━

　　向號：10　　11

2）⺇筆向：　ᒣ　ᒐ　ᒑ　ᒕ　ᒣ　ᒕ

　　向號：20　　21　　22　　23　　24　　25

3）⺄筆向：ᒣ　乚　乙　乚　ろ　ろ　了

　　向號：30　　31　　32　　33　　34　　35　　36

4）↓筆向：丨　丨　丄　丁

　　向號：40 41　　42　　43

5）ㄴ筆向：ㄴ　乚　乚　乚　ㄴ　ㄅ　ㄅ

　　向號：50　　51　　52　　53　　54　　55　　56

6）⬈筆向：ㄱ　✓

　　向號：60　　61

7）⦦筆向：ㄥ　ㄥ

　　向號：70　　71

8）⬋筆向：丿　丿　丿　丿

　　向號：80　81　82　83

9）⬊筆向：丶　⌣　丶　丶　丶　）

　　向號：90　　91　　92　　93　　94　　95

3. 將 41 筆形之首段依橫、豎、提、撇、捺五大類順序排列，一個‘筆
　　向’包涵若干個筆形／字元，超過十個筆形／字元時，再依筆形之
　　第二、三段特徵另立一類，如此，得十個方向，稱作‘十筆首向’，
　　以 0～9 代表。

　　0）表無向，

　　1）表橫 → 向，

　　2）表橫折 ⺇ 向，

　　3）表橫彎 ⺄ 向，

　　4）表豎 ↓ 向，

　　5）表豎折 ㄴ 向，

　　6）表提 ⬈ 向，

　　7）表撇折 ⦦ 向，

　　8）表撇 ⬋ 向，

9）表捺 ↘ 向。

它們跟電腦鍵盤右側的數字鍵的方向雖沒有對應，但其前後接續自然，符合國人習慣，所以仍根據這特點，設計一套'十字型十筆首向輸入法'。

4. 一個'筆向'包涵 1～7 個筆形／字元，仍以一碼標其序號。所以，上列'向號'以兩碼代表一個筆形／字元——第一碼表'筆向'，第二碼表'同筆向序號'。'總序號'則從 01 排到 41。

5. 字元歌詞乃編織《莊子》、《尚書。傳》及《說文解字》之意，作文字創造寓言，以表字元讀音暨次序，並利記誦；全文放大標點如下：

圜北冥深冷之海，鯤御風九亿擊，乃建學宮山𢇧頂，尊虯龍與駿馬，仄地潛玄妙，誠悟慧見，羲廷迎來傳猶。

6. 茲摘三書如下：

1）《莊子・逍遙遊》：「北冥有魚，其名爲鯤，鯤之大不知其幾千里也。化而爲鳥，其名爲鵬。鵬之背不知其幾千里也。怒而飛，其翼若垂天之雲。是鳥也，海運將徙於南冥，南冥者，天池也。水擊三千里，摶扶搖而上者九萬里。」

2）《尚書・顧命・傳》：「伏羲王天下，龍馬出河，遂則其文，以畫八卦，謂之河圖與典謨，歷代傳寶之。」

3）《說文解字・敘》：「古者庖犧之王天下也，仰則觀象於天，俯則觀法於地。視鳥獸之文，與地之宜，近取諸身，遠取諸物，於是作《易》八卦，以垂憲象。」許叔重之意蓋推本造字之源爲八卦。

7. 歌詞註解：

1）圜：通環，古作○。

2）亿：億字簡體。

3）擊：鯤以鰭擊水而遊，鵬以翼擊氣而翔。

4）𢇧，《說文》：「古文絕字。」

5）仄，同仄，仄地者，謂其身側傾於狹窄之斗室。

6）玄妙：幽微深奧。《老子》：「玄之又玄，眾妙之門。」

7）慧見：佛家語，深妙之智慧，爲達觀諸法之識見。

8）羲廷：伏羲朝廷。

9）猶：《詩。小雅》：「克壯其猶。」《傳》：「猶，道也。」《箋》：「謀也。」

8. 九宮十數字鍵以字型、筆首向兩符號搭配，建"十字型十筆首向輸入法"：

1）九宮十數字鍵　　2）十字型符號　　3）十筆首段方向符號

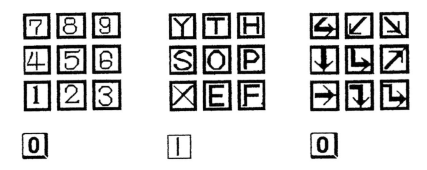

三）以筆型排序

（一）列　表

0 筆型	一	|	／	＼	┘	└	┐		〈	ㄣ	ㄟ
1 九宮	0	1	2	3	4	5	6		7	8	9
2 名稱	橫	豎	撇	捺	鈎	挑	拗		曲	厌	迴

3 型號 0001101112202122233031323334404142505152536061626364657071728081829091929394959697

4 總序 0102030405060708091011121314151617181920212223242526272829303132333435363738394041

5 鍵盤 ⓪□〓₩®\|⌐"®\!?><⌐₢ⒶABCDEFGHIJKLMNOPQRSTUVWXYZ

6 字元 ——||\|、\／〳／\〵、、\」)」ㅣㄴㄴㄴㄴㄴㄱㄱㄱㄱㄱ〈ㄣㄣㄣㄣㄣㄑㄋㄟㄟㄟㄤ〇

7 歌詞 昨夜東風掃落梨花無數隨處客棧燕子來此將偕長詠抒寫宇宙奥妙也能厌与鼎鼎建設九艺凡陸◎

8 歌曲　中華民謠《茉莉花》，歌詞、曲譜亦見　附錄(二)。

（二）說　明

1. 根據單筆整體之形劃分爲：0 橫（一），1 豎（｜），2 撇（／），3 捺（＼），4 鈎（┘），5 挑（└），6 拗（┐），7 曲（〈），8 厌（ㄣ），9 迴（ㄟ）計十個'筆型'。筆型即單筆的整體型態，爲一概略形，常略去尾鈎，如し、└之筆型相同。其個別字元形狀與數目跟上列以筆尾、筆首方向分類者全同，可依個人喜好選用一種；每形皆編號，但與筆向所編不同。茲放大其形並與'筆型號'對照如下：

0）橫（一）：━　　━

　　　筆型號：　00　　01

1）豎（丨）：丨　丿　丨

　　　筆型號：　10　11　12

2）撇（／）：✓　✓　丿　✓

　　　筆型號：　20　　21　　22　　23

3）捺（＼）：╲　╲　╲　、　╲

　　　筆型號：　30　　31　　32　　33　　34

4）鈎（┘）：┘　　）　┘

　　　筆型號：　40　　41　　42

5）挑（L）：L　L　L　L

　　　筆型號：　50　　51　　52　53

6）拗（┐）：フ　フ　フ　フ　フ　┐

　　　筆型號：　60　　61　　62　63　　64　　65

7）曲（く）：く　フ　ㄥ

　　　筆型號：　70　　71　　72

8）灰（ㄅ）：ㄅ　ㄅ　ㄅ

　　　筆型號：　80　　81　　82

9）迴（乀）：ㄋ　ㄋ　乀　乀　乙　乀　了　○

　　　筆型號：　90　　91　92　　93　　94　　95　96　　97

一個‘筆型’包涵 2～8 個筆形／字元，以 0～7 代表其序號。所以，上列‘型號’以兩碼代表一個筆形／字元——第一碼表‘筆型’，第二碼表‘筆型序號’。‘總序號’則從 01 排到 41。它跟電腦鍵盤右側的數字鍵的方向雖沒有對應，但其分類整齊，所以仍根據這特點，設計一套‘十字型十筆型輸入法’。

2. 歌詞係借‘點絳脣’詞牌填入，抒寫讀書報國之情志，惟受筆形限制談不上叶韻，只為了幫助記憶，全文標點如下：

　　昨夜東風，掃落梨花無數，隨處客棧，燕子來此，將偕長詠，抒寫宇宙奧妙，也能灰与鼎鼐，建設九艺，凡陸◎。

　　每字鑲有一字元，該字並代表字元讀音暨次序。

3. 歌詞解釋：

　　1）客棧：動詞，指候鳥燕子隨處漂泊。

　　2）厌与：猶‘側預’‘厠豫’，參與也。

　　3）鼎鼐，出《戰國策・楚策》：「故晝遊乎江湖，夕調乎鼎鼐」，可喻爲
　　　　國家大事。

　　4）艺，藝簡體。

　　5）◎，古陶文‘回’。

　　4. 九宮十數字鍵以十字型、十筆型兩符號搭配，建“十字型十筆型輸入法”：

　　1）九宮十數字鍵　　　2）十字型符號　　　3）十筆型符號

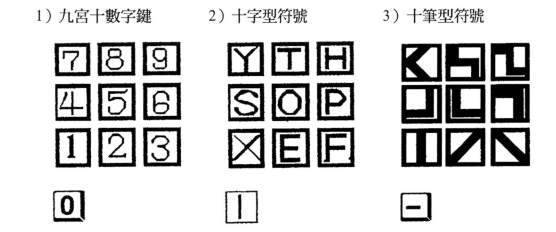

五、36 字元系統

　　本文定稿後不久的廿世紀最末一年的九月廿一日，台灣發生有史以來最慘烈的七級大地震，死二千傷五千，全民遽遭大變，齊銜哀奮勵，迅速重建家園。

　　但不幸的災難接踵而來，在本文從事第三次修稿之際，於 2008 年 5 月 12 日大陸四川（蜀）省汶川地區發生八級大地震，死九萬人，傷三十萬人，全中國哀矜，十三億人民同心奮勇迅速重建災區。

　　爲紀念此大事，在原歌詞外增寫，並考量電腦鍵盤容量和使用需要，乃繼 41 字元後創作 36、47、50 三套系統。爲簡化說明，均只列依「筆型」排列一式：

一）列　表

筆　型				字　　元				
形	號	元	名　詞	形・歌・號・碼				
直	Ø	一	橫　昨	字元形	▬	▬		
				字元歌	昨	夜		
				字元號	Ø1	Ø2		
				字元碼（鍵盤）	Ø	1		
	↑	｜	豎　地	字元形	｜	▮		
				字元歌	地	搖　！		
				字元號	11	12		
				字元碼	2	3		
斜	2	／	撇　震	字元形	ノ	✔	━	ノ	✦
				字元歌	震	落	千　廈	，	愁
				字元號	21	22	23　24		25
				字元碼	4	5	6　7		8
	3	＼	捺　台	字元形	⌒	＼	＼	＼
				字元歌	遍	全	台（蜀），	殘
				字元號	31	32	33	34
				字元碼	9	a	b	c
鉤	4	↓	厥　㠯	字元形	↓	）		
				字元歌	黎	眾		
				字元號	41	42		
				字元碼	d	e		
	5	㇄	戉　起	字元形	㇄	㇄	㇄	㇄	㇄
				字元歌	能	昂	起	繼	戰　！
				字元號	51	52	53	54	55
				字元碼	f	g	h	i	j

				字元形	フ	フ	ㄱ	ㄱ	ㄱ
6	ㄱ	曲	運	字元歌	努	力	改	命	運 ，
				字元號	61	62	63	64	65
				字元碼	k	l	m	n	o
7	ㄑ	拗	參	字元形	ㄈ	ㄑ		ㄥ	
				字元歌	興	鄉	，	參	
				字元號	71	72		73	
				字元碼	p	q		r	
8	ㄣ	彎	與	字元形	ㄣ	ㄣ			
				字元歌	与	鼎			
				字元號	81	82			
				字元碼	s	t			
旋	9	ㄟ	迴	建	字元形	ㄋ		了	ㄋ	ㄟ		ㄟ	乙

（表格以下為九之列）

字元歌　鼐，　猛建設，　迅訖。
字元號　91　92 93 94　95 96
字元碼　u　v w x　y z

二）說　明

（一）0 作 ø，1 作 ╏，避與拉丁字母 o、l（L）混淆。

（二）長點 ╲ 鑲在台、蜀兩字內，台灣用‘台’，大陸用‘蜀’（四川省簡稱）；兩地均曾發生 7 級以上大地震，傷亡慘重。

（三）鼎鼐：出《戰國策・楚策》：「故晝遊乎江湖，夕調乎鼎鼐」，此象徵中央政府之救災工作。与同與，參與之意。可指全民戮力齊心在政府領導下迅速重建家園。

（四）字元歌配以〈蒙古牧歌〉曲子，名曰〈36 字元歌〉，詳 附錄（三）。

歌詞爲：

昨夜地搖！震落千廈，愁遍全台（蜀），殘黎眾能昂起繼戰！努力改命運，興鄉，參与鼎鼐，猛建設，迅訖。

六、47 字元系統

一）列　表

筆　　型				字　　　　元							
形	號	元	名　詞	形・歌・號・碼							
直	Ø 1	一	橫　昨	字元形	ー	一					
				字元歌	昨	夜					
				字元號	Ø1	Ø2					
				字元碼（鍵盤）	Ø	1					
		∣	豎　地	字元形	∣	∣					
				字元歌	地	搖	！				
				字元號	11	12					
				字元碼	2	3					
斜	2	／	撇　震	字元形	ノ	✓	ー	一	╱	ノ	ノ	ノ
				字元歌	震	落	萬	千	家	大	廈，| 心
				字元號	21	22	23	24	25	26	27	28
				字元碼	4	5	6	7	8	9		
	3	＼	捺　台	字元形	╲	╲	〜	╲	╲	╲		
				字元歌	憂	愁	遍	爪	全	台（蜀）|	
				字元號	31	32	33	34	35	36		
				字元碼	＝	[	]	＼	；	‘		
鉤	4	亅	厥　蠿	字元形	亅	）	」				
				字元歌	黎	眾	蠿				
				字元號	41	42	43				
				字元碼	，	・	／				
	5	㇄	戈　起	字元形	㇄	㇄	㇄	㇄	╲	㇄	
				字元歌	昂	起	豈	能	認	栽	
				字元號	51	52	53	54	55	56	
				字元碼	a	b	c	d	e	f	
	6	㇕	曲　運	字元形	㇁	㇅	㇕	㇆	㇇	㇆	
				字元歌	於	命	運	？	含	淚	水
				字元號	61	62	63	64	65	66	
				字元碼	g	h	i	j	k	l	

	7	く	拗	參	字元形	⺁		厂	く	ㄥ			
					字元歌	興	，	返	鄉	參			
					字元號	71		72	73	74			
					字元碼	m		n	o	p			
	8	ㄣ	彎	與	字元形	ㄅ	ㄣ	ㄣ					
					字元歌	与	鼎	鼐					
					字元號	81	82	83					
					字元碼	g	r	s					
旋	9	㇄	迴	建	字元形	ㄋ	了	㇂	㇋	㇄		⺄	乙
					字元歌	乃	猛	迅	建	設	，	之	訖
					字元號	91	92	93	94	95		96	97
					字元碼	t	u	v	w	x		y	z

二）說　明

（一）字元碼代表鍵盤，以 ø，ɫ～9 十數字，a～z 廿六拉丁字母，暨 ` - = [ ] \ ; ' , . / 十一標點符號，共 47 鍵，代表 47 字元或字式。

（二）字元配以〈掀起妳的蓋頭來〉曲子，名曰〈47 字元歌〉，詳附錄（四）。

歌詞爲：

昨夜地搖！震落萬千家大廈，心憂愁遍爪全台（蜀）
黎眾繼昂起！豈能認栽於命運？含淚水興，返鄉參
与鼎鼐，乃猛迅建設，之訖。

七、50 字元系統

一）列　表

筆型					字　　元		
形	號	元	名	詞	形・歌・號・碼		
直	Ø	一	橫	昨	字元形	━	━
					字元歌	昨	夜
					字元號	øɫ	ø 2
					字元碼（鍵盤）	Ø	1

｜	｜	豎 地	字元形	❙	｜						
			字元歌	地	動	！					
			字元號	11	12						
			字元碼	2	3						
斜	2	／	撇 震	字元形	ノ	✔	➘	一	╱	╮	ノ	◗
			字元歌	震	落	萬	千	家	大	廈	，	心
			字元號	21	22	23	24	25	26	27		28
			字元碼	4	5	6	7	8	9	、	-	
	3	＼	捺 台	字元形	丶	╲	～	＼	╲		
			字元歌	悲	爪	遍	全	台（蜀）		
			字元號	31	32	33	34	35		
			字元碼	=	[	]	\	;		
鉤	4	亅	剾 蠿	字元形	亅	╮	⌐				
			字元歌	黎	眾	蠿				
			字元號	41	42	43				
			字元碼	'	,	.				
	5	乚	戉 起	字元形	乚	╰		╰	╰	╲	╲
			字元歌	昂	起	！	豈	能	認	栽
			字元號	51	52		53	54	55	56
			字元碼	/	CTRL		WIN	ALT	a	b
	6	ㄱ	曲 運	字元形	ㄱ	⌐	⌐	⌐		⌐	ㄱ	⌐	╮
			字元歌	於	命	運	也	？	含	淚	水	興
			字元號	61	62	63	64		65	66	67	68
			字元碼	c	d	e	f		g	h	i	j
	7	＜	拗 參	字元形	ʃ	＜	ㄥ	╭			
			字元歌	返	鄉	參	與			
			字元號	71	72	73	74			
			字元碼	k	l	m	n			

	8	ㄴ	彎	與	字元形	ㄴ	ㄱ	㇈	ㄅ			
					字元歌	鼎	鼐	矢	与			
					字元號	81	82	83	84			
					字元碼	o	p	q	r			
旋	9	ㄴ	迴	建	字元形	㇆	了	ㄋ	ㄋ	ㄴ	ㄋ	乙 乙
					字元歌	迅	猛	凸	建	設　　,	乃	之　訖
					字元號	91	92	93	94	95	96	97　98
					字元碼	s	t	u	v	w	x	y　z

二）說　明

（一）字元碼代表鍵盤，以 ø，1～9 十數字，a～z 廿六個拉丁字母，`、-=［］＼；'，．／ 十一個標點符號，暨鍵盤右側的 ⭤Shift 　 Ctrl 　 Alt 三個控制鍵，共 50 鍵代表 50 字元。

（二）矢，同側，側身也，即投入意，凸同突，突出也。

（三）字元配以〈國父紀念歌〉曲子，名曰〈50 字元歌〉，詳附錄（五）。

歌詞爲：

昨夜地動！震落萬千家大廈，心悲爪遍全台（蜀），黎眾繼昂起！豈能認栽於命運也？含淚水興，返鄉參與鼎鼐，矢与迅猛凸建設，乃之訖。

（四）以上各字元系統的撇捺筆，其形狀差異甚微，特辨別如下：

　1. 撇筆

　　1）丿：震→如儿辰川之 丿，上段同豎筆 丨，下段則微向左下方彎曲。

　　2）╱：落→如冫冫之末筆，由左下向右上方書寫，與水平線右段約夾 70°角。

　　3）⼀：萬→如虫惠之 ⼀筆，由左下向右上方書寫，與水平線右段約夾 10°角。

　　4）⼀：千→如禾手毛夭之 ⼀，由右上向左下方寫，與水平線右段約夾 20°角。

　　5）╱：家→如水火光豕之 ╱，由右上向左下方書寫，與水平線右段約夾 75°角。其線段較禾手毛夭之 ⼀爲短而陡。

6）丿：大→如太犬人之丿，上段同豎筆丨，下段則向左下方大幅彎曲。其線段較儿辰川之丿爲長而彎。

7）丿：廈→如夂致愛憂牛之丿，由右上向左下寫，與水平線右段約夾 70°角。

8）丿：心→如必一宀左方之丿，由右上向左下方書寫，起筆尖而收筆粗圓，與水平線右段約夾 80°角。

2. 捺筆

1）乀：憂→如夂致愛夏之乀，由左上向右下書寫，與水平線左段約夾 70°角。

2）丶：愁→如心必宀上方之丶，由左上向右下點染，起收筆均尖圓，與水平線左段約夾 80°角；與虫厶末筆之乀長點有別，可名「短點」。

3）乀：遍→如道延之的乀，由左上向右方曲折運動，起筆尖而收筆粗，與水平線左段約夾 10°角。

4）乁：爪→如瓜右方之乁，由左上向右下方書寫，與水平線左段約夾 85°角。

5）乀：全→如金全介之乀，由左上向右下方書寫，與水平線左段約夾 80°角。

第三節　字　素

字素又名'畫'，選自複筆，不能單獨組字，必須與 41〈或 36、47、50〉字元配合，否則筆畫不全。茲列 147 個字素如下表（配 36 字元時要增加至 152 個字素，配 47 字元時要減少至 141 個字素，配 50 字元時要減少至 138 個字素，以符總數 188 之譜）：

一、字素表

序	1	2	3	4	5	6	7	8	9	10	11	12	13	14	15	16
1X 交叉型　字素	木	夂	力	中	乂	廿	九	圭	∃	十	牛	才	寸	巾	广	夫
歌詞	余	致	力	中	文	研	究	積	肆	十	年	,	在	求	電	訊	快 ,
16 個　鍵盤	!1	@2	#3	$4	%5	^6	&7	*8	(9	)0	_-	=	[	]	\	;

		序	17	18	19	20	21	22	23	24	25	26	27	28	29	30	31	32
1X 交叉型		字素	廿	子	大	乂	朩	井	甲	女	丹	又	丰	去	口	弋	屮	犭
		歌詞	漢	字	美。	總	述	構	理，	始	講	殷	契，	統	貫	淺	出，	獲
16 個		鍵盤	⌸	⌸	⌸	⌸	⌸	rSft	Ctrl	Alt	A	B	C	D	E	F	G	H

		序	33	34	35	36	37	38	39	40	41	42
2E 匣匡型		字素	匚	冂	宀	巳	几	卩	ユ	凵	臼	几
		歌詞	匯	通，	定	範，	望	即	掃	革	舊	飆，
10 個		鍵盤	I	J	K	L	M	N	O	P	Q	R

		序	43	44	45	46	47	48	49	50	51	52	53
3F 原匡型		字素	匚	厂	厂	厂	𠃊	乃	へ	𠃊	广	厂	匕
		歌詞	長	興！	返	原	乇，	廢	除	越	庖	聲	化，
11 個		鍵盤	S	T	U	V	W	X	Y	Z	1	2	3

		序	54	55	56	57	58	59
4S 迂迴型		字素	凵	𠃌	巳	弓	己	勹
		歌詞	寓	罵	巳	弛。	改	考
6 個		鍵盤	4	5	6	7	8	9

		序	60	61	62	63	64
5O 圓圍型		字素	口	口	日	白	口
		歌詞	萬	名、	明	百	史，
5 個		鍵盤	0	-	=	⌫	⌦

		序	65	66	67	68	69	70	71	72	73	74	75	76	77	78	79
6P 巴巳型		字素	亞	严	刂	阝	巳	尸	卩	卪	口	卪	門	尸	𠂤	吕	呂
		歌詞	惡	闐	鬥，	陳	絕	創，	根	留	植	民	間，	暇	歸	吕	耜，
15 個		鍵盤	⌸	⌸	⌸	⌸	⌸	rSft	Ctrl	Alt	A	B	C	D	E		

		序	80	81	82	83	84	85	86	87	88	89	90	91	92	93	94	95	96	97	98	99
7Y 傾斜型		字素	工	丿	𠂉	丫	幺	夕	勹	勹	九	亻	㇀	牛	豸	㇀	丿	𠂆	勹	𠂊	彡	人
		歌詞	依	班	次，	齊	幼	孩，	眾	均	优	行。	先	生	貌	飛	揚，	授	玖	筆	形	輸
20 個		鍵盤	F	G	H	I	J	K	L	M	N	O	P	Q	R	S	T	U	V	W	X	Y

		序	100	101	102	103	104	105	106	107	108	109	110	111	112
7Y 傾斜型		字素	入	乀	氵	厶	㇏	一	厶	丷	丷	丷	丷	丷	又
		歌詞	入	良	法。	既	發，	風	雲	湧，	疾	罃	於	國	際。
13 個		鍵盤	Z	1	2	3	4	5	6	7	8	9	0	-	=

		序	113	114	115	116	117	118	119	120	121	122	123	124	125	126	127	128
8T 上下型		字素	彐	乀	丁	丂	亍	宀	ユ	工	匚	一	亠	工	土	三	羊	
		歌詞	為	道	術	兮	正	熙	彝，	長	張	夅	夏	彡	經	到	三	洋。
16 個		鍵盤	⌸	⌸	⌸	⌸	⌸	⌸	⌸	⌸	⌸	rSft	Ctrl	Alt	A	B	C	D

	序	129	130	131	132	133	134	135	136	137	138	139	140	141	142	143	144	145	146	147
9H 左右型	字素	卩	亻	儿	丶	丿	木	‖	艹	十	灬	八	巳	川	丩	力	灬	卜	刂	巛
19個	歌詞	關	懷	兄	弟	姊	妹，	普	齊	歡	愛	送	芐	界，	聯	成	無	上	利	至
	鍵盤	E	F	G	H	I	J	K	L	M	N	O	P	Q	R	S	T	U	V	W
		《海上進行曲》，見 附錄(六)																		

二、歌 詞

字素歌詞共 147 字，係概括本文研究動機、目標、心得暨所建構理論與應用系統，以助記憶。歌詞中皆鑲一字素，詞序即字素序，亦兼代碼；字音即字素音，爲了符合字素形狀，造詞用字難免佶屈聱牙，且爲避免重復，偶改用古字。茲擇關鍵詞釋如下：

一）電訊：指一切電子化、電腦化等科技。

二）舊飆：指民初文字改革暴風，如錢玄同謂：「欲廢孔學，不可不廢漢字」等。

三）原柢：柢，《說文》：「木本。」原本，指回歸中華文化本位，對優良的漢字有信心，並用語言學及科學方法等推究、重建漢字所以建立的全般歷史和構字、構詞、用字等理論和實務。

四）廢除越庖聲化：聲化，指羅馬化、拉丁化拼音文字路線。越庖指走簡化、拼音文字路線之勢力與念頭，乃「越俎代庖」，既斷喪漢字本身優秀品質，又不符全民需要之歪路。

五）寯罵已弛：指近百年來對漢字的汙衊謾罵，起始如洪水匯聚到氾濫，又如毒氣奔放，[註7] 必須予以疏導、平反、改正，如安子介先生著書立說「昭雪漢字百年冤案」。惟近來此惡燄已消，而國際間正興起學漢語文之熱潮，甚可喜也。寯，聚也；弛，消也。

六）萬名：一萬個字。《周禮·春官·宗伯下·外史》：「掌達書名于四方」，鄭玄注：「古曰名，今曰字。」名從口，與國圍之外口有別：口小，內不涵字根，而口大，內可涵字根。本歌詞中，大口之代表字爲"萬"，小口之代表字爲"名"。

〔註 7〕如瞿秋白詛咒漢字"眞正是世界上最齷齪最惡劣最混蛋的中世紀的毛坑"，見李敏生、李濤 著《昭雪漢字百年冤案》頁 260 引《瞿秋白文集（二）》，頁 690。

七）明百史：研究中外語言文字發展歷史，並深思熟慮，總結成統攝全程觀照總體的理論與實用系統。史從口，爲左右寬而上下窄之四方形，象免兔事吏蜀罵等字亦從口。

八）惡閱鬥：厭惡百年來國內人士對漢字的汙衊謾罵，這些謾罵者應回頭是岸。

九）絕創：指 IXEFSOPYTH 十字型、41（及 36，47，50）字元、147 字素、188 字母、41 字範、47 字式、64 字圖暨剖解、組合、排列等理論與應用系統，大都爲新開創，以前未見如此詳備者。

十）暇歸吕耕：吕，以本字。此句指解甲歸田。

十一）齊幼孩：透過教育提升弱勢孩子跟上一般水準。

十二）眾均优行：透過教育，眾家孩子品行學識兼優。

十三）玖筆形輸入法：

（一）玖，同九，指九宮數字鍵；筆形，指首尾十向暨十筆型。合起來指只用十字型、十筆向或十筆型在九宮數字鍵上作業的漢字詞輸入法。

（二）輸從俞，俞，上從‘入’，但標楷體‘輸’則從‘人’，所以這裡把‘輸’歸入‘人’的標竿字。

十四）發：發行，指發行第伍篇第五章所發明十數種漢字詞輸入法。

十五）熙彞：光明正大之法。熙，光也，興也，和也，燦也，廣也，禧也，長也，壯大也，從巸聲，巸剖解爲從匚從𠃜從丨；臣從匚從𠃜。

彞，常也，法也，從彐聲。彞爲彐代表字。

十六）彣經：彣，《集韻》：「古通文」。蓋爲避免與上列「中文」重復，「文」改用從文從彡之「彣」，更能彰顯中彍文化多彩多姿的性質與體貌。

經，兼古今義，指經濟、經緯、經學、經義、經驗、經世、經典、經綸、經史子集等。

十七）至：水脈。此指形成一世界性漢字、漢學、漢文化網脈。

第四節　字　母

一、字母表

字元皆單筆，故又稱‘單筆字母’，雖然能夠‘自給自足’獨立運作，逐筆組字，但太繁複，通常不這樣運用，而與字素合作。從字型講，字素皆複筆，無‘一元型’，故又稱‘複筆字母’，但它不能‘自給自足’獨立運作。字元 41 個與字素 147 個合稱爲‘字母’，總計 188 個——雖然只是單純相加，但已產生新而獨立的意義和用法——文字組合之母，可用來①組字、②線排、③檢索、④輸入等。茲將三種不同排列之“字元”加在字母前半段，列表如下：

一）字　元

（一）依筆型排列字元

	序	1 2 3 4	5 6 7 8 9 10	11 12 13 14	15 16 17 18	19 20 21 22
0 I 一元型	字母	ー一丨丿	丶丿丿丿八丶	丶乚丨）	丨乚	乚乚丨フ
	歌詞	昨夜東風	掃落梨花無數	隨處客棧	燕子來此	將 偕 長 詠
22	鍵盤	0 1 2 3	4 5 6 7 8 9	> < Ctrl Alt	A B C	D E F G

	序	23 24 25 26 27 28	29 30 31 32 33 34	35 36 37 38	39 40 41
0 I 一元型	字母	フフフフフ乀	フ乚乚乚乚乛	乛乀乙	乀丁〇
	歌詞	抒 寫宇宙奧妙	也能厌与鼎鼐	建設九艺	凡陸◎。
19	鍵盤	H I J K L M	N O P Q R S	T U V W	X Y Z

（二）依首筆段方向排列字元

	序	1 2 3 4 5 6 7	8 9 10 11 12 13	14 15	16 17 18 19 20
0 I 一元型	字母	〇ー一フフフフ	フフ乚乙乙	乛乛	フｌ丨乚丿
	歌詞	圜北冥深冷之海	鯤御風九億擊	乃建	學宮山巒頂
20	鍵盤	0 1 2 3 4 5	6 7 8 > < Ctrl Alt	A B	C D E

	序	21 22 23 24 25 26	27 28 29 30 31	32 33 34 35	36 37 38 39 40 41
0 I 一元型	字母	乚乚丨乚乚乛	乛丿乙ㄥ	丿丶丿丿	丶丶丶丶、）
	歌詞	尊虬龍與駿馬	厌地潛玄妙	誠悟慧見	羲廷迎來傳猶。
21	鍵盤	F G H I J K	L M N O P	Q R S T	U V W X Y Z

（三）依尾筆段方向排列字元

	序	1 2 3 4	5 6 7 8	9 10 11 12 13 14 15	16 17 18	19 20 21
0 I 一元型	字母	〇丿丨丿	フ乛丿フ	フフ乚丨乛丨	丶丶乚	丶フ丨
	歌詞	〇態形變，	建壹音辭，	迤詠厌平與 倉 頡，	文健妙，	道兩儀，
21	鍵盤	0 1 2 3	4 5 6 7	8 > < Ctrl Alt	A B C	D E F

	序	22 23 24 25 26	27 28 29 30 31	32 33 34 35 36 37 38 39	40 41
0 I 一元型	字母	乚丶一乚乚一ㄥ	乛）乛	乛乛フ乚乚乛乙	乚丿
	歌詞	凸參體、四凷、五組，	設陸芀，	承考捌代七風九圪，	以拾。
20	鍵盤	G H I J K L M	N O P	Q R S T U V W X	Y Z

二）字　素

	序															
1X 交叉型	序	1	2	3	4	5	6	7	8	9	10	11	12	13	14	15	16
	字素	木	夂	力	中	乂	艹	九	キ	ヨ	十	牛	疒	寸	巾	ナ	夬
16 個	歌詞	余	致	力	中	文	研	究	積	肆	十	年，| 在	求	電	訊	快，
	鍵盤	1	2	3	4	5	6	7	8	9	10	-	=	[	]	\\	;

		17	18	19	20	21	22	23	24	25	26	27	28	29	30	31	32
1X 交叉型	字素	廿	子	大	乂	朮	井	甲	女	丹	又	丰	去	口	弋	中	牙
16 個	歌詞	漢	字	美。	總	述	構	理，	始	講	殷	契，	統	貫	淺	出，	獲
	鍵盤	'	:	?	>	<	Shift	Ctrl	Alt	A	B	C	D	E	F	G	H

		33	34	35	36	37	38	39	40	41	42
2E 匣匡型	字素	⼕	冂	宀	巳	冂	尸	ㄱ	凵	臼	几
10 個	歌詞	匯	通，	定	範，	望	即	掃	革	舊	飆，
	鍵盤	I	J	K	L	M	N	O	P	Q	R

		43	44	45	46	47	48	49	50	51	52	53
3F 原厓型	字素	⼚	厂	厂	厂	乚	夕	へ	乚	广	厂	ヒ
11 個	歌詞	長	興！	返	原	乑，	廢	除	越	庖	聲	化，
	鍵盤	S	T	U	V	W	X	Y	Z	1	2	3

		54	55	56	57	58	59
4S 迂迴型	字素	⼬	ㄅ	已	弓	己	勹
6 個	歌詞	寫	罵	已	弛。	改	考
	鍵盤	4	5	6	7	8	9

		60	61	62	63	64
5O 圜圍型	字素	囗	口	日	白	囗
5 個	歌詞	萬	名、	明	百	史，
	鍵盤	0	-	=	[	]

		65	66	67	68	69	70	71	72	73	74	75	76	77	78	79
6P 巴巳型	字素	亞	門	ㄓ	阝	巳	尸	尸	勹	口	尸	ㄋ	卩	臼	呂	目
15 個	歌詞	惡	閱	鬥，	陳	絕	創，	根	留	植	民	間，	暇	歸	呂	耜，
	鍵盤	\\	;	'	:	?	>	<	Shift	Ctrl	Alt	A	B	C	D	E

		80	81	82	83	84	85	86	87	88	89	90	91	92	93	94	95	96	97	98	99
7Y 傾斜型	字素	エ	ノ	ㄆ	ㄚ	幺	夕	ㄣ	ㄅ	九	イ	一	牛	豸	く	ノ	宀	ㄅ	ㄅ	彡	人
20 個	歌詞	依	班	次，	齊	幼	孩，	眾	均	优	行。	先	生	貌	飛	揚，	授	玖	筆	形	輸
	鍵盤	F	G	H	I	J	K	L	M	N	O	P	Q	R	S	T	U	V	W	X	Y

		100	101	102	103	104	105	106	107	108	109	110	111	112
7Y 傾斜型	字素	入	乀	氵	ㄥ	ㄟ	丶	ㄙ	マ	丷	ㄇㄇ	氵	二	乀
13 個	歌詞	入	良	法。	既	發，	風	雲	湧，	疾	齊	於	國	際。
	鍵盤	Z	1	2	3	4	5	6	7	8	9	10	-	=

		113	114	115	116	117	118	119	120	121	122	123	124	125	126	127	128
8T 上下型	字素	ㄋ	辶	丁	ㄎ	ㄒ	宀	工	ㄈ	二	宀	宀	工	土	三	丷
16 個	歌詞	為	道	術	兮	正	熙	彝，	長	張	岑	夏	彤	經	到	三	洋。
	鍵盤	[	]	\\	;	'	:	?	>	<	Shift	Ctrl	Alt	A	B	C	D

序	129	130	131	132	133	134	135	136	137	138	139	140	141	142	143	144	145	146	147
9H 左右型 **19 個**　字素	ㄕ	忄	ㄤ	丶	亻	木	‖	冃	十	灬	八	巳	川	ㄐ	力	灬	卜	刂	巛
歌詞	關	懷	兄	弟	姊	妹	，普	齎	歡	愛	送	壵	界	，聯	成	無	上	利	至
鍵盤	E	F	G	H	I	J	K	L	M	N	O	P	Q	R	S	T	U	V	W

《海上進行曲》，見 附錄(六)

二、鍵盤安排

本文以字元 41 個，字素 147 個，結合為 188 個字母之系統為第一種設計。分四檔配置，以 ⬆ ➡ ⬇ ⬅ 鍵分掣掌控，每檔分別配置 50、50、50、38 個字母。

一）第一檔分配給字元 41 個，餘九鍵分配給 1 到 9 號字素，共 50 字母。掣控鍵為 ⬆。其中，⁰0 ¹1 ⁰²2 *3 $4 ^5 ^6 &7 *8 ⁽9 十個 '數字鍵' 兼作輸入 IXEFS OPYTH 十字型。

二）第二檔 50 鍵，分配給 10 到 59 號字素。掣控鍵為 ➡。

三）第三檔 50 鍵，分配給 60 到 109 號字素。掣控鍵為 ⬇。

四）第四檔 38 鍵，分配給 110 到 147 號字素。掣控鍵為 ⬅。

三、鍵盤調整

一）若用 36、47、50 個字元時，鍵盤調整配置如下：

（一）設置 36 個字元時，字素可增加至 152 個，結合為 188 個字母，分四檔配置，仍以 ⬆ ➡ ⬇ ⬅ 鍵分掣掌控。

（二）設置 47 個字元時，字素應減少至 141 個（例如字素「匚厂調整變為字元，結合為 188 個字母，分四檔配置，仍以 ⬆ ➡ ⬇ ⬅ 鍵分掣掌控。

（三）設置 50 個字元時，字素應減少至 138 個，結合為 188 個字母，分四檔配置，仍以 ⬆ ➡ ⬇ ⬅ 鍵分掣掌控。

二）若只用 10 字型、41 字範、47 字式，而不用字元、字素、字母時，則完全不用換檔。41 字範見下節說明，47 字式見第伍篇，主要用於輸入法。

第五節　字　範

一、概　說

　　字範，主要用在輸入法，是從 188 字母輸入法衍生而來。其法，係利用拓樸學和模糊原理，將形狀類似的字母或字根予以高度概括，壓縮成一個總類，這樣就可以把字母或字根數量縮小，譬如台灣流行的倉頡、大易、輕鬆等輸入法就用此方法把幾百個字根壓縮爲 24、40、47 個字根鍵，這「字根鍵」就是「字範」。字範本來用在同一字母的不同變形體 "同時" 共用一個鍵位，輸入時由電腦軟體根據前後字母的關係，自動確定應該用哪一種形體。其輸入法屬「自動選形輸入法」。大陸學者王竹溪的方案有漢字部首或字母 56，〔註8〕其實還是「字範」，因爲大部分一母數形，如 "小" 母有小、⺌、ツ三「變體」，全部計 156 個形。本文提出的字母計 188 個，屬於中等位元字碼集，只用一個筆柢（byte）即八筆（bits）編碼，和阿拉伯文處理系統同類，但中等位元字碼集說大不大，說小不小，在輸入鍵盤設計上，若不用換檔方式，則有必要將 188 字母濃縮。其方法是：

> 一）把 "一元型" 字元一分爲二，分成有角、無角兩類。無角類仍留在一元型，因只有○和一直線，所以可改稱「○一型」；有角類則依其角框形劃入 EFS 三型。

> 二）把傾斜型字母 'ㄅㄅ爪' 移入匣匡型——ㄅㄅ列斜 ◈ 範，爪列 ▛ 範；上下型字母 ユ ㄷ移入匣匡型——ユ列斜 ▨ 範，ㄷ列 ▐ 範。

> 三）插入後各型內部新次序，仍依字母順序排列。

> 四）型下分 '範'，均按第十章原理分類：

> （一）一元型分爲○一丨ノ丶計五範。

> （二）交叉型有 8 範，'甲'代表圜圍型被交叉，'羊'代表上下型被交叉，'乂'代表傾斜型被交叉，'廿'代表匣匡型被交叉，'七'代表原厓型被交叉，'十'代表一元型被交叉，'子'代表迂迴型被交叉，'井'代表左右型被交叉，至於巴巳型僅有'身'一字，可由接合法組成，故不列入。

〔註 8〕見王竹溪編纂《新部首大字典》首頁。

（三）匣匡型依開口方向分為ㄅ、匚、ㄩ、凵、冂五範，原厓型亦依開口方向分為ㄐ、厂、ㅅ、乚、ㄋ五範。

（四）傾斜、上下、左右型依筆畫相接或相離分範。

（五）其他如迂迴、圓圍、巴巳各型因字少，均併為一型一範。

最後，將 188 個「字」母規「範」成 41 個集合，名曰「字範」，其中，○作備用字元，通常不參與組字，如下表：

二、41 字範表

10 字型含字式數	41 字範				188 字母（41 字元加 147 字素）
	序	歌詞	名稱	鍵盤	字母數	
0I 一元型 （○一型） 5 範	1	○	○	[0]	1	○
	2	一	一	⊡	2	- 一
	3	直	|	⊟	4	| ' 丿 乚
	4	撇	丿	⊡	5	丿 丿 丿 丿 丿
	5	捺	丶	⊡	5	丶 丶 丶 丶 乀
1X 交叉型 8 範	6	甲	甲	⊃	3	中 甲 口
	7	契	丰	⊂	3	丰 女 丰
	8	總	乂	⊡	4	大 乂 ㄊ 犭
	9	冊	廿	⊡	8	夊 ㅋ 牛 巾 廿 丹 少 夬
	10	化	七	?	2	力 又
	11	十	十	▷	8	木 乂 十 扌 寸 ナ 朮 弋
	12	字	子	◁	2	九 子
	13	型	井	⇧Shift	2	++ 井
2E 匣匡型 5 範	14	夕	ㄅ	Ctrl	2	ㄅ ㄅ
	15	匚	匚	Alt	2	匚 工
	16	ㅋ	ㄩ	A	2	ㄱ ㄩ
	17	山	凵	B	2	凵 臼
	18	冂	冂	C	8	冂 冖 巴 刀 阝 厂 几 爪 (爫)
3F 原厓型 5 範	19	鐕	ㄐ	D	2	ㄐ 丿
	20	厂	厂	E	7	厂 厂 丿 丿 丿 厂 广
	21	A	ㅅ	F	1	ㅅ
	22	乚	乚	G	6	ㄑ ㄥ 乚 ㄥ ㄥ ㄴ
	23	刀	ㄋ	H	8	ㄱ ㄱ ㄱ 刁 ㄋ ㄋ ㄋ ㄅ

型	序	字	字	碼	數	字範舉例
4S 迂迴型 1範	24	弓	弓	**I**	16	㇆ ㇉ ㇋ ㄣ ㇎ ㇋ 了 乁 乁 乁 乙 己 已 弓 凹
5O 圜圍型 1範	25	四	口	**J**	5	囗 口 口 日 白
6P 巴巳型 1範	26	巳	巳	**K**	15	亞 郡 目 𦥑 阝 巴 尸 刂 囗 卩 艮 冃 鬥 鬥
7Y 傾斜型 7範	27	人	人	**L**	9	亻 彳 人 ⺈ ㇒ 牛 𠂉 人
	28	彡	彡	**M**	3	㇒ ⺀ 彡
	29	貌	豸	**N**	1	豸
	30	竄	⺀	**O**	5	氵 冫 ⺀ 一
	31	入	入	**P**	6	入 ㇂ ㇏ ㄥ ㄙ ⻌
	32	鄉	幺	**Q**	4	ㄚ 幺 纟
	33	勇	マ	**R**	2	マ ㄨ
8T 上下型 4範	34	丁	丁	**S**	6	㐬 丁 丁 亐 丂 ⺀
	35	主	亠	**T**	4	亠 宀 士 丷
	36	攻	工	**U**	1	工
	37	三	三	**V**	3	辶 二 三
9H 左右型 4範	38	川	巛	**W**	11	⺌ 儿 ⺀ ㇉ 川 八 巴 小 ⺌ 𠀎 巛
	39	卜	卜	**X**	3	㇄ 刀 卜
	40	收	丩	**Y**	4	亻 朩 丩 丩
	41	齊	卝	**Z**	1	卝
歌曲	中華民謠《茉莉花》，見附錄（二）					

三、字範歌

一）為了幫助記憶，特虛擬一個故事，編成'字範歌'，計 41 字，每字皆鑲一字範，該字亦代表字範的名稱、讀音和次序，次序亦兼代碼。茲先將字範歌放大並標點：

　○一直撇捺，甲契總卌，化十字型。夕匚彐山冂，巛厂厽乚刀弓，四巳人彡貌竄入鄉，勇丁主攻三川，卜收齊。

二）大意：話說從前有一位武官，在解甲歸田後隱於祖居潁川之'三川厓'，一方面放養山豬，一方面研究文字之學，在電腦化方面獲重大突破，正擬將成果呈獻朝廷，忽聞有四國際人蛇集團來盜取刀弓及研究成果等，乃急召昔日子弟兵上山解圍。

三）關鍵詞：

（一）○一直撇捺：有兩義

1. 指基本筆畫。以'直'作∣形字母的代表字，以'撇'作丿形字母的代表字，以'捺'作乀形字母的代表字。另外，

  1）○代'某'，自稱之謂；

  2）一，一俟……就；

  3）直，直立狀；

  4）撇，撇下；

  5）捺，按捺。

2. 本句指武將一俟收戈矛直立，把弓矢撇下，立即解甲歸田從事語言文字研究也。

（二）甲契：有兩義

1. 甲，甲骨；契，契刻。指甲骨文或稱契文。契從㓞，㓞從丰，丰代表上下型'彡'字被'∣'字交叉形；此處泛稱文字。另外，以'甲'作甲形字母的代表字，以'契'作丰形字母的代表字，

2. 甲指戰甲，契指兵符，皆武將用具。

（三）總卌：分析出字元／基本筆畫總數 41 個。除 O 作備用字元外，其他 40 字元作一般組字用。總從悤，悤從囪，囪從乂，以總作乂形字母的代表字；卌《字彙補》：「同卅。」四十也，卌從廿，以'卌'作廿形字母代表字。

（四）十字型：指現代漢字有 IXEFSOPYTH 字型 10 個。字從子，以'字'作子形字母代表字；型從刑，刑從井，以'型'作井形字母代表字。

（五）匚彐：放養豕豬也。放，《集韻》：「古作匚。」彐，豕頭；放彐，此處代表歸隱者從事農牧事業。

（六）冂：今作坰，野外也。

（七）𢇛厂：𢇛，《說文》：「古文絕」；厂，《正譌》：「古厓字。」𢇛厂，

指懸崖頂。以‘鵽’作 ⌐形字母代表字。

（八）厽乚：厽，《說文》：「三合也。象三合之形，讀若集。」《正譌》：「厽，古集字。」乚，《說文》：「匿也。象迟曲隱蔽形，讀若隱。」《玉篇》：「乚，古文隱字。」所以，厽乚：集中隱藏也。

（九）巳人：巳，蛇也；巳人即人蛇，從事國際間偷渡、走私等不法勾當者。

（十）彡貌：彡，《說文》：「毛飾畫文也，象形。」彡貌，指人蛇集團弄神弄鬼，詭譎多計也，並以‘彡’作彡形字母的代表字。貌從豸，以‘貌’作豸形字母的代表字。

（十一）竄入鄉：竄，從鼠，鼠下從㇒㇒，象爪形，以‘竄’作㇒形字母的代表字；鄉，左從乡，爲減少字母數，本文將乡併入幺，以‘鄉’作幺形字母的代表字。

（十二）三川：《小學紺珠．地理類》：「河、洛、伊。」並以‘三’作≡形字母的代表字並，以‘川’作川形字母的代表字。

（十三）收齊：將歹徒收拾乾淨。以‘收’作丩形字母的代表字，以‘齊’作屵形字母的代表字。

其他未釋字如化、夕、山、刀、弓、四、勇、丁、主、攻、卜，亦以之字母代表字。

三）用途：排序法、檢字法、輸入法、教學法。

第五章　造剖解法

第一節　概　說

一、體　系

　　本篇第一章提到現代漢字四相，其中的反相（Cutting）就是剖解法，指將單字分解爲較細小單元的作業，是完整單字的解構（Disintegration）或反結構運動。它是構字法——六構中"構法"的一員，但它和組合（Match）爲一體兩面，與構材（Material）則是母子關係——由剖解產出形符、聲符、字根、字母等構材，又由形符、聲符、字根、字母等逆向　組合成單字。

　　剖解又稱切分、分解、解剖、剖析、拆卸。剖解須依腠理，此腠理分語言層面、文字層面，後者又分爲音義結構、幾何結構，其體系如下：

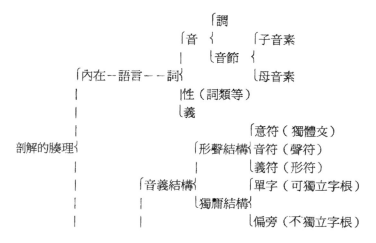

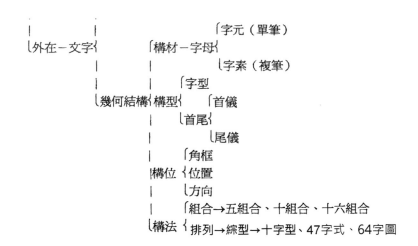

二、建造剖解法的背景

　　漢字從語言層面講是"詞文字"，也就是以"詞"為單元對漢語進行剖解而製作的；而日韓滿蒙字等是以"音節"為單元剖解，英德法俄西文是以"音素"為單元進行剖解的。比較起來，漢字的層級高、內涵富、體積大，它的優點誠如森本哲郎所說：「漢字信息量大，它本身正是一個 IC 板。」但其缺點也就在這裡，尤其形的方面，漢字有五萬多單字，與英德法俄西等音素文字比較，在單字與單筆之間雖有相當於"字母"的層級如形、聲符，但很難接下字母造字的任務，〔註1〕所以在單字編碼、檢索、排檢、輸入、提升電腦功能等方面受到限制。我們的目標是要建造一個剖解系統，包括準則和方法，有效地分解單字為較小的單元；再從這些單元中規劃出數量少、功能齊全的漢字母（Chinese alphabet）來。漢字母已述於上章，本章旨在建造一個剖解系統。

三、腠　理

　　外在的文字層面又可分為音義結構和幾何結構，亦即腠理所在。

一）音義結構

　　由於漢語是單音節並與詞對應，這使得它很容易以詞為單位，亦即以音節、義項為單元從語言中剖解、游離出來。就獨體文言，它游離成意符；就合體字說，它外射成為形、聲符。因此，即以形、聲、意符為單元進行剖解。

　　另外，字根是否具音義？是否可獨立書寫運用？也是腠理所在。

〔註1〕如南宋，鄭樵欲立 870 子為聲之主，立 330 母為形之主，合千二百文成無窮之字。即使其說可完全實現，而 1200 子母的數量也是驚人的負擔——比英文 26 字母多 46 倍。

二）幾何結構

另有一個臁理，即不管音、義，儘依幾何圖形及線條觀點剖解單字，用以析出比單字小的單元，它們與構材、構法、構型、構位有關係。

此法可以目治，又不受音、義、詞性干擾，所以其客觀性和準確性較高。

四、內　容

我們著重幾何結構意義的剖解法暨字母的建立。但語言層面的形、聲符是天然的剖解準據和組字單元，應予保留。以下判的、判準、判法均採雙軌建立：

一）剖解的標的稱作「判的」。

二）剖解的準據稱作「判準」。

三）剖解的方法稱作「判法」。

以上是剖解的三大內容，分述如下。

第二節　判　的

從事剖解作業，第一個要面臨的是「判的」——我們剖解的目的是什麼？底線在哪裡？最後的形式是什麼的問題——就是要找出較小的單元，如：形符、聲符、偏旁、字母等。一般來說，不同的"判的"要選擇不同的"判準"和"判法"。茲將上表"外在——文字"部分從字根角度分類於下：

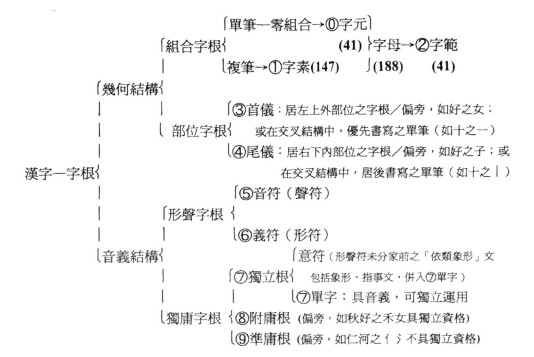

上表⓪～④屬於幾何結構，⑤～⑨屬於音義結構，共十目，合稱「十判的」，又名「十字根」。其中⓪字元與①字素合爲字母，字母概括爲字範。各名詞意義詳字族、字母暨附錄（十）。

第三節　判　準

從事剖解作業，第二個要面臨的是「判準」——就是我們拿什麼作分割的標準這個問題。根據第一節體系表歸納爲：

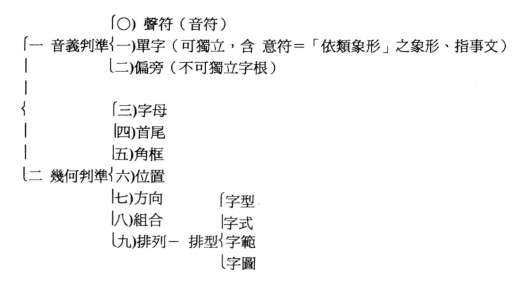

一、音義判準

一）聲　符

到南宋鄭樵時，漢字有 90% 以上是形聲字，現在比率應更高。所以六書的「形聲」是很好判準。形聲字可以剖解爲"形符"與"聲符"，如"符"爲"竹"形"付"聲，聲符是形聲字的關鍵。

但辨識聲符有一定的難度，需要一點文字和聲韻知識，對於聲符剖解法有兩個建議：

（一）要熟悉有那些「無聲符」字——包括獨體的象形、指事文和合體的會意字。

（二）「無聲符」字以外即「有聲符」字——包括有形聲、諧聲字。首先，要辨識哪個爲聲符？不妨以所熟悉的現代音（包括方言）唸一下，與讀音相同或相近的字根，八九都是聲符，如錦爲金聲；芸爲云聲，摸爲莫聲。但需注意下列三項：

1. 音變：不要被古今音變所障，如從甫聲的 "補" 今音〔pu〕，"舖" 今音〔p'u〕，"傅" 今音〔fu〕，而 p p' f 爲一聲之轉。

2. 聲階：如前述 傅從專聲，專補舖從甫聲，而甫從父聲，如此，傅－專補舖－甫－父 便形成一個 "聲符的派生階層"，簡稱 "聲階"。但父在甫內字形變異幅度大，這需要一點文字知識來辨識。

3. 位置：了解形、聲符分布的位置也有一定助益——筆者將形聲符排列位置歸納成：①外形內聲②內形外聲③中形旁聲④旁形中聲⑤左形右聲⑥右形左聲⑦上形下聲⑧下形上聲⑨外形延長⑩外聲延長⑪糾合混一等型，字例可參見第七章形聲排型節。

二）單　字

單字是具獨立書寫單位，有音調、有明確完整意義單音詞，或能與他字合組複合詞，它也可作爲字的一部分，可稱作「字中字」或「可獨立字根」，也是剖解的準繩，如 "盟" 分爲日、月、皿三個可獨立字根，又名「意符」。

三）偏　旁

傳統所謂偏旁是指部首（形符）以外的聲符。廣義偏旁即字根，可指字的任一部分，包括形符、聲符等。這裡的「偏旁」意爲「不能獨立的字根」，著重在「不能獨立」。如氵不能獨立但爲有音義字「水」的變形，只作偏旁用，所以在從氵的「波濤洶湧、洋洋灑灑、活活潑潑、洶湧澎湃、混混沌沌」中被視爲一個單元，不再分割剖解。另外，水的「同素異形」（Allotropy）體，尚有巛（粼）、刂（俞）、六（益）、丨（攸）、氺（泰）、小（原）等，我們一看到它，就自然把它當做一個單元。

二、幾何判準

一）字　母

字母是建立剖解法的主要目標，當字母建造完成後，則可以拿來做剖解的準則。譬如 "月" 字的單字、獨立字根，也是形、聲符——以上 "月" 都是被看作一個完整單元；但若以字母爲判準，則可剖解爲 "刀＝" 兩個字母。

字母在線排式、輸入法中最常拿來做剖解的準則。舉線排式爲例：

（一）盟↔T 口－刀＝冂－||。

（二）鬱↔T 木∠十凵木宀凵乂ⅱ丶七彡。

（三）離↔H 宀凵乂冂厶亻丶キ一。

（四）龍↔H 宀ㄠ冂＝卜己三。

↔表可逆性轉換，TH 表單字字型，右方則爲字母。

二）首　尾

每次將單字或字根剖解爲兩個對稱部分。筆順居前者曰首儀，簡稱"首"；居後者曰尾儀，簡稱"尾"。一般而言，首儀都是居"左、上、外"位置，尾儀則居"右、下、內"位置。如"明"剖解爲日、月兩部分。筆順居前或位置居左之"日"爲首儀，或專稱"日首"；筆順居後或位置居右之"月"爲尾儀，或專稱"月尾"。茲以十字型爲底，分爲：一筆、交插、角涵、切分四類：

（一）一筆類：起筆段爲首，收筆段或末筆段爲尾。如乚，起筆段"／"爲首，收起筆段"一"爲尾。以十字型言，屬於一元型。

（二）交插類：以十字型言，屬於交叉型。又分兩類，

　　1. 框內無涵子者，以被交插者爲首，交插者爲尾。如中，"口"爲被交插者稱"口首"，"丨"爲交插者稱爲"丨尾"；

　　2. 框內有涵子者，倂入角涵型，如寸斗甘丹。

（三）角涵類：外有角框，內涵子者。以外框爲首，內涵爲尾。以十字型言，屬於 XEFSOP 六型。

　　1. X 交叉型：如寸以十爲首，以、爲尾，甘以廿爲首，以一爲尾。

　　2. E 匣匡型：如匡以匚爲首，以王爲尾，周以冂爲首，以吉爲尾。

　　3. F 原厓型：如厓以厂爲首，以圭爲尾，丸以乁爲首，以丯爲尾。

　　4. S 迂迴型：如弓以弓爲首，以乆爲尾，蜀以弓爲首，以土爲尾。

　　5. O 圓圍型：如圍以口爲首，以韋爲尾，四以口爲首，以儿爲尾。

　　6. P 巴巳型：如巴以巳爲首，以丨爲尾，鳥以鳥爲首，以灬爲尾。

（四）切分類：先依第六目所述"方向"區分爲①距切組合、②分離組合。然後依字型分爲 YTH 三型。筆順在先者爲首，在後者爲尾。

　　7. Y 傾斜型：如人以丿爲首，乀爲尾。么以丿爲首，厶爲尾。

　　8. T 上下型：如上以卜爲首，一爲尾。員以口爲首，貝爲尾。

9. H 左右型：如卜以丨爲首，丶爲尾。相以木爲首，目爲尾。

"首尾"在排序、檢索和輸入法中最常用到，參見下面所舉"十字型一貫輸入法"例。

三）字　型

字型指組合排型，有 IXEFSOPYTH 十大字型。它不必藉音義，可以直接目治，所以是很好的判準。其法，首先將單字分解成若干字根，再分辨各字根屬於 IXEFSOPYTH 十大字型中的哪一型即可。在排序暨輸入法中最常用到。茲舉

十字型一貫輸入法爲例，即將單字剖解爲首尾儀，再辨其字型。

序	單字	=	首儀	×	尾儀	⇒	單字字型	×	首儀字型	×	尾儀字型	⇒	鍵盤代碼
1	天	=	一		大	⇒	T		I		X		801
2	行	=	彳		亍	⇒	H		Y		T		978
3	健	=	亻		建	⇒	H		T		F		983
4	君	=	尹		口	⇒	F		X		O		315
5	子	=	了		一	⇒	X		I		I		100
6	以	=	㇇		人	⇒	H		F		Y		937
7	自	=	白		＝	⇒	O		O		T		558
8	強	=	弓		虽	⇒	H		S		T		948
9	不	=	一		朩	⇒	T		I		T		808
10	息	=	自		心	⇒	T		O		Y		857

四）角　框

剖解時，遇單字中成角框之筆畫，就把它當做一個單元，跟其他單元區分開來。茲將角框（包括框內字根）分類如下：

（一）依單複筆分：有

　　1. 單筆角框：如乚亅㇄〈㇅㇕乚乁，

　　2. 複筆角框：如㇇匸コ厂冂几凵十口弓

（二）依組合方式分：有

　　1. 零合：即單筆角框，如乚亅㇄〈㇅㇕厶乚㇟乁㇛㇛乙㇂，

　　2. 交插：如十乂ㄊ又尢

　　3. 接觸：如厂凵冂尸丫弓口

4. 距切：如丁业厶丂屮卜上下

5. 內涵：如日曰回國月山匚夕句

（三）依角框形狀分：有

1. 厓角：如乚亅㇄く⟨フㄥㄥ乀厂へ

2. 匚角：如匚コ一卩冂冂

3. 迴角：如ㄣㄅ乙ㄋ彐乚ㄟㄅ己巳弓

4. 圍角：如口

5. 厓圍角：如尸夕几

6. 匚圍角：如巳

7. 迴圍角：如烏鳥

8. 複圍角：如目

（四）依角框數分：有

1. 單框：如㇄乚フ乚一冂匚コ凵口

2. 複框：如ㄣㄅ乙ㄋ彐乚ㄟㄅ己巳弓尸夕几巳目

（五）依涵子與否分：有

1. 虛框：如㇄乚フ乚一冂匚コ凵口ㄣㄅ乙ㄋ彐乚ㄟㄅ己巳弓尸夕几巳

2. 實框：如七刀月匚山日勹馬且皿巴

（六）依開關形狀分：有

1. 全開：如㇄乚フ乚一冂匚コ凵ㄣㄅ乙ㄋ彐乚ㄟㄅ己巳弓

2. 全關：口日曰田目回氵

3. 開關：卩卩巴尸戶巴月尸尸阝勹

（七）依角度分：有

1. 銳角：如ㄱㄥㄥ亅

2. 直角：如く厂フ乚冂凵コ匚口

3. 鈍角：如乀厂く

五）位 置

剖解單字是循書寫順序進行的，而書寫順序與位置相應，大體依「從上而下，從左而右，從外而內」順序，這上、下、左、右、內、外，就是位置。用坐標來指稱位置最具體確切，坐標分四象、八卦、九宮三種。

（一）正四象十坐標，可指稱 7 左上、1 左下、9 右上、3 右下四位置；
斜四象坐標可指稱 8 上、2 下、4 左、6 右四位置。其中 1 2 3 4 5 6
7 8 9 數字與電腦上的數字鍵位置相應。

（二）八卦米坐標，可指稱八位置，比較適用於銳角結構。

（三）九宮井坐標，單表時可指稱：0 外、1 左下、2 下、3 右下、4 中左、
5 內、6 中右、7 左上、8 中上、9 右上共十個位置。

（四）位置是很客觀的準據，

　　1. 從幾何結構看：

　　　　0）居外旁位置字根：如白自囪戶之 ◢

　　　　1）居左下位置字根：如邵覘蝦鵠刮之口，

　　　　2）居下位置字根：如言古召各占吝台啓舌吞善害告之口

　　　　3）居右下位置字根：如船始姑臨之口

　　　　4）居左位置字根：如叩吧吃喝啞之口

　　　　5）居內中位置字根：如同周問商匝回咸哀亨之口

　　　　6）居右位置字根：如加如和知扣之口

　　　　7）居左上位置字根：如鄙跑雖勛之口

　　　　8）居上位置字根：如員兄另呈呆之口

　　　　9）居右上位置字根：如程況祝咒之口。

　　2. 從形聲結構看：形聲符所居位置有①外形內聲②內形外聲③中形
旁聲④旁形中聲⑤左形右聲⑥右形左聲⑦上形下聲⑧下形上聲⑨
外形延長⑩外聲延長⑪糾合混一等型。

六）方　向

角框、筆順、位置與方向密切相關，因此剖解單字時，方向也是一重要判
準。其中以角框方向和切分方向最重要：

（一）角框方向：分匡角、匼角角框。以字型論，涵蓋 XEFSOP 六型。

　　1. 匡角角框：

　　　　1）銳角角框：依八卦米字坐標劃分

　　　　（1）フ銳角：在左下方開口，如 ⌐ フ ⺄，

　　　　（2）∧銳角：在下方開口，如 Λ ⋀，

（4）＞銳角：在左方開口，如＞，

（6）＜銳角：在右方開口，如＜，

（7）銳角：在左上方開口，如）」，

（8）Ｖ銳角：在上方開口，如Ｖ丶ㄑ，

（9）ㄥ銳角：在右上方開口，如ㄥ。

　2）直角角框：依四象坐標劃分

　（1）ㄱ直角：在左下方開口，如ㄱ另ㄟ鈍角亦併此，

　（2）ㄥ直角：在下方開口，如ㄥ八，

　（3）匚直角：在右下方開口，如厂厂广疒，另〔鈍角亦併此，

　（4）〉直角：在左方開口，如〉，

　（6）〈直角：在右方開口，如〈，

　（7）⌐直角：在左上方開口，如吳乩𤫩卣凸之⌐筆，

　（8）⌄直角：在上方開口，如⌄Ｖ∀，

　（9）Ｌ直角：在右上方開口，如Ｌㄥ。

2. 匡角角框：依九宮井字坐標分：

　1）⌐匡角：在左下方開口，如ㄅㄅ，夕匈

　2）冂匡角：在下方開口，如一冂，罒同

　4）コ匡角：在左方開口，如コ，㠯㠯

　5）口圍角：無開口，如口，日回

　6）匚匡角：在右方開口，如匚匚，匠臣

　8）凵匡角：在上方開口，如凵凵，山幽。

（二）切分方向：切指距切組合，分指分離組合。以字型論，涵蓋 YTH 三型。

1. 距切組合

　1）ㄟ傾側切組合：如人ㄅㄟ

　2）ㄧ側傾切組合：如夕ㄨㄧ

　3）ㄟ斜敘切組合：如入ㄙㄇ

　4）ㄟ敘斜切組合：如丶ㄟㄟ

　5）丅上下切組合：如丁下一

　　6）⊥下上切組合：如宀上土

　　7）⊢左右切組合：如卝卜片

　　8）⊣右左切組合：如屮屮爿。

至於工.H.十.亍則分兩步驟組合及剖解，如"工"分爲"丁"與"一"。

　　2. 分離組合

　　1）∥傾側分組合：彡多

　　2）丶斜敘分組合：冫氵

　　3）二下分組合：二三

　　4）∣∣左右分組合：川水

七）組　合

　　組合是把兩個以上的筆畫、字根、字母等較小單元，連結成單字或較大單元的方法。有五組合、十組合、十六組合之分類——其中，五組合又名"五組成"用作字根、單字剖解的準據：

　　（一）Φ交插式：如十又巾九弔中大才尢夫丰卅⇒可剖解爲交插者與被交插者。

　　（二）∧接觸式：如厂∧宀冂凵匸己弓口⇒可剖解爲接者與被接者。

　　（三）E 內涵式：如日田回目罒凸白自囪凶圍且皿⇒可剖解爲外框與被涵者。

　　（四）IO距切式：如人ㄏ勹勺入⌐ㄙ勹上丁卜氏屮⇒可剖解爲切者與被切者。

　　（五）Ξ分離式：如彡多〈氵冫氵二三森垚丷八川灬林⇒可剖解爲第一部分、第二部分、第三部分……。

第四節　判　法

一、音義判法

　　"判準"本身就是一個「判法」。從音義結構剖解時，對於形聲字，就依其形符聲符而剖解之；對於可獨立字根（單字）、不可獨立字根（偏旁）就依其是否具獨立音義而剖解之。參見上一節"音義判準"。

二、幾何判法

　　至於非形聲字或不確定是否爲形聲字，也不確定是否爲獨立字者，則用七種幾何判準爲判法。因其中"組合"與其他六種判準都有關聯，茲統一納編爲單一的判法。

　　這統一的判法是由「十組合」反向操作而得，有十式，稱爲「十判法」：

十組合	舉　　例	可逆反應	十判法
（○）J直接：	如"里"可由田與土直接而成	↔	0DJ 剪接法
（一）Φ交插：	如"弔"可由弓與丨交插而成	↔	1DΦ移交法
（二）A開涵：	如"合"可由A開涵口而成	↔	2DA 開放法
（三）Γ角觸：	如"匚"可由一與乚角接而成	↔	3DΓ 截角法
（四）G互切：	如"爪"可由乚與乀互切而成	↔	4DG 互拆法
（五）Θ關涵：	如"田"可由囗關涵十而成	↔	5DΘ出關法
（六）Ƃ切接：	如"巳"可由コ與乚切接而成	↔	6D Ƃ 尸解法
（七）Y開切：	如"勹"可由丿與乛開切而成	↔	7DY 切開法
（八）Ξ分離：	如"和"可由禾與口分離相併而成	↔	8DΞ 隔離法
（九）Q皿切：	如"且"可由冂與一關切而成	↔	9DQ 破皿法

　　十判法代符用兩個字母標示，頭一字母 D 爲 Dis- 之簡，表分開、分離、相反意，後一字母爲組合代符。茲逐目釋之如下：

一）剪接法

　　剪接法：如"里"剖解（剪接）爲田與土。代號爲0，代符爲DJ。

　　對「直接」組合字的判法，將相「接」觸而連成一直線之筆畫「剪」開來謂之。如：里，據《說文》從田土，本是分開的兩根，共8筆，但書寫時，中央一豎連作一筆計7筆。又如「艮」本從目從匕，其後變形爲艮，左邊連作一筆。剪接法的用處，就是把「里」字回歸爲8筆，中央一豎是兩筆"接觸"而非一筆，故可剪接爲田與土。把這種剖解法擴充之，可用於「重」剪接爲千田土。「黑」剪接爲囮土灬，「熏」剪接爲千囮土灬，「垂」剪接爲千卅土，「東」剪接爲十田木，「朿」剪接爲十囮木，「由」剪接爲丨田等。這種剖解法古人也曾應用過，如《三國演義》把「董卓」名字剪接爲「千里艸卜十日」

二）移交法

移交法：如"中"剖解（移交）爲口與丨。代號爲 1，代符爲 DΦ。

這是對「交插」組合字的判法——將兩「交」插而套疊筆畫挪「移」開來謂之。如卅移交爲川與一；弗移交爲弓與川；弔移交爲弓與丨；申移交爲中與一；甲移交爲日與丨；由移交爲口與十；曲移交爲口與廿。

三）開放法

開放法：如"用"剖解（開放）爲冂與丰。代號爲 2，代符爲 DA。

這是對「開涵」組合字的判法——將「開」涵筆畫內部「放」出來謂之。如周開放爲冂與吉；仄開放爲厂人；疾開放爲疒矢；与開放爲勹一一；閉爲開放爲門才。

四）截角法

截角法：如"厂"剖解（截角）爲一與丿。代號爲 3，代符爲 DΓ。

這是對「角觸」組合字的判法——將接觸成「角」的筆畫「截」斷開來謂之。如口截角爲冂與一；冂截角爲丨與乛；己截角爲コ與乚；弓截角爲コ與勹。

五）互拆法

互拆法：如"厶"剖解（互拆）爲乚與乛。代號爲 4，代符爲 DG。

這是對「互距」組合字的判法——將「互」距而成圍的筆畫「拆」卸開來謂之。如瓦互拆爲乚與丶；厶互拆爲乚丿；凵互拆爲乚丨乛；瓦互拆爲乚乙；凵互拆爲乚丨乙。

六）出關法

出關法：如"目"剖解（出關）爲口與二。代號爲 5，代符爲 DΘ。

這是對「關涵」組合字的判法——將「關」涵筆畫內部放「出」開來謂之。如"國"出關爲口與或；"回"出關爲大口與小口；"且"出關爲冂與二；"巴"出關爲丨與巳；"自"出關爲白與二。

七）尸解法

尸解法：如"尸"剖解（尸解）爲コ與丿。代號爲 6，代符爲 DБ。

這是對「切接」組合字的判法——將切接（又名距觸）而密合成"尸"字形的筆畫剖「解」開來謂之。如"烏"尸解爲鳥與灬；"巳"尸解爲コ乚。

八）切開法

切開法：如"丁"剖解（切開）爲一與亅。代號爲 7，代符爲 DY。

這是對「開切」組合字的判法——將開「切」而成丁字形的筆畫切「開」來謂之。如人切開爲丿與乀；开切開爲一與卄；广切開爲丶與厂；戶切開爲丿與尸。

九）隔離法

隔離法：如"三"剖解（隔離）爲一與二。代號爲 8，代符爲 DΞ。

這是對「分離」組合字的判法——將兩分「離」成對偶筆畫「隔」離開來謂之。如"厶"隔離爲丿與厶；"明"隔離爲日與月；"竺"隔離爲竹與二。

十）破皿法

破皿法：將"皿"合而成盤形圍的筆畫「破」開來謂之。有兩種方式，可任擇其一：

（一）切皿式：將「皿切」結構視爲"距切"組合而「切」開來謂之。
如"皿"切皿爲ｍ與一，"且"切皿爲冂與一。

（二）出皿式：將「皿切」結構視爲"內涵"組合而「出」其關閉狀態謂之。如"耳"出皿爲开與＝；"皿"出皿爲凵與丨丨，"且"出皿爲凵與＝。

破皿法代號爲 9，代符爲 DQ。

第六章　造組合法

第一節　概　說

一、意　義

組合有兩義：

一）一爲數學名詞 Combination，由 n 個物中不論其秩序如何，但選出 r
個物項而爲一組。本論文採用於內在語言層面：

（一）漢字是詞文字，初文係由一音節、一義項，加一象該詞之形的線
條組合而成。

（二）對六書轉注之新詮釋，謂自形、聲符兩個運算元中，每次選出 2
個而有：

   1. 形×聲＝形聲，

   2. 形×形＝會意，

   3. 聲×聲＝諧聲之組合。

二）若未特別說明爲數學意義之組合，則指外層字形的構合（Matching），
意謂由兩組「單一筆」互相結合，產生「複合畫」結構者。

組合與組成（composing）、複合（compounding）、結合（interlocking）、合

併（merging）暨編組（interlacing）之意義相近，有動詞和名詞兩義，動詞係探討如何由較小的幾何線條集合成單字，由它演化為方法；名詞則指由此方法組合而成的複筆形態。

二、分　類

依結構暨用途劃分為四系：

一）零組合：單筆毋需組合曰零組合，亦即從落筆到提起筆只一筆，無任何組合作業，如一乙｜ㄟ八丿フ乁し〈フㄥ。本文逐字逐筆分析約五萬單字，從中選出41種，可以組合全部的漢字，而訂定為"字元"，意為漢字書寫的最基本單元。

二）五組合：漢字筆畫的基本組合形式和方法。有：交插、接觸、內涵、距切、分離五種，若天然組成者，故又名「五組成」。組合結果皆成複筆，又叫做"畫"，與單一筆的"筆"合稱"筆畫"。

五組合法如加上「不組合」的"零合"，共六法，合稱「六合」。

三）十組合：將五組合擴充而得

（○）直接式，如"里"為田與土在中央直線相接；

（一）交插式，如"中"由口與｜交插；

（二）開涵式，如"周"由開框冂涵吉；

（三）角觸式，如"厂"為一與丿在旁邊相接觸成角；

（四）互切式，如"互"從ㄅ，ㄅ由乚與ㄱ互相距切；

（五）關涵式，如"國"由關框囗涵或；

（六）切接式，如"尸"為丿與コ相接相切而成；

（七）開切式，如"丁"為一與丨相切成開放框角；

（八）分離式，如"三"為一與二分離而成；

（九）皿切式，如"皿"為m與一相切成圍面。

十組合加"零合"共十一個，名為「十一組織」。

四）十六組合：配合字母及字型的建立，以方向為重心，將十組合再擴充而成，可用於輸入法及線性拼寫，又名「十六拼合」：

（一）直接式，如里為田與土在中央直線相接；

（二）交插式，如中；

（三）開涵式，如ㄋ；

（四）角觸式，如ㄏ；

（五）互切式，如ㄟ；

（六）關涵式，如日；

（七）切接式，如尸；

（八）傾切式，如 y；

（九）斜切式，如入；

（十）橫切式，如兀；

（十一）縱切式，如卜；

（十二）傾離式，如彡；

（十三）斜離式，如ミ；

（十四）橫離式，如三；

（十五）縱離式，如川；

（十六）縱插式或縱夾式，如小。

除零組合外，從結構及應用角度將組合分為五類、十類、十六類：分成五類的叫「五組合」，分成十類的叫「十組合」，分成十六類的叫「十六組合」；三者基本結構、性質、內涵等並無不同，只是粗細之分，後者視前者加密，但應用對象則有別。茲以表舉例如下：

三、系統表

(一)零組合：單筆毋需組合曰零組合，如〇一乙

(二)五組合（五組成）
- 1、Φ交插式：如十又巾九弔中大才九乂夫丰卅
- 2、Λ接觸式：如厂Λ冖冂凵匚己弓口
- 3、E內涵式：如日田回目皿血白自囟囟㐫㐫且皿A合今原司匕山幽月同E臣ヨ彐夕与馬彑
- 4、IO距切式：如丫人𠂉𠂊ク勹入→ムレマ上下丁卜氏屮
- 5、Ξ分離式：如彡多くミ冫氵二三森垚丷八川灬林

(三)十組合
- 0、J直接式：如“里”可由“田”與“土”而成
- 1、Φ交插式：如十又巾九弔中大才九乂夫丰卅
- 2、A開涵式：如A合今原司匕山幽月同E臣ヨ彐夕夕句与馬彑彑
- 3、Γ角觸式：如厂Λ冖冂凵匚己弓口
- 4、G互切式：如氏屮瓦瓦屯夕夂
- 5、Θ關涵式：如日田回目皿血白自囟囟㐫㐫

```
組合 ┌ 6、Б 切接式：如 尸巳尸尸目自戶
     │ 7、Y 開切式：如 Y人人ㄟㄥㄑㄎㄥㄗㄨㄋㄟㄧ∟ㄥㄇㄟㄟ
     │         丁ㄧㄟ丁ㄈㄟㄈ长上下ㄏㄒㄏㄍ片ㄩㄟㄟㄓㄒ
     │ 8、彡 分離式：如乡多ㄑ氵丨ㄟㄟ氵三森垚焱淼鑫屾艸叕叕䶳燚ㄟㄟ灬川
     │ 9、Q皿 切式：如且皿皿且耳亞Iㄇ㇏ㄉ中ㄝㄅ
     ├ 0、J 直接式：如"里"可由"田"與"土"直接中央豎筆而成
     │ 1、Φ 交插式：如十又巾九弗中大才尤乂夫丰卅
     │ 2、A 開涵式：如A合今原司匕山幽月同E臣ㄅㄐㄅㄐ与馬易昮
     │ 3、Γ 角觸式：如厂Λ冖门凵匚己弓口
     │ 4、G 互切式：如氕屮屴屴屲屮夕夕
     │ 5、Ө 關涵式：如日田回目皿血白自囱凶由曲且皿且耳
(四)十六組合 ├ 6、Б 切接式：如尸巳尸尸目自戶
     │ 7、y 傾切式：如人人ノㄟㄟㄑㄎㄥㄗㄨㄟ夕
     │ 8、λ 斜切式：如入ㄟㄥㄇㄟㄟㄟ
     │ 9、Л 橫切式：如丁冖ㄟ丁ㄈ丁ㄈㄟㄈ长上下且亞II
     │ 10、K 縱切式：如卜卜卜ㄏㄏ片ㄩㄟㄟㄓㄒㄓㄒㄏㄉ中ㄝ
     │ 11、〃 傾離式：如乡多ㄑ
     │ 12、丶 斜離式：如氵丨ㄟ氵
     │ 13、二 橫離式：如二三森垚焱淼鑫屾叕叕䶳燚
     │ 14、丶丨 縱離式：如丶丶灬川灬林
     └ 15、叩 縱夾式：如小水承丞
```

第二節　五組合

一、定義

　　由兩「單一筆」互相結合，產生「複合畫」組織者叫做「組合」，其動作爲"合一"，其過程稱作"組合法"，其結果則稱爲"複合畫"。漢字有五種基本結合方式，若天然組成者，故又名「五組成」或「五組合式」，即：交插、接觸、內涵、距切、分離。如再加「不組合」的零合（如○一乙），共六式，合稱「六合」。茲定義並舉例如下：

　　　　一）交插式（Φ）：兩筆畫互相穿插，形成四個交角和一個交點。如中十
　　　　　　乂七九。借形近的希臘、俄文字母Φ作代符。

　　　　二）接觸式（Λ）：兩筆之頭或尾相接，有一接點並形成觸角。如厂厂几
　　　　　　冂冖卜冖コ匚凵己弓丫口凹凸。借形近的希臘字母Λ作代符。

　　　　三）距切式（Ю）：一筆之中央爲另一筆之頭或尾所切，形成丁形距角。
　　　　　　如丁工人入卜片广扩冖且皿丘耳互瓦。借形近的俄文字母Ю作代符。

四）內涵式（E）：框形內包涵（Enclose）另一結構，如同月山幽匣匡、原可司匕、与馬、日目、良鳥。借形義相近的希臘拉丁俄字母 E 作代符。

五）分離式（Ξ）：兩筆畫分立兩邊，中間宛如有海峽隔離（Gullet），如二三川儿多彡冫冫冫冫單嚴哭器嚚。借同為分離結構的希臘字母 Ξ 作代符。

二、用　途

五組合主要用途有三：①作剖解之準據，詳上一章；②字形分類之基準，③離合之指標，④擴建為十組合之基礎。後三項說明如下。

一）字形分類之基準：除 I（一元）型單筆字元歸為"零合"類外，舉凡與線條結構有關的單字、字型、字根，均可依五組合分為五式。以字型為例：

（一）交插式：包括 X（交叉）型，如十中又七九；

（二）接觸式：包括 EFSOP 型的外框，如冂コ匚凵几宀卩，厂广疒，口，弓巳，巳尸戶。

（三）距切式：包括 XEFSOP 型外框，如可之丁、勻之勹、夕之夂；暨 YTH 型之切合式，如上下卜卡片人入厶亻宀。

（四）內涵式：包括 XEFSOP 型，如寸月原馬日巴。

（五）分離式：包括 YTH 型，如彡多冫冫冫冫冫二三森垚焱淼鑫芔叒叕芔燚八川灬林。

二）離合之指標："離合"指從組合角度拿捏剖解作業，這是當多種筆畫組合同時呈現時，到底哪種組合結構該優先剖解，哪種該排在後面剖解，理出一個等差次序來，亦即剖解的優先權（Priority）選擇課題──它是從組合強度（Intensity）推演而來，在前者謂之"強度大"，在後者謂之"強度小"。譬如一字中有"分離"又有"距切"，則先從「分離結構」剖解，後才處理「距切結構」，如"志忐"字，"志"字先分為「上心」兩根，"忐"字先分為「下心」兩根，而非依筆順先剖解「上」為「十一」，剖解「下」為「一卜」。

"強度"以「五組合」為依據，分為"分離強度"和"黏合強度"兩種，兩者意思相同，但方向相反；為助了解，茲訂定其值為5〜1:

（一）分離強度：5 Ξ 分離＞4 Ю 距切＞3 E 內涵＞2 Λ 接觸＞1 Φ 交插。

亦即遇"分離組合"結構時最優先剖解，以次類推。

（二）黏合強度：5Φ交插＞4Λ接觸＞3 E內涵＞2 IO距切＞1 Ξ分離。

亦即遇"交插組合"結構時排在最後剖解，以次類推。

三）擴建為十組合之基礎：以"E 內涵"言，有外框封閉的關涵型，如日田回字；有半開半閉的開涵型，如月仄馬字，若只以"E 內涵"兩字描述這些字，分辨不出差異所在，也就是說，五組合對字形結構只能粗枝大葉地分類，如要精確，有待於十組合。

第三節　十組合

一、五組合的限制

五組合雖可概括全部漢字組織並描述結構之大體，但：

一）有些組合有其特殊屬性和豐富內容。高度概括於一個名目下，往往不能把特色表現出來，例如"E 內涵"可分為外圍封閉的「關涵」和開放不封閉的「開涵」，後者又可分為匸形開涵和厂形開涵。如以字型對照看，"O 圓圍型"屬「關涵」組合結構，"E 匣匡型"屬「匸形開涵」組合結構，"F 原厓型"屬「厂形開涵」組合結構。所以，以開關和邊框形狀論，它們之間的差異很大。

二）有些複畫不是「單組合」而是「複組合」構成的。例如"尸"就是由"Λ接觸"和"IO距切"兩組合「複組」而成的。像這樣跨越兩個以上的組合，只靠五個組合就沒法說清了，

三）另外，有些字型介於兩組合之間的，如"S 迂迴型"是兩個「開涵」結構複合組成——"与"是"ㄥ形開涵" "ㄱ形開涵"兩個結構的複合，"馬"是"厂形開涵"和"ㄱ形開涵"兩個結構的複合；"P 巴巳型"則是「關涵」和「開涵」結構複合組成。

反過來說，又有些組合介於兩字型之間的，如「關涵」組合跨越"X 交叉型"如井丹身字，"O 圓圍型"如日田回字，"P 巴巳型"如巴且皿字，計三個字型。

綜合以上諸現象顯出五組合還不能把字形結構表達清楚，所以需要調整及擴充，合稱為"擴建"，其要領暨方法有二：

（一）把跨越兩種組合以上而成的複組合抽繹出來，建為獨立的組合。

（二）把五組合中內容較豐富、區隔性較強的組合細分，賦予獨立組合的地位。

二、擴　建

以五組合爲基礎進行擴建，其法有二，一曰複合，二曰派生：

一）複合：由距切（Ю）與接觸（Λ）複組合產生的旗幟形圍面「複畫」，如尸巳字，其法名曰"切接"，借形近的俄文字母Б作代符。

二）派生：

（一）由"E內涵"派生出：

1. 單涵：一個框形結構內涵字根者。

1）關涵：一個關閉形結構內涵字根者。如日曰田目字，借形近的希臘字母Θ作代符。字型上以圓圍型代表。

2）開涵：一個開放形結構內涵（Contain）字根者。如原司山月匡風馬字。借形近的希臘、拉丁、俄字母A作代符。由於邊框數的不同，在字型上細分爲"F原匡型"與"E匣匡型"。

2. 複涵：有二個以上框形結構各涵字根者。

1）從字型分析，可分爲：

（1）巴巳型：艮良

（2）交叉型：舟※來夾爽奭

（3）迂迴型：与馬巫业火。

三型中以迂迴型變式較多。

2）若由組合結構分析，複涵可派生出複開涵、複關涵、開關涵三狀：

（1）複開涵狀

i、匡涵式：有兩匣匡內涵筆畫者，又分爲：

i）雙切巫涵體：巫亚

ii）切交平涵體：平亚（喪）爾

iii）交叉夾涵體：夾奭爽爾（爾下）网（兩滿下）兩（雨下）

iv）迂迴己涵體：㕛弓㕬咼㕬㕬

ii、複匡涵式

  i）接勹體：与

  ii）接几體：珽

  iii）交米體：鼎（甄）

  iv）切不體：不（示）巫（眾）禾（聚）豕（豕）豕（琢）

  v）切火體：火癶（脊）

iii、匡匡涵式

  i）交涵體：来

  ii）切涵體：采

  iii）接涵體：馬

 （2）複關涵狀：𢎘（申古文）𢆶（玄古文）。

 （3）開關涵狀

  i）圍匡涵式：艮良

  ii）圍匡涵式：舟

  iii）圍迴涵式：鳥

  複涵是由兩個單涵構成，不需獨立，而將：複開涵仍併入“A開涵”；複關涵併入“Θ關涵”；開關涵兼取“A開涵”、“Θ關涵”表達。

  （二）由“Ю距切”派生出：

  1. 皿切：框形矛與他筆相距切形成關閉形結構，又稱關切。如皿且丘及互亞瓦丏字，以皿字代表，借形近拉丁字母Q作代符。

  2. 開切：兩筆畫相距切形成開放框形結構，即一筆之頭尾與另筆之中央相切，形成開放的Y形距角，如丁工人入字，借形近的拉丁字母Y作代符。

  3. 互切：兩筆畫互相距切形成關切形結構，如勺勾凡瓦勻屯瓦氐夕夕。以勺字代表，借形近拉丁字母G作代符。

  （三）由“∧接觸”派生出：

  1. 直接：又稱“隸接”，本來是兩筆的直線，由於隸變而接合成一筆，如里從田從土，中央兩丨因書寫之便而連接合成一條且一筆的丨；其他如即艮良鄉卿卸黑重垂字。為了拆解成更小的單元，暨由小的單元組合成大單元的字或字根，需要重建"直接"這個組合，借形近拉丁字母 J 作代符。

2. 角觸：即五組合的"Λ接觸"，但限於兩端相接形成角形框者。如厂厂几門一卩⌐コ匚凵己弓丫口凹凸。爲與Λ有所區別，借形近的希臘、俄文字母Γ作代符。

以上由"五組合"中的 E 內涵、Ю距切、Λ接觸三者擴充爲 8 個獨立的新組合：Б切接、Θ關涵、A 開涵、Q 皿切、Y 開切、G 互切、J 直接、Γ 角觸，加上原來在"五組合"中沒有變動的Φ交插、Ξ分離，合計十種稱爲"十組合"或"十組合式"。爲了使"十組合"跟"十字型"接近於對應，經重新排序成：0J 直接，1 Φ 交插，2A 開涵，3Γ 角接，4G 互切，5Θ 關涵，6 Б 切接，7Y 開切，8Ξ 分離，9Q 皿切。

三、十一組織

十組合加上"零組合"叫做"十一組織"或"十一組織式"，可對字根、字型作較"五組合"細密的分類：

一）茲以組合字根——字母舉例如下：

（一）J 直接式：（里黑等字未列爲字母，故無直接式），

（二）Φ 交插式：木攴力中乄艹九キヨ十キ七十寸巾七ナ大廿子乄朮井甲女丹又丰去口七屮犭，

（三）A 開涵式：臼匕凵仌勹，

（四）Γ 角觸式：匚冂口一冂巴几卩コ凵臼几厂厂亻亻厂匚广へ尸己巳弓凹ㄣ口口白⌐，

（五）G 互切式：（ㄅㄓ九未列爲字母，故無互切式），

（六）Θ 關涵式：日尸ㄢ，

（七）Б 切接式：阝巳尸ㄌ尸尸ㄢ尸目，

（八）Y 開切式：广巳白丫幺夕ㄣㄔㄣㄋ豸勹乀亻ㄟ牛乃ㄍ个人入ㄣㄥ山厶マㄟㄋ丁丆ㄔㄒㄥㄅ丆ㄟ一工匸土丷丩木丬ㄐ几，

（九）Ξ 分離類：纟彡氵丷一丷二三小儿丶刂灬八匕丬灬刂巛，

（十）Q 皿切式：几戶开，

（十一）○ 零合式：○丿ノ乛ㄋ一ㄱㄱ丅乚丨ㄋㄱ乀乀乀乛乛丁丨丿乚乚乚乚一

ㄥㄟ)ㄋ了ㄅㄟㄥㄣㄟㄟㄗㄥㄣ。

其中，广白尸勹臼已ㄇㄩ是跨類字母，可以歸入二類以上。

二）用於字型分類：用十組合來分辨單字到底屬於：0J 直接，1 Φ 交插，2A 開涵，3Γ 角觸，4G 互切，5Θ 關涵，6Б 切接，7Y 開切，8Ξ 分離，9Q 皿切暨零合（○）中的哪一類？可以得到比五組合更爲細致的劃分。如"國"屬於關涵（Θ），"皿"屬於皿切（Q），"尸"屬於切接（Б）。茲將關係對照如下表：

字型與組織關係對照表

10 字型—11 組織	11 組織—10 字型
0I 字型↔零合式（○）	○零合式↔I 字型
1X 字型↔交插式（Φ）	J 直接式↔T 字型
2E 字型↔開涵式（A），角觸式（Γ）	Φ 交插式↔X 字型
3F 字型↔開涵式（A），角觸式（Γ）	A 開涵式↔EFS 字型
4S 字型↔開涵式（A），角觸式（Γ）	Γ 角觸式↔EFS 字型
5O 字型↔關涵式（Θ）	G 互切式↔P 字型
6P 字型↔互切式（G），皿切式（Q），切接式（Б）及關涵式（Θ）	Θ 關涵式↔OP 字型
7Y 字型↔開切式（Y），分離式（Ξ）	Б 切接式↔P 字型
8T 字型↔直接式（J），開切式（Y），分離式（Ξ）	Y 開切式↔YTH 字型
9H 字型↔開切式（Y），分離式（Ξ）	Ξ 分離式↔YTH 字型
	Q 皿切式↔P 字型

四、功　能

十組合主要用途有三：①對字型、字根作較細致的分類，已述如上；②建十剖解法，已詳於一章；③擴建爲十六組合，詳下節。

第四節　十六組合

一、十組合的限制

十組合在接合字根的功能方面，雖比五組成詳密，但仍無法精確描述字根的“方向”屬性——例如“炎”是上下兩“火”分離，若只用“三分離”來描述兩火的關係位置，就難以分辨“炊”“炎”之歧異，顯然不能達成任務，所以，還必須擴充或升級爲「十六組合」，才能精確表述字根排列的方向和位置。

前述“十組合”的缺點就是“沒辦法抓住方向”，所以難以分辨如炊炎之歧異。再進一步說：

一）如“二三”是從上而下排列，“川儿”是從左而右排列，“多夕”從左上而右下排列，“冫冫”從右上而左下排列，“冫冫”從上而下逆向排列，這就說明“三分離”組合是有「方向」屬性的。

二）“二儿多冫冫”是兩個單元組合成的，而“三川彡冫冫”則由三單元組合成的，這些說明“三分離”組合是有「數量」屬性的。

3“二三”是水平橫筆組合，“川”是垂直豎筆組合，“彡”是左撇斜筆組合，“冫冫”是右捺傾筆組合而成，這些說明“三分離”組合是有向量屬性的。

三）二三是”上下分隔”，川儿是“左右分隔”，彡是“傾側分隔”，冫冫是“斜敘分隔”；筆畫間有寬闊的空隔，這些說明“三分離”組合是有「疏密」和「位置」屬性的。

爲了把方向等屬性表達出來，應將十組合擴充。

二、擴　充

茲就十組合中具方向變化屬性之後三式：7開切（Y），8分離（三），9皿切（Q），予以擴充，計九式，其第一至第七式同“十組”，合計十六式，稱爲“十六組合”或“十六組合式”。擴充之九式如下：

序	代符	名　稱	定　義　及　例　字
8	y	傾切式	被切筆畫從右上向左下傾斜，如人儿丿乀⼃⼃ク勹竹⺊丷彡夂。以形近之希臘小寫字母 y 爲代符。
9	λ	斜切式	被切筆畫從左上向右下傾斜，如入乀ㄙ⺄マ乀乀乀，以形近之希臘小寫字母 λ 爲代符。
10	Л	橫切式	被切筆畫從上向下書寫，如丁冖イ丁オ乚彳式上下冖亞Ⅱ。以形近之俄文字母 Л 爲代符。
11	K	縱切式	被切筆畫從左向右或從右向左書寫，如卜丄㔾力片凵イ习卄爿甴叼亾甴丩H。以形近之希臘、拉丁字母 K 爲代符。
12	∥	傾離式	分離筆畫從左上向右下傾斜，如彡多く。以形近之數學符號∥爲代符。

13	\\	斜離式	分離筆畫從左上向右下傾斜，如ㆍㆍㆍ。以形近之\\為代符。
14	二	橫離式	分離筆畫從上向下橫斷分列，如二三森垚焱淼鑫艸叒叕艸燊。以形近之數學符號二為代符。
15	||	縱離式	分離筆畫從左向右縱剖分列，如ㆍ八川ㆍ林。以形近之數學符號||為代符。
16	山	縱夾式	一字根從中央將一對縱剖字根隔列，如小水承承。以形近之符號山為代符。

三、用 途

十六組合主要用在：

一）線性拼寫：線性排列式中與字型、字母三合一，如

（一）彬↔H 木\|\|木\|\|彡，

（二）剖↔H（一二ㅗ二口）\|\|刂。

其中，\|\|為十六組合之縱離式，二為十六組合之橫離式，透過它們把單字內字母的形狀、數目、關係、層次、書寫順序、字型等展露無遺，所以是實踐漢字字母化、線性化的要角，詳第八章。

二）劃分字型：十六組合結合點線面"排型"，將單字分為十大"組合排型"，簡稱"字型"，詳第七章。

第五節 綜 合

一、組合有下列屬性：

一）方向性：如距切有T⊥\|\|丶ノㄨㄑ八方向。

二）距離性：如T⊥之\|一距離短，二\|\|之\|一距離長。

三）位置性：如分離組合二之黑線表形符居上，二之黑線表形符居下。

四）虛實性：如口與回，山與幽，門與閃，厂與仄，弓與弱。

五）鬆緊性：即離合強度之性質，如T⊥之結構較緊密，二\|\|之結構較鬆懈。

以上各屬性使同一字根出現在不同位置，顯現在不同方向，映現不同角度，呈現不同緊密度，示現不同寬窄，表現不同大小，這樣就引出了"字型"。

二、"離合強度"表現了組合與剖解的關係，是既相反而又相成，"剖解"

依賴“組合”結構如何而定。

三、組合與字型、字母聯成一有機體，它受字型的指揮，同時也指揮字母各就其位。從線性拼寫式之一的單字＝十字型×組合×字母.

充分表現此三系統的密切關係和高低層次。

四、組合依次接合字母成字，充分運用，一方面可彌補字母之不足，一方面可抑制字母之數目。

五、組合可填補字型夠不到的空間發揮連繫作用，在字型與字母中間扮演媒合劑。

六、組合數目、次數與字母數目成反比關係，如何讓兩者取得最佳平衡是吾人努力目標。十六組合中，Γ Б У λ Л K⫽⑊八式用得較少，常用者僅 JΦ AGΘ 二‖吅八式。若以十六組合爲主軸，使各式平均出現，則目前 188 字母數可以考慮降低。

七、組合與剖解程序相反，但地位、意義相同，一管“合”，一管“分”。剖解的任務在求大字化小，以極小（Minimum）的單筆爲極限；組合任務在求積小成大，以極大（Maximum）的單字爲極限。

八、單字經由組合字母而成，字母則由剖解單字而生。從構字法觀點，組合和剖解同樣是創造漢字的動力。

九、16 組合與 10 字型關係雖密切，但兩者符號涇渭分明，故同列於線性拼寫式而不致混淆。

十、組合與排列是親蜜伙伴，是字型的左右手，排列著重方向、位置，組合著重關係、層次和次序。以下即述排列法。

第七章　造排列型

第一節　概　說

一、排列體系

在漢字體系裡，排列是相當龐大而重要的系統，所謂"排列"本文主要是指單字內字根的布列方式，包括線性漢字的"排線"和方塊漢字的"排型"。其他尚有五目與排列有關，合計七個子系統：

$$
排列
\begin{cases}
(-)數學排列-1、排目\,(Permutation) \\[1em]
(二)排列法
\begin{cases}
(-)排根法
\begin{cases}
2、排線\,(Place\ alphabets\ in\ line) \\[0.5em]
3、排型\,(Place\ alphabets\ in\ Pattern)
\end{cases} \\[1em]
(二)排碼法-4、排碼\,(Pair\ code) \\[0.5em]
(三)排字法
\begin{cases}
5、排序\,(Put\ word\ in\ order) \\[0.5em]
6、排檢\,(Put\ \&\ Research\ word) \\[0.5em]
7、排行\,(Page\ arrangement)
\end{cases}
\end{cases}
\end{cases}
$$

以上七種排列意義，英文皆以 P 開頭，可合稱 7P，第一種排目，爲數學意義的排列，與組合等義，已述於第參篇六書理論；排序、排檢、排行述於第伍篇應用系統；排線述於第肆篇第八章，排碼述於第九章。本章先總析排列名目、定義後專事探討排型。

二、排列定義

排列（Place）：包括排目（Permutation）和排列法（Placing）。前者爲數學上的排列，本文譯作「排目」，用於六書轉注建構「形聲相益」合體字，如①形×聲②聲×形，對形聲字而言兩者無異，所以「排目」等同於組合（Combination）；排列法又分爲①排根法，②排碼法，③排字法。

1、排根法包括：（1）排線、（2）排型。

2、排碼法即排碼、編碼。

3、排字法包括：（1）排行、（2）排序、（3）排檢。

總括來說，排列包括：排目、排序、排檢、排型、排行、排線、排碼七名稱。分釋如下：

一）排目：數學名詞 Permutation 本文音譯爲「排目」，自 n 個事物排列中選出 r 項目而爲種種次序；本文採用於六書轉注，謂自形、聲符兩個運算元中，每次選出 2 個而有形聲、聲形、形形、聲聲等之排列。由於形聲、聲形排列自聲韻學言並無差異，故排列即等同於組合（Combination）。

二）排列法（Placing）：排序、排檢、排型、排行、排線、排碼計"六排"的總稱。

三）排型（Patterns 或 Place alphabets in Pattern）：依循組合法及筆順將字根布置於方塊空間內所呈現的連結排列型態，是組合狀態的排列。依所著重屬性分類爲幾何、形聲、組合排型三種。

四）排根法：對字根排列成字的型態分類，可稱爲"狹義的排列"。依所排成的幾何圖形分爲排線和排型兩種。

五）排線（Place alphabets in line）：又稱線排、線性排列，將單字拆成 n 個字母，依循組合法及筆順，由左而右一字排列（Place）成線。是剖解狀態的排列。所排之字名「線性漢字」。

六）排碼或排碼法（Pair Code）：即編碼法。對組字單元（包括字型、字母、組合法）暨單字進行編碼。組字單元配賦（Pair）單位元組（Single Byte）碼；單字碼則以字型及字母聯合編成。

七）排字法：對漢字次序安排法，又分（1）排行，（2）排序，（3）排檢三法。

八）排行（page arrangement）：以行爲單位，對一段或一頁文字之行進"方向”加以定位和分類，傳統名詞叫做“行款”，用於印刷及版面安排。

九）排序（Put word in order）：依一定的準據將單字排成連續次序。如英文字典依字母序從 A～Z，漢字注音音節依ㄅㄆㄇㄈㄉㄊㄋㄌㄍㄎㄏㄐㄑㄒㄓㄔㄕㄖㄗㄘㄙㄧㄨㄩㄚㄛㄜㄝㄞㄟㄠㄡㄢㄣㄤㄥㄦ符號次序排列。本文著重給單字一個科學化、系統化的位置或戶籍。據線排式，以字型、字母等為依據依其固定序結合為新字序。

十）排檢（Put & Research word）：在排序系統的基礎上，對眾多單字加以分類、分級並建各層目錄，使字字有垂直的層次和水平的位址（Address）、位置（Location），形成樹狀結構，讓我們“按目索字”迅速找到它的系統。如英文字母從 A 排序到 Z，字典也照此順序排定，而在頁首標出總目錄，形成樹狀結構。又稱為引得系統（Index system）。本文著重人工檢索方面：編者將單字排序完成後交給讀者如何按規則檢索，給讀者一個詳明確定的引得方法和指標。

三、排型分類

漢字是方塊形，排型（Pattern）就是依循組合法及書寫順序將字根布置於方塊空間內所呈現的連結排列型態。所以它和空間、位置、字根、組合法密切相關。茲以它為底對排型加以分類：

一）幾何排型：字根布置於方塊空間內所呈現的線條型態。著重符號意義暨線條結構。

二）形聲排型：形聲兩符布置於方塊空間內所呈現的相對位置關係型態。

三）組合排型：字根布置於方塊空間內所呈現的組合型態。

第二節　幾何排型

一、造　型

排型就是依循組合法及書寫順序將組成分子（字根）排列於方塊空間內。排列時，將組成分子之出現次序、關係、位置等概括為簡單的幾何圖形，就稱為幾何排型，簡稱排列模型、字圖、造型。

幾何排型有點、線、面三種造型，點、線是一維造型，面是二維造型。點造型如木，線造型如林，面造型如森 棽 㰊 㵵。英文等拼音文字只有點、線兩種造型，點造型如 This is a boy 句中的 a，線造型如‘This’‘is’‘boy’三字。漢字因為有二維的面造型，所以結構就變得複雜——除了沒有字母外，面造型是漢字資訊化的第二道瓶頸。茲將漢字幾何排型中的三種造型敘述如下：

一）點造型：當字根＝單筆字元，其數量 n＝1，稱爲點造型。如○一乙丨丶乚丿㇆丿八乚乁く乚㇕

二）線造型：當字根數 n≧2，且各字根立足點均同在一水平直線時。只有左右造型：（1）切合次造型→卜 𠁣 ㄣ к Ю Н，

（2）分離次造型→如林相川小亞北羽門鬥。

三）面造型：當字根數 n≧2，且字根立足點不在同一水平直線上時，簡稱"面型"。依組合方式分爲三個次造型：

1. 層疊次造型：依字根書寫（排列）方向，又分爲三個細造型

1）上下細造型：（1）切合微造型→ 亠上亓下工正王。（2）分離微造型→二三昌炎亘罡受兒旮，燚羃靐靈；鑫森淼焱垚姦，棽棥，品楍晶燊；叕㐺燚，畾。

2）傾側細造型：（1）切合微造型→人久，（2）分離微造型→多彡么彳。

3）斜敘細造型：（1）切合微造型→入厶，（2）分離微造型→冫冫冫彡。

2. 疊次造型：依外框形狀分爲五個細造型

1）匣匡細造型→同匠幽夕ヨ；

2）原厓細造型→司令合仄𠃊；

3）迂迴細造型→馬与弓己巳；

4）圜圍細造型→回國目日曰；

5）巴巳細造型→巴巳尸戶且。

3. 交疊次造型：十七九又巾中弗木東束柬畢曲冉。

以上點、線、面三種造型的認定並非一成不變，其關鍵在字根的定義。例如把距切層疊狀的"人亻𠂉勹勺入厶丁㇒丁下广宀业丷上卡卡十片卜丼"，或套疊的"日曰罒罓夕ヨ"，或交疊的"十七九又巾"列爲不可分割的字根時，就列入點造型。

二、檢　討

　　世界文字中，只有漢字是唯一擁有點、線、面三種排型的文字系統，其他文字如拼音文字則較單純，如：

　　　　一）韓文有線、面排型，無點排型。且線排型中亦無傾側型、斜敘型；面排型中亦無套疊型、交疊型。所以與漢字比較，仍屬單純。

　　　　二）我國滿、蒙、錫伯文以字母爲單元，只有線排型上下型。

　　　　三）拉丁、斯拉夫、印度、西藏〔註1〕、阿拉伯文以字母爲單元，只有線排型左右型。惟阿拉伯文係右起左行，其餘爲左起右行。

　　線排型對於資訊處理最合適，因此，爲了提升中文電腦、電子產品的能量和智慧，對於擁有傾側、斜敘、上下型線排型以及層疊、套疊、交疊面排型的漢字，必須作一個安排、調整和轉化——亦即規劃出一種機制，把非線性的排型，全部轉化成"左起右向水平橫行"的線排型。我們稱之爲：「漢字左起右向水平橫行線排列式制」，簡稱「漢字線性制」或「漢字線性化」。

　　漢字線性化是精進中文電腦和資訊系統的法門。但它不是要把我們日常目視手寫的方塊漢字都拆散開來，將字根改爲水平橫行排列，而是爲了實現特殊目的，只在特殊環境、領域下才使用。

三、用　途

　　幾何排型著重符號意義暨線條結構，除了用來分辨世界文字系統外，還作爲劃分形聲、組合兩種排型的基礎，詳下。

第三節　形聲排型

一、十二格

　　漢字約有 90% 以上是形聲字，根據形聲符聯袂之排列情形，歸納爲形聲排型，爲與組合排型之「字型」有所區隔，立一專名曰字格（Gestalt），字格依形

〔註1〕藏文有在音節上、下加標母音符號以改變原字母音之書寫形式，如 ᠁〔ka–ko-la〕（益智子藥草）之第二音節 ᠁〔ko〕係 ᠁〔ka〕之上方加母音符號 ⌣〔O〕而成，與漢字上下型結構相似，但它基本上是一種標音方式，我們視爲字母之一，與俄文字母ё之在 E 上加‥同類型，所以藏文仍屬線性橫式排列。

聲符位置進行細分類爲十一格；其餘的"非形聲字"歸爲一個格，名曰獨體文或獨立意符。合計十二格，以拉丁字母 BCDLMNQRUVWZ 爲代符。並依分布位置製爲型圖，存入資料庫，以利識字教學暨聲韻研究。"形符"部分以黑色，"聲符"部分以白色標示：

一）B 獨立意符格：日月山川，型圖以空白"○"標示。

以幾何排型論，屬於"點排型"。

二）C 中形旁聲格：班斑辨瓣，型圖以"❚❚❚"標示。

三）D 旁形中聲格：衍術楙衷，型圖以"❚❚❚"標示。

四）L 上形下聲格：莊崇霜髮，型圖以"⊟"標示。

五）M 下形上聲格：吾黨賢哲，型圖以"⊟"標示。

六）N 左形右聲格：磅礴縱橫，型圖以"❙❘"標示。

七）Q 右形左聲格：如鴻翱翔，型圖以"❘❙"標示。

以幾何排型論，以上 2～7 格屬於"線排型"。

八）R 外形內聲格：總型圖以"▣"標示。又依外框形狀分爲

（一）交叉狀：戚成，型圖以"⊠"標示。

（二）匚匡狀：依開口方向分爲

　1. 左下方向開口式：匈甸匍匐，型圖以"◈"標示。

　2. 下方向開口式：鬨鬩鬮鬪徵，型圖以"⊓"標示。

　6. 右方向開口式：匪匡匯匭匱，型圖以"⊏"標示。

　8. 上方向開口式：幽曲，型圖以"⊔"標示。

（三）原匚狀：依開口方向分爲

　1. 左下方向開口式：氧氛氤氳，型圖以"⊐"標示。

　2. 下方向開口式：企仚，型圖以"⌃"標示。

　3. 右下方向開口式：旌旗廣庭疾病厨厓，型圖以"⌐"標示。

　9. 右上方向開口式：遙毯超魋魍尬廷麪咫，型圖以"∟"標示。

（四）迂迴狀：颱颶爬趴，型圖以"⌐₋"標示。

（五）圓圍狀：團圓圍圕固，型圖以"▣"標示。

（六）巴巳狀：房扇屬屈屛，型圖以"ₚ"標示。

九）U 內形外聲格：總型圖以"▣"標示。又依外框形狀分爲

（一）交叉狀：又依外框形狀分爲

 1. 裁栽載戴截哉武，型圖以"✙"標示。

 2. 貳惑，型圖以"✙"標示。

 3. 或鳶忒，型圖以"✙"標示。

 4. 臧，型圖以"▨"標示。

（二）匝匡狀：依開口方向分爲

 1. 左下方向開口式：旬句匄，型圖以"◣"標示。

 2. 下方向開口式：風鳳聞問鬧徽黴贏贏齋齋，型圖以"▢"標示。

 3. 右方向開口式：匠，型圖以"◧"標示。

（三）原匡狀：依開口方向分爲

 1. 左下方向開口式：穀殼轂觳氣類顥，型圖以"◥"標示。

 2. 下方向開口式：發，型圖以"◈"標示。

 3. 右下方向開口式：床翰斡幹條儵勝脧膽縢騰務，型圖以"◰"標示。

 9. 右上方向開口式：匙題魁旭勖翹，型圖以"◳"標示。

（四）迂迴狀：（缺）

（五）圜圍狀：团囡，型圖以"▣"標示。

（六）巴巳狀：戽，型圖以"◪"標示。

十）Ｖ外形延長格：通常爲厂形右下方向開口式之左下邊框延長的形符涵
  蓋聲符，型圖以"◳"標示。：

（一）原匡狀：庸虞

十一）Ｗ外聲延長格：通常爲厂形右下方向開口式之左下邊框延長的聲符
  涵蓋形符，型圖以"◳"標示。：

（一）原匡狀：腐瘸靡糜縻麗磨摩魔塵應鷹康唐賡廑廬虜盧膚處麕壓魘。

（二）巴巳狀：犀

十二）Ｚ糾合混一格：形聲符融合混一難以分隔／辨者，型圖以"☯"標
  示。

（一）上下狀：表襄囊喪

以幾何排型論，以上8～12格屬於"面排型"。

以上計12格15狀。

二、用　途

形聲圖型亦可用於：識字教學、排序、索引。尤其在文字、聲韻的學習研究方面，可藉助於形聲排型圖，把同聲符、同形符或同部首、同字母的字迅速找出，並依所居位置排列；若結合資料庫內所建中、上古、方言音之韻部、聲紐、聲調及音值等，可以做更深入的排比與綜合，有助於文字與聲韻的研究。

這種形聲圖型分類在唐朝賈公彥撰《周禮疏》就已經提出第 3〜8 格。爲了彰顯形聲字，我們建議爾後出版的辭書、字典或字形分析等書籍，宜將形聲符作不同字形、顏色標示。譬如將形符以斜體或黑體或空心體表示，例："種"作 "*禾*重" 或 "**禾**重" 或 "禾重"。

第四節　組合排型

一、十字型

組合是連結字根成單字的接合劑。組合排型是在點線面造型上結合 "十六組合法" 另加 "零合" 進行細分類，然後把相同 "方向" 的切合結構（如 T）與分離結構（如二）合併成十種組合排型，簡稱字型（Pattern），單字外在形象的型態也。若未特別說明時，字型即代表排型。其關係示意如下：

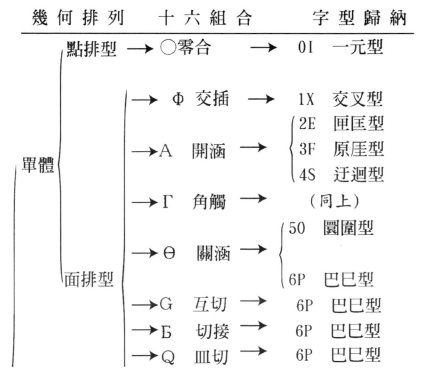

幾 何 排 列	十 六 組 合	字 型 歸 納
點排型 →	○零合 →	01　一元型
	Φ　交插 →	1X　交叉型
	A　開涵 →	2E　匣匡型 3F　原厓型 4S　迂迴型
	Γ　角觸 →	（同上）
	Θ　關涵 →	50　圜圍型 6P　巴巳型
	G　互切 →	6P　巴巳型
	Б　切接 →	6P　巴巳型
	Q　皿切 →	6P　巴巳型

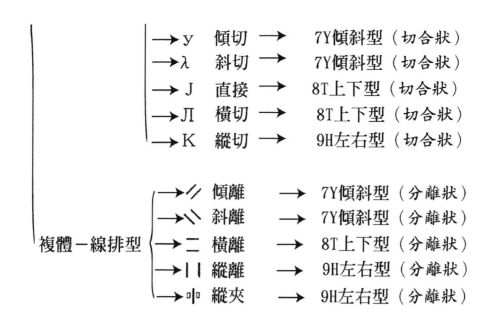

→y　傾切 →　7Y傾斜型（切合狀）
→λ　斜切 →　7Y傾斜型（切合狀）
→J　直接 →　8T上下型（切合狀）
→Л　橫切 →　8T上下型（切合狀）
→K　縱切 →　9H左右型（切合狀）

複體－線排型
→// 傾離 →　7Y傾斜型（分離狀）
→\\ 斜離 →　7Y傾斜型（分離狀）
→二 橫離 →　8T上下型（分離狀）
→|| 縱離 →　9H左右型（分離狀）
→ı|ı 縱夾 →　9H左右型（分離狀）

二、定　義

0I 一元型（Initiative or Independence）：從起到訖只一筆者，但ㄱㄴㄱ乙等角框且內涵筆畫時，則移入他型。依詞義，英譯作 Initiative or Independence，依字形，取其首字母 I 爲代符，0 爲代號，如〇一乙字。

1X 交叉型（X-Cross）：兩筆相交於一點有四個交角者；從組合觀點來說，交叉型就是 IEFSOPYTH 九字型被交插者。依詞義，英譯作 X-Cross，依字形，取其首字母 X 爲代符，1 爲代號。如十九弗中甲巾七申由曲弔丰卅井字。

2E 匣匡型（Encasement）：口字缺一邊呈ㄇ匚ㄩコ∧形如筴筐者，筐內通常包涵另一字根。依詞義，英譯作 Encasement，依字形，取其首字母 E 爲代符，2 爲代號。如鬫山周匝風月幽夕勿匿。

3F 原厓型（Field）：口字缺兩邊呈┐、┌、┘、└、∧形如懸厓者，厓內通常包涵另一字根。依詞義，英譯作 Field，依字形，取首字母 F 爲代符，3 爲代號。如介麴庬司合金匕匙。

4S 迂迴型（Screw/Steps/Stairs）：三邊連續呈ㄅㄣㄋㄕ己弓形迴旋梯，或相切成 Y 形三岔複厓、T 形正反複厓、H 形正反複匡者，梯框內通常包涵另一字根。依詞義，英譯作 Screw/Steps/Stairs，依字形，取其首字母 S 爲代符，4 爲代號。如己弓馬爬颩颮。

5O 圜圍型（Orb）：具整齊外緣的包圍形者，圜內通常包涵另一字根。依

詞義，英譯作 Orb，依字形，取其首字母 O 為代符，5 為代號。如四日回國。

6P　巴巳型（python）：包圍形一邊突出成巴蛇形者，圍內通常包涵另一字根。依詞義，英譯作 python，依字形，取其首字母 P 為代符，6 為代號。如烏鳥尸戶。

7Y　傾斜型（Yaw）：字根從右上角向左下角排列，或由從左上角向右下角排列，整體呈傾斜者。依詞義，英譯作 Yaw，依字形，取其首字母 Y 為代符，7 為代號。如人么多夕入厶。

8T　上下型（Top-bottom）：兩個字根上下分布者，其排列方向與水平線平行，位置為一上一下。依詞義，英譯作 Top-bottom，依字形，取其首字母 T 為代符，8 為代號。如雲想衣裳花想容名豈文章著夜茫茫重尋無處香霧著雲鬟碧雲天去年天氣舊亭臺翠葉藏鶯各雙雙忍更思量與寫宜男雙帶元嘉草草只恐舞衣寒易落盡薺麥青青尋尋覓覓上窮碧落下黃泉。

9H　左右型（Hands）：兩個字根左右分布，其排列方向與垂地線平行，位置為一左一右。依詞義，英譯作 Hands，依字形，取首字母 H 為代符，9 為代號。如鐵騎繞龍城徙倚欲何依深竹暗浮煙何以拜姑嫜餘杭州門外斷續殘陽裡繡閣輕拋楊柳堆煙淚眼倚樓頻獨語侯館梅殘溪橋柳細殘鐙明滅枕頭敧凝恨對殘暉初識謝娘時滿樓紅袖招銷魂此際小徑紅稀斜陽外鴉數點流水繞孤村此情誰得知亂點桃蹊輕翻柳陌冶葉倡條俱相識脈脈此情誰訴。

三、篇章編排

依點線面結構，結合組合方式，劃分漢字得 IXEFSOPYTH 十個型態，簡稱"十字型"。IXEFSOPYTH 的各拉丁字母形狀，與漢字各相對字型相合，如 I 代表獨立一筆，X 代表交叉，E 代表匣匡，F 代表原厓，S 代表迂迴，O 代表圜圍，P 代表巴巳，Y 代表傾斜，T 代表上下，H 代表左右。

IXEFSOPYTH 十字母依英文發音，唸作〔izifsopaiθ〕，諧音作「殷字剖組排式」。而"殷字剖組排式系統"係建設漢字線性化的基礎，其名稱、意義、次序，亦與第肆篇線化理論各章名稱、次序，隱然相應：

一）殷字—對應於第三章造殷字族、第四章造殷字母。

二）剖—對應於第五章造剖解法。

三）組—對應於第六章造組合法。

四）排—對應於第七章造排列型。

五）式—對應於第八章造線排式。

六）系統—對應於第九章造單碼系統（CodeSystem）。

綜合言之，"殷字剖組排式"不只是 IXEFSOPYTH〔izifsopaiθ〕十組合排型的諧音詞，本身亦具獨立意義，因此把本論文英譯爲：IXEFSOPYTH, a system of the construction of Chinese characters and its application。其中，IXEFSOPYTH 是兼含形、音、義的專有名詞——既表十個組合排型又代表本文主旨章次。

四、各型單字比率

從上面舉例已可概知各型字比率，茲進一步據教育部頒常用字、說文解字、中文大辭典三字書〔註2〕所收字，作定量分析：

符號		型　名		例　字	字數暨比率		
型號	型符	英　名	漢　名		教育部頒常用字表	說文解字	中文大辭典
0	I	Initiative／Independence	一元型	○乀一丨乙く ㄅㄋㄟㄣㄥㄣ	2 字 0·041%	12 字 0·109%	16 字 0·032%
1	X	X-cross	交叉型	十乂又力七巾 九乄子弗中乂 丰卅	108 字 2·246%	202 字 1·842%	414 字 0·831%
2	E	Encasement	匣匡型	夕勿同月風向 匠臣區彐𡿺彐山 屮幽	84 字 1·747%	186 字 1·696%	660 字 1·322%

〔註2〕部頒常用字指民國 71 年 9 月 1 日教育部公告正式使用的《常用國字標準字體表》，共收 4808 字。《說文解字》據蔣人傑編纂，1996 年上海古籍出版社出版，含重文附加字計 10973，扣除誤重列餘 10965 字。《中文大辭典》修訂版爲張其昀監修林尹、高明主編，民國 62 年中國文化學院初版。

3	F	Field	原匡型	司刊廾今公仄庭疾䲁匕廷𨔲趙魁	319 字 6·634%	719 字 6·557%	3379 字 6·770%
4	S	Screw/Steps/Stairs	迂迴型	己弓ㄠ亯圅与馬颺爬𨙨昜昜𢎡弓	12 字 0·249%	36 字 0·328%	259 字 0·518%
5	O	Orb	圜圍型	日目罒囲図田回囟白由圍凸囪自	24 字 0·499%	52 字 0·474%	202 字 0·404%
6	P	Python	巴巳型	巴巳尸刁屮瓦卩瓦勹戶丘耳且	50 字 1·039%	76 字 0·693%	290 字 0·581%
7	Y	Yaw	傾斜型	彳〈多夕么彡冫冫人𠆢入厶マ㐅	10 字 0·207%	16 字 0·145%	21 字 0·042%
8	T	Top-bottom	上下型	上下工王卞卡二叢品炎焱燚屾艸	1255 字 26·102%	3036 字 27·688%	12582 字 25·211%
9	H	Hands	左右型	片爿川水北兆門鬥明朋㸚絲鿌軸	2944 字 61·231%	6630 字 60·465%	32082 字 64·286%
合計	10Patterns	十型			4808 字	10965 字	49905 字

從字數暨比率可看出不論用那一部書作樣本，各型字數暨所佔比率相當一致，故比率接近常態。

五、英韓漢字型比較

漢字是「以象形為基礎的形音義合一詞文字」，英、韓文則是拼音文字，三者排列方式有共通者，也有特異獨行者。從幾何排列來看，英文只有點排列和水平右行線性排列，最為單純；韓文則比英文多一個面性排列。在面性排列上，漢字又比韓文多出：套疊、交疊排列；在線性排列上，則多出傾斜排列。套疊、交疊面排列和傾斜、上下等非橫式線排列，均不利於訊息處理，但韓文只以廿幾個字母〔註3〕組成所有單字，所以也不會造成困擾，只有漢字問題最多也最大。茲以表格方式試作比較：

〔註 3〕韓字母子音 19，母音 21，合計 40 個；從筆畫結構觀點，若複子音ㄲㄳㄺㄻㅄㅅ人ㅉㅊ及複合母音ㅐㅒㅔㅖ놔ㅙㅚㅝ別ㅞㅟ니ㅢ等不列計，則有 24 個。

序	比較事項	英　文	韓　文	漢　文
1	字母數	26 個。	24 個。	（1）傳統無，但有類似功能的形符 265 個，聲符 869 個。 （2）本論文創設 188 字母（包括單筆字元 41 個，複筆字素 147 個）。
2	字母序	有（從 A 至 Z）。	有。	（1）傳統無，但有類似功能的 214 部首依畫數排序和 37 注音、26 拼音排序。 （2）本論文創設 188 字母有定序。
3	字母讀音	有。	有。	（1）傳統不全。一部分則以描述方式讀之，如部首宀稱呼為「寶蓋頭」。 （2）本論文創設 188 字母有定音。
4	書法	大小楷草共 4 種，另有斜體。	1 種。	有甲金篆隸楷行草等體，楷體中又有宋體仿宋體明體等變式。
5	排行（行款）	水平橫排右行下移 1 種。	水平橫排右行下移 1 種。	原則上各種方向皆可，惟水平橫排和垂直縱排較常用。第二字可左行右行上行下行，第二行又可左移右移上移下移，故至少有 8 種排行法。
6	排型	有：單一字母點排列和多字母水平右行線性排列 2 種，相當於一元型、左右型	多字母水平右行線性排列和面性排列 2 種，相當於上下、左右 2 型。〔註4〕	（1）有點、線、面排列 3 種，又有交疊、套疊、異線等變化，結構極複雜。 （2）計有：一元、交叉、匣匡、原厓、迂迴、圓圍、巴巳、傾斜、上下、左右計 10 種排列型。 電腦記憶體亦較省。
7	單字之組合方法	字母左右等距分離 1 種。	字母左右、上下距切、分離，計 4 種組合法。	有：直接、交插、開涵、角觸、互切、關涵、切接、傾切、斜切、橫切、縱切、傾離、斜離、橫離、縱離、縱夾等合計 16 種組合法。

〔註 4〕筆者據三軍大學左秀靈師主編《韓華辭典》及韓國國語研究會編，漢城理想社，1970 年 11 月 1 日 3 版發行《最新國語辭典》統計韓文字型，得上下、左右 2 型──①上下型有：二狀 35 式（即有 35 種音節，下同）、凵狀 241 式、川狀 23 式、凵狀 2 式、弖狀 4 式、川狀 1 式、三狀 72 式，共 7 狀 378 式（音節）。②左右型有：川狀 41 式、川狀 14 式、川狀 6 式、川狀 25 式、川狀 2 式，共 5 狀 88 式（音節）。可能有遺漏，尚請國內專家或韓國朋友指正。

8	單字長度	不定：單字母者為1單位長度，其餘為等高但不定長長方形。	固定：一音節造一字，呈正方形方塊，各字長寬相等。	固定：一音節造一字，呈1×1正方形方塊，各字長寬相等，故字數整齊之對聯律詩絕句為漢字所特有。
9	單字與單字間隔	約一個字母長度的等距離空白間隔。	約一個字的1/4長度等距離間隔，且詞有單字詞、多字詞之別，故斷詞亦不容易	約有一個字的1/6長度等距離間隔，且詞有單字詞、多字詞之別，故斷詞不容易，如「下雨天留客天天留我不留」有四五種讀法。
10	單字內字母間隔	約一個字母長度之1/4等距離間隔。	約一個字母長度之1/6等距離間隔	視組合方式而定：如在分離組合，筆畫之間空隙寬闊；而在接觸、交插、距切等組合，則筆畫之間無空隙。
11	字首大寫	有，英文專有名詞首字母均大寫如AmyParis	無	無，如"麻子小姐"之"麻子"為專有名詞時，需外加私名號作"麻子小姐"。
12	佔版面或電腦記憶體空間之大小	拼音文字線性排列頗佔印刷版面及記憶體空間	韓文面性排列省空間與漢字同（因一音節與英文一字母所佔空間約略相同）	面性排列省空間，一字（word）與英文一字母（Alphabet）所佔版面約略相同。俄國人統計同一篇文章用漢字比用俄文約少四分之三。將漢字存入電腦記憶體亦較省。

六、漢字型的價值

　　漢字形音義三結構中，以形的結構最複雜，而歷代學者對其措意不多，因此問題的積累也愈多，尤其面對機械化以及電腦化的挑戰，更令國人倍感壓力沈重。當代文字學者如裘錫圭、黃沛榮、申小龍、蘇培成〔註5〕都認為形構是漢字現代化科學化中亟需突破的門檻，筆者有幸在青少年時期即對此問題十分關注，首先將漢字形構的全般面貌加以攝影、描繪、彫刻和解剖，而深信得其三昧，體認在現行楷書的基礎上，建設像拼音文字一樣功能的漢字母，以及化解面性排列所加於機械化以及電腦化的「枷鎖」，是使漢字脫胎換骨，徹底解決問

〔註5〕諸位先生的意見已摘錄於第壹篇第二章。

題的最簡易最有效的法門。而字型的建立，就是破解面性排列枷鎖的第一道系統指令（Instruction）。對線性排列的拼音文字來說，無所謂"字型"，字型對他們言沒有意義。但是，對於擁有二維面性排列的漢字而言，其意義和價值便非同小可。因爲有了它，有關形構方面的很多問題可以迎刃而解；而漢字線性拼寫、單字排序、識字教學、字典編纂、排檢法、輸入法、資料庫及漢字電腦的精進，從此得到科學化的支持而有堅實的基礎。

　　總之，字型對改寫漢字爲線性排列方式，能發揮它定型定位的功效，亦即有了字型，就可以描繪字的輪廓大樣，顯示其模糊字形，又能掌控字母或字根的先後關係、內外層次、方向位置而不致混亂。此外，掌握它對識字、檢索、鍵盤輸入很有幫助。

第八章　造線排式

第一節　概　說

　　拼音文字的字或詞（word）是線性排列的，如英文，從 26 字母中每次選取若干個，構成子母音相綴的音節，以水平方向從左而右排列而成。它極便於資訊處理，而面性排列則大不利。偏偏，漢字大部分是面性排列。要解決這問題，必須在現行方塊漢字外，另行設計一個專門應用於信息處理和電腦系統的「漢字母線性化排列法」，簡稱"排線"或"線排"或"線拼"，意同英文 spelling。其排列方式叫做"線排式"；所排成的字，名"線化字"或"線性字""線性漢字"。這也是線化理論——線性規劃的目標。

第二節　表　式

　　因應用途和建造手續，本文擬訂樹、枝兩系統'漢字母線性化排列法'：

第一種：樹系統

　　一）表式：標準式

　　漢字↔〔字型樹〕×〔字儀×字格×字母鏈×字元鏈〕

　　二）說明

　　這是〈漢字母線性化排列法〉的「標準式」，其中：

（一）↔表可逆性轉換式。

（二）〔〕表示組織、成分的集合，〔字型樹〕包括水準分類成
IXEFSOPYTH 十字型和垂直分類的 "軌－體〔註1〕－格" 等各層
級的劃分。著重全字的幾何圖形；〔字儀＋字格＋字母鏈＋字元
鏈〕則著重著重細部結構如筆畫，亦涉漢字內部形聲音義結構。

（三）×表連結；[ ]表選項，可任意選取 0 至多項因數（element）參與
排列。

（四）字儀：又名 "首尾儀字型"，把字劃分為首儀、尾儀兩部分，凡居
左上外部位者叫首儀，居右下內部位者叫尾儀，各立其字型。

（五）字格：形聲符連袂排列型態，所以又名 "形聲排型"。依分佈位置
分為獨立意符、中形旁聲、旁形中聲、上形下聲、下形上聲、左
形右聲、右形左聲、外形內聲、內形外聲、外形延長、外聲延長、
糾合混一，計 12 格（Gestalt），以 BCDLMNQRUVWZ 為代符。

（六）字母鏈：包括字母、層次符號、組合符號、書寫順序。如果只需
簡單表達 "字母"，可將字母鏈之 "層次符號×組合符號" 省略。

（七）字元鏈：包括 41（36、47、50）字元、10 筆向、10 筆型。

三）用途：應用於信息處理和電腦系統，如：單字內碼、交換碼、通信
碼，輸入法內部軟體、全字庫系統等科技領域。另外，需精密地對
漢字結構教學、研究亦可使用。

四）變式：依使用需要及目的，把用不著的因數去掉，即簡化式。

（○）式：漢字↔字型樹×首尾儀字型×字母×字元。

（一）式：漢字↔字型樹×首尾儀字型×字母×首/末筆向。

（二）式：漢字↔字型樹×首尾儀字型×字母×首/末筆型。

（三）式：漢字↔字型樹×首尾儀字型×字母。

（四）式：漢字↔字型樹×首尾儀字型×字元。

（五）式：漢字↔字型樹×首尾儀字型×首/末筆型。

〔註1〕此處 "字軌" 與 "（47）字式"；"字體" 與隸楷行草書體；"字格" 與形聲排
型，名同而意義有異，前者（字軌、字體、字格）純屬字型樹上的一個級別。詳
第伍篇第一章。

（六）式：漢字↔字型樹×首尾儀字型×首/末筆向。

（七）式：漢字↔字型樹×首尾儀字型。

（八）式：漢字↔字型樹×字母。

（九）式：漢字↔字型樹×字元。

（十）式：漢字↔字型樹×首/末筆型。

（十一）式：漢字↔十字型×首尾儀字型×字母。

（十二）式：漢字↔十字型×首尾儀字型×字元。

（十三）式：漢字↔十字型×首尾儀字型×首/末筆型。

（十四）式：漢字↔十字型×首尾儀字型×首/末筆向。

（十五）式：漢字↔十字型×字母鏈。

（十六）式：漢字↔十字型×首字母。

（十七）式：漢字↔十字型×首字元。

（十八）式：漢字↔十字型×首/末筆型。

（十九）式：漢字↔十字型×首/末筆向。

（二十）式：漢字↔十字型。

第二種：枝系統

一）表式

漢字↔〔字式或字圖〕×〔字儀×字格×字母鏈×字元鏈〕

二）說明

將標準式的〔字型樹〕因數，包括水準分類成 IXEFSOPYTH 十字型和垂直分類，加以簡化，只取字型的變式——47 字式或 64 字圖中一種。

三）用途：應用於日常生活中電腦輸入法、製字法，暨人工單字排序，例如書籍名詞、論文關鍵字索引，委員會名單、電話簿人名排序等。

四）變式：依使用需要及目的，把用不著的因數去掉，即簡化式。因此，上面通式可簡化為：

（一）式：字↔字式（或字圖）×首尾儀字式×字母。

（二）式：字↔字式（或字圖）×首尾儀字式×字元。

（三）式：字↔字式（或字圖）×首尾儀字式×首/末筆型。

（四）式：字↔字式（或字圖）×首尾儀字式×首/末筆向。

（五）式：字↔字式（或字圖）×字母鏈。

（六）式：字↔字式（或字圖）×首字母。

（七）式：字↔字式（或字圖）×首字元。

（八）式：字↔字式（或字圖）×首/末筆型。

（九）式：字↔字式（或字圖）×首/末筆向。

（十）式：字↔字式（或字圖）。

第三節　拼　法

一、概　說

　　以第十五式："字↔十字型×字母鏈（含層次符號×組合符號）"為例，拼字時依方程式首先寫上"十字型"，再按書寫順序填"字母"，字母與字母之間預留二個空位，以便填補"層次符號"與"組合符號"。組合符號比字母數少 1 個，層次符號數大抵則與組合符號數相當，但前後分開。例如：

　　盟↔T〔〈日∣∣（冂 A＝）〉二（皿 θ∣∣）〕

　　一）盟表面性排列方塊漢字。

　　二）↔表可逆性轉換式。

　　三）T 表字型，漢字計有 IXEFSOPYTH 十個型。

　　四）日冂＝皿∣∣表字母，總計 188 個。

　　五）（　）〈　〉表層次符號，尚有〔　〕{　}，共四個。

　　　　（一）（　）表示第一層（最內層）。

　　　　（二）〈　〉表示第二層。

　　　　（三）〔　〕表示第三層。

　　　　（四）{　}表示第四層（最外層）。

　　層次符號表示出字母的位置、書寫順序及前後關係。最外層用{ }，以次類推，最內層用（）；若兩根對等則免用。如"盟"字，必先將"日""月"用一（）號括起來，再與"皿"組合。

　　六）∣∣A二θ 是組合符號——表示兩字母間的關係。∣∣示左右分離，A 表示開涵，二表示橫（上下）分離，θ 表示關涵。此外尚有 12 種——J 表示直接，

Φ表示交插，Γ表示角觸，G 表示互切，Б表示切接，Y表示傾切，λ 表示斜切，Л表示橫切，K 表示縱切，∥表示傾離，╲╲表示斜離，巾表示縱夾，共十六個組合，因專用於拼寫橫列漢字，故名"十六拼合"。

　　十六拼合中，ΓБYλЛK∥╲╲八式用得較少，因需用它的筆畫已先組成固定形態的字母，故常用者僅JΦAGΘ二巾八式。

二、拼寫式

功能鍵	號符組合	拼寫式舉例
Caps Lock	0　J 直接	里↔T（口Θ十）J 土，艮↔P（日Jㄴ）A ╲，重↔T╱十 J（口Θ十）J 土，東↔X 十 J（口Θ十）J 木
F1	1　Φ 交插	中↔X 口 Φ∣，力↔X フ Φ ╱，子↔X 了 Φ 一，弔↔X 弓 Φ ∣
F2	2　A 開涵	①匡涵：回↔E 匚 A 口，匡↔E 匚 A(一 Л 土)，幽↔E 山 A（幺∣幺） ②厓涵：鱻↔Fㄴ　A＜（幺∣幺）二一二（幺∣幺）〉，仄↔F 厂 A 人，司↔F ㄱ A(一 二 口)，道↔辶 A＜⊻ Л（白 Θ＝） ③迴涵：馬↔S ㄅ A 卂 灬（有複框者其字母可連寫）
F3	3　Γ 角觸	匚↔E 一 Γㄴ，厂↔F 一 Γ╱，弓↔S ㄱ Γ ㄅ，囗↔O ∣ Γ コ
F4	4　G 互切	屮↔P ∠ G ㄱ，瓦↔T（乛 G ㄟ）Θ ╲
F5	5　Θ 關涵	回↔O 口 Θ 口，丼↔X 井 Θ ╲，巴↔P 巳 Θ ∣，目↔O 口 Θ＝
F6	6　Б 切接	尸↔P ╱ Б コ，巳↔P コ Б ㄴ，阝↔P∣Б（コ A 一）号↔P（匚 A 一）Б
F7	7　Y 傾切	人↔Y ╱ Y ╲，勹↔Y ╱ Y ㄱ，夂↔Y ∠ Y ╱
F8	8　λ 斜切	入↔Y ╱ λ ╲，マ↔Y フ λ ╲
F9	9　Л 橫切	丘↔P（厂 A 丅）Л 一，且↔P(П A＝)Л 一
F10	10　K 縱切	卜↔H ∣ K ╲，片↔H ╱ K（十 二 ㄱ）
F11	11　∥傾離	多↔Y（ㄅ A ╲）∥（ㄅ A ╲），厶↔Y ╱∥ㄥ
F12	12　╲╲斜離	氵↔Y ╲╲╲╲╱，冫↔Y ╲ ╲╲╲

	13	二橫離	寶↔T（、几一几儿）二（十几一）二（□θ丨丨）二（□θ二）二儿
			鬱↔T＜木丨丨（ノ几十几凵）丨丨木＞二｛[＜凵A（メA丶丶A讠）＞乀匕]丨彡｝
	14	丨丨縱離	彬↔H 木丨丨木丨丨彡，剖↔H（亠二丷二口）丨丨刂
	15	吅吅縱夾	小↔H 亅吅吅八，水↔H 亅吅吅氺，承↔H（了Φ三）吅吅氺

（本表著重組合之運作，故所舉例包括已無需剖解之字母在內，如人入氵
等。）

第四節　功　用

一、線排式之通式可顯示出

一）組合排型：包括十字型暨各級結構形態，可取代傳統各種檢字法。

二）首尾兩儀結構：可取代傳統部首，利於檢索。

三）形聲聯合結構。

四）字母之形狀。

五）字母之數目。

六）字母書寫次序。

七）組合方法。

八）組合次序。

九）組合層級。

十）字元形狀。

十一）字元之形狀。

十二）字元之數目。

十三）字元之末段筆勢方向。

二、用　途

一）口述單字結構，可以字母爲單元，述筆順或位置先後如：

（一）"王"口述爲：上"一"下"土"。

（二）"章"口述爲：上"亠（唸作彥）"次"丷（唸作洋）"再"日"
　　　下"十。

二）新編字典內可以字母爲單元，按線排單字結構，彰顯書寫順序。

三）識字教育，尤其對文化各異的外籍學生教學上，線排式既臚列形的結構又有形聲排型，可謂兼容形音義，而其排列宛如化學結構式或數學恆等式，最爲科學，容易接受。

四）單字編碼暨排序：單字以線排式編碼，可以做到一字一碼，且因具有豐富的形音義內涵，據此編訂單字內碼、交換碼（interchange code）暨單字排序、檢索，就有了堅實基礎。

五）輸入法：本文有字型、字式、字母、字元輸入法，即以線排式爲基礎。

六）製字程式：線排式不單用於書面表述字母結合關係，亦可用於電腦組字。本系統以標準鍵盤最上排之 16 個功能鍵定義爲 "16 拼寫鍵"。用在 PC 電腦裡文書處理系統下造漢字字集以外的字時的套裝軟體。詳第伍篇製字新法。

七）電訊傳輸：可全套照搬線排式，亦可以簡化爲只傳輸字型、字母，如：

（一）一↔I 一

（二）母↔X 口一ヽ

（三）周↔E 冂土口

（四）公↔F 八厶

（五）馬↔S ㄅ𠦝灬

（六）國↔O 囗⺌ㄨ口一

（七）巴↔P 巳丨

（八）幺↔Y ノ厶

（九）盟↔T 口一月＝冂一丨丨；鬱↔T 木ㄥ十凵木⺀凵ㄨ丶丶丿匕彡

（十）離↔H 亠凵ㄨ冂一；龍↔H 亠丷冂＝卜己三。

上面字型符號 IXEFSOPYTH，具有標示該字結構暨 "字列" 之起始、終結訊息之效用。

第九章　造單碼系統

第一節　中文電腦缺失

　　本篇線化理論旨在建設一個線性化的漢字構造體系暨精進中文電腦智能——前者是後者的基礎，後者是前者的目的之一。

　　以第一章楷書構造建立"六構"——構位、構貌、構材、構法、構型、構媒爲起點，循序開展字族、字母、剖解法、組合法、排列型、線排式等一系列建設，而完成線性漢字的基礎。本章則在此基礎上發展，以精進中文電腦智能爲目標。

　　中央研究院資訊研究所謝清俊教授民國 80 年〈談中國文字在電腦中的表達〉一文說：

> 　　沒有（一部）電腦的中文資料處理能力可以讓我們完全滿意的。造
> 成這種現象的根本原因，是目前電腦擁有的中文知識不足，以至於
> 用起來捉襟見肘、有許多限制。這使得一些中文電腦表現得呆頭呆
> 腦，而且粗魯固執。〔註1〕

台灣大學中文所教授黃沛榮先生民國 84 年〈論當前一般電腦中文系統的缺失〉

〔註 1〕見《珍藏文獻整理與資訊科技應用研討會文集》，頁 67。

〔註2〕指出當前電腦中文系統有三大缺失，摘要如下：

一、字集方面：字集編者對漢字語文知識不足，導致不常用字太多而常用字尤其異體字卻找不到等缺失。

二、字碼方面：主要有兩問題，一是編碼架構不佳，二是多頭碼制，對於資訊的傳遞交換至為不利。

三、字形方面：未一一查證字源，導致「標準字形」不夠標準。

筆者對上述兩位代表資訊界和中文界學者的意見不斷思考探索，最後將當前中文電腦缺失的主因歸結在字碼上，其他問題則是暫時、次要，屬於技術層面且容易解決的。而字碼問題則出於：

一）缺乏能拼出全部單字且"定序、定讀、定形、定量、定碼"的字母。

二）缺乏以字母為建制單位的單字編碼系統。

本篇第四章已建立一套"定序、定讀、定形、定量、定碼"的漢字母，而"以字母為建制單位的"單字編碼的模型則述於第八章造線排式。接下來工作是將字母及單字編碼。

第二節　字母編碼法

一、概　說

要使電腦擁有漢字資料處理能力最低限度要克服兩個問題：

一）把漢字輸入電腦：要有一套漢字輸入法。

二）把漢字輸出電腦：要有一套字集或字庫或字形發生器，把字樣（Type-face）儲存在電腦中，並給字形一個編號。

而不論輸入或輸出，都需要給漢字一個代碼，代替這個字形在電腦裡運作，是為字碼。

漢字是以象形為基礎的形音義三位一體的詞文字，由於這個屬性或基因，使它在單字之下，單筆之上，沒有產生類似拼音文字的"字母"這一 拼寫單位（spelling unit），所以一字一形，五萬字即算做五萬個字形，但排序準據非常多元，而且不論那個準據都跳不脫結構鬆散、涵蓋面狹窄及分類不夠細密之弊，

〔註2〕同上，頁41～59。

所以，編碼工作非常不容易，因此一般編碼缺乏邏輯性、分析性、連續性和一貫性也就不足爲異了。筆者經十餘年努力，從五萬多漢字中爬梳出 188 個筆畫，並規劃爲擁有固定的排序、固定的讀音、固定的形狀，以及固定的拼寫式（含有 字型、組合法）等配套措施，可以拼寫出全部漢字來，於是把這 188 個筆畫（含字元 41，字素 147）命名爲“漢字母”（Chinese Alphabet）。

二、單位元組編碼

一）188 個字碼

“漢字母” 188 個雖比 26 個拉丁字母多 7.3 倍，但可以含納在「單位元組碼系統」（SBCS, Single Byte Code System，筆者又音譯作“單筆柢碼系統”）中，跟英文並駕齊驅。茲依 ASCII 字碼集（American Standard Code for Information Inter-change）之標準，暫擬 188 個漢字母的單位元組碼如下（空白處留供拉丁字母、控制符等用，位置需再研究）：

188 個漢字母的單位元組碼表

y\x	0	1	2	3	4	5	6	7	8	9	A	B	C	D	E	F
0	○	㇂					)	ㄨ	朩	ㄇ	七	巳	夕	㇀	丁	㇅
1	㇏	㇈					孑	艹	卅	卩	凹	尸	勹	㇆	宀	木
2	﹨	㇀					了	九	甲	ㄱ	弓	貝	ㄅ	㇃	ユ	‖
3	丿	㇇					勹	丰	女	凵	已	ㄓ	人	㇈	ㄒ	开
4	弓	亅					丁	ㄢ	丹	臼	弓	厸	㇀	止	十
5	㇇	㇗					し	十	又	几	己	㇁	厶	＝	灬
6	✦	丶					乚	屮	丰	厂	ㄅ	月	牛	ㄱ	八
7	ㄱ	一					乁	才	去	厂	□	卩	豸	㇀	凵
8	㇀	㇄					乁	土	口	厂	口	臼	く	丷	工	川
9	㇉	㇙					乙	巾	七	厂	日	臼	彡	三	土	丩
A	㇆	一					し	ナ	屮	ㄥ	白	目	㇀	＝	力
B	丨	乚					✔	夬	才	ㄫ	囗	亻	ケ	㇏	㇞	灬
C	㇅	㇄					木	廿	匚	㇢	亞	刂	勹	㇏	卞
D	㇇						攵	子	冂	阝	㇢	夕	辶	忄	刂
E	丨						力	大	一	广	刂	丫	人	丁	儿	巛
F	㇂						中	乂	已	厂	阝	ㄠ	㇏	入	ㄎ	㇀

二）255 個字碼

如果不理會 ASCII 字碼集，另創獨立的漢字字集，則字母數量可以擴充至 $\leqq256=2^8$ 個，暫擬漢字母暨相關字符計 255 個單位元組碼如下：

（一）原則：爲建漢字單位元組碼系統立四原則：

1. 依序：依 188 漢字母序排列，以利邏輯運算及排序、檢索。字元部分係以"筆尾向"序排列。

2. 保留：以 ASCII 爲底本，原安置 10 阿拉伯數字、26 拉丁大寫字母暨一部分標點符號之號碼、位置保留不變，以利交流。

3. 共用：爲多設標點符號，以利文書處理，有一部分字母兼作標點符號用。

4. 區隔：凡涉組合、層次、數學運算之符號，不兼作漢字母用。

（二）內容：漢字單位元組碼系統內涵八類 255 字符：

1. 漢字母：188 個，其形狀、次序如第四章所列。

2. 字型符：IXEFSOPYTH 計 10 個。

3. 形聲圖符：BCDLMNQRUVWZ 計 12 個。

4. 組合符：AJGK Γ Θ λ Л Б У Φ ∥ ＼ ｜ 叩計 16 個。

5. 阿拉伯數字：0123456789 計 10 個。

6. 小寫拉丁字母：26 個，

7. 組合層次符：漢字線性拼寫用，亦可兼用爲標點符號。有 { } [ ] 〈 〉（ ），合計 8 個。

8. 數學運算符：有 ＋ － × ／ ． ＝ 合計 6 個。

9. 標點符號：有 ｜ — ∟ ⌐ ⌐ ⌐ 、。，：；？合計 12 個，前 7 個兼爲字母。

（三）建表：以 ASCII 爲底本，用二進位的 8 筆（Bit，或譯爲位元）制編碼，但爲簡化篇幅，改以 16 進位呈現，茲作成 17×17 方陣表格如下：

單位元組漢字母碼系統表

y\x	0	1	2	3	4	5	6	7	8	9	A	B	C	D	E	F
0	○	㇏	几	0	λ	P	）	ㄨ	尢	刀	七	巳	㇆	㇄	丁	㇀

1	`	㇈	y	1	A	Q	彡	艹	井	卩	凵	尸	勹	冫	夲	木
2	丿	㇏	㇒	2	B	R	了	九	甲	コ	厶	目	勹	山	ユ	‖
3	丿	㇟	㇙	3	C	S	勹	丰	女	凵	己	弓	亻	上	卅
4	弓	㇆	二	4	D	T	丁	ヨ	丹	臼	弓	卪	亻	㇀	上	十
5	㇇	㇄	ㄸ	5	E	U	乚	十	又	几	己	尸	厶	厶	=	灬
6	`	、	‖	6	F	V	乚	屮	丰	厂	勹	冃	牛	マ	乛	八
7	フ	ー	。	7	G	W	乛	才	去	厂	厂	卩	豕	冫	一	屮
8	㇉	㇄	(	8	H	X	乙	寸	口	厂	白	く	冫	工	川
9	㇈	㇆	)	9	I	Y	乙	巾	七	厂	日	㠯	勹	土	丩
A	㇈	ー	×	:	J	Z	乚	广	屮	厶	白	目	ㄙ	土	刀
B	｜	㇈	+	;	K	[	✓	夬	犭	勹	口	亻	戈	屮	巛
C	丩	乚	，	<	L	{	木	廿	匚	へ	亞	刂	卪	屮	卜
D	乛	厂	=	M	]	攵	子	冂	匚	罒	勹	辶	亻	刂
E	｜	θ	.	>	N	}	力	大	一	广	刊	丫	人	丁	儿	巛
F	㇏	Б	╱	?	O	Φ	中	乂	匚	厂	阝	幺	入	巧	`

三）檢　討

字母單位元組編碼系統有字型和組合法搭配，透過組合軟體，可以隨時拼出（Spelling）一個漢字，就像以 26 字母隨時可以拼出一個英文字一樣，因而電腦裡可以不必建立點矩陣圖形的漢字字庫，減省大量儲存空間，這對中文電腦邁向更輕更薄更短更小提供了基礎。但有些特殊用途電腦適宜使用儲存全部字形的字庫，所以對於字庫的建立暨單字的編碼仍然不可不做，以下即探討單字編碼。

第三節　單字編碼法

一、概　說

由於中文電腦發展之初並無所謂"國家標準漢字內碼"，而由業者自行編訂，目前漢字單字編碼系統除"中文資訊交換碼"（CCCII）外，著名者計有 BIG－5、通用、公會、倚天、王安、IBM－5550 碼等，它們的編碼雖都有理據，但還沒有一部是以類似拼音文字的字母來組合成字的編碼系統。本文既已建立 188 個漢字母暨其單位元組碼系統，就以它爲基礎將單字編碼。

二、編碼方法

據上一章，一個方塊漢字可以改寫成 31 種線排式。我們的單字編碼就是根據線排式來編內碼。

爲了要使電腦具有的字形"知識"愈充分，我們主張不厭其詳，據第一（同二、三）式來編碼，其法先將全部漢字的①字型樹、②字儀（首尾儀字型）、③字格（形聲符位置型態）、④字母鏈、⑤字元鏈 從大到小從外到裡從高到低 共五種字形屬性資料編成一長串不等長的號碼，然後依號碼大小再換成等長度的流水號內碼。

三、據線排式編內碼

我們用線排第三式但爲簡化計省略 組合層次、組合方式、書寫順序、筆向標示，來說明編碼方式——舉上下型十字爲例，左邊列單字，右邊爲字型樹、字儀（首尾儀字型）、字格（形聲排型）、字母、字元、筆畫數暨流水號。字型樹參見第伍篇第一章。

字↔	字 型	x	字 儀	x	字格	x	字 母	x	字 元	x	筆畫數	→內碼
奈↔	上下型	x	上 X 下 T	x	上形下聲	x	木＝小	x	一丨ノ丶ー一丿ノ丶	x	09	（虛擬↓）
（編號） 8221209100	18		L		6C E5 ED		1A 0B 03 0F 17 1A 14 06 16		09	→80000
李↔	上下型	x	上 X 下 X	x	上形下聲	x	木 子	x	一丨ノ丶了一	x	06	
8221209101	11		L		6C 7F		1A 0B 03 0F 62 1A		06	→80001
柰↔	上下型	x	上 X 下 F	x	上形下聲	x	木へ↓丶く一	x	一丨ノ丶ノ丶↓丶ノ丿丶	x	11	
8221209103	13		L		6C 9C 14 D7 C8		1A 0B 03 0F 03 0F 14 16 01 06 16		11	→80002
杏↔	上下型	x	上 X 下 O	x	下形上聲	x	木 口	x	一丨ノ丶丨フ一	x	07	
8221209105	15		M		6C A8		1A 0B 03 0F 0B 0D 17		07	→80003
杳↔	上下型	x	上 X 下 O	x	下形上聲	x	木 日	x	一丨ノ丶丨フ一一	x	08	
8221209105	15		M		6C A9		1A 0B 03 0F 0B 0D 17 17		08	→80004
查↔	上下型	x	上 X 下 T	x	上形下聲	x	木日一	x	一丨ノ丶丨フ一一一	x	09	
8221209105	18		L		6C A9 1A		1A 0B 03 0F 0B 0D 17 17 1A		09	→80005
杰↔	上下型	x	上 X 下 H	x	上形下聲	x	木 灬	x	一丨ノ丶丶丶丶丶	x	08	
8221209109	19		L		6C FB		1A 0B 03 0F 01 16 16 16		08	→80006
麥↔	上下型	x	上 X 下 Y	x	下形上聲	x	木人人ノ又	x	一丨ノ丶ノ丶ノ丶ノ丶	x	11	
8221209151	17		M		6C CE CE 03 85		1A 0B 03 0F 03 0F 03 0F 03 09 0F		11	→80007

賓↔上下型x上 X 下 Tx下形上聲x木人人口＝ㄟx一｜八八八｜ㄱ━━一 ╲八 x15

| 8221209151 | 18 | M | 6CCE CEA7E5 F6 | 1A 0B | 03 0F 03 0F 03 0F 0B 0D 17 17 | 1A | 06 16 | 15→80008 |

类↔上下型x上 X 下 Xx下形上聲 x ╰╮木大╲ x 一｜╲╱╱╲ 一 八 x10

| 8221209152 | 11 | M | EF 6C 7E 16 | 1A 0B 16 06 03 0F | 1A | 03 0F | 10→80009 |

四、檢　討

中國文化大學教授張仲陶先生民國 80 年撰〈字形與字碼〉〔註3〕主張編碼應以字形爲主，蓋閱讀時入目者爲字形，字音字義必須由字形聯想而得。若不識其音義，字形仍然入於目，所以分辨字形簡單易行，最爲理想。他提出一個好的編碼應擁有下列屬性：

一）獨一性：一個字只准有一個碼。

二）涵蓋性：碼位必須足夠將所有的字納入。

三）擴充性：文字的蒐集不免遺漏，因此碼位安排必須留有餘地，以便補益。

四）關連性：只要字形異動便有對應的字碼，即使字形訛誤亦然。

檢討本文根據線排式把單字分析爲：①字型樹、②首尾儀字型、③形聲排型、④字母鏈、⑤字元鏈等五大內容來編內碼的方式，完全符合上列原則與要求。尤有進者：

（一）字型樹首先將全字的具體結構垂直分析達 6～22 層次。

（二）首儀字型是對首尾部位字根的分析，形聲排型從音義結構分析。

（三）再結合個別的字母鏈資訊，包括：1 字母形狀、2 字母數目、3 組合方式、4 關係位置、5 書寫順序。

（四）暨字元鏈資訊，包括：1 字元形狀、2 字元數目、3 筆向等。

屬性和資料全都涵蓋其中，將字形資訊一網兜收，以理出系統化而流暢的字形排序。最後把它們轉換成碼位集中且連續，碼長固定而簡短的號碼，既節省電腦儲存器內空間，又便於與電腦軟硬體連繫溝通，所以是相當理想的編碼。

〔註 3〕見姚榮松編《中國文字的未來》，頁 115～124。

第伍篇　應用系統

　　本文第二部分由三大理論構成：第貳篇敘一般理論，以客觀態度重新觀察評價漢字爲一極優秀文字，但也不否認有一些缺點，正視缺點是改革和進步的起點，我們提出建立漢字母和確定字型結構是對症治療；第參篇以新的觀點重估六書的性質、意義、內涵，發現許多一直被忽視的寶藏並澄清歷來諸多疑問，開闢評價漢字爲一極優秀文字的新平面；第肆篇則在一般理論和六書理論的堅實基礎上，積極規劃漢字母和字型，搭配剖組排配套措施，建構線性排列式、單位元組字母暨單字編碼，使漢字在資訊處理上具有跟英文等拼音文字並駕齊驅的功力和能耐。所以，總的說來，已可達成提升中文電腦到高智慧的目標。以下則轉進於周邊暨下游領域，如輸入法、排序法、檢索法等應用。

　　應用系統係運用以上漢字構造理論，尤其是第肆篇線化理論所建設的“殷字剖組排式系統”把它們落實應用於漢字日常所使用領域。

　　本篇應用系統以字型爲首章，它直接根據上篇第七章排列型理論把全部漢字一一納入 IXEFSOPYTH 各型，詳析其結構特徵推演成系統樹，爲以下各章基礎。第二章述字型用途，第三章爲排序法、第四章爲檢索法、第五章爲輸入法、第六章爲製字法、第七章爲排行法，計七章，是除提升中文電腦智慧以外主要的應用課題。其他如字典編纂、漢字教學、資料庫精進 等應用課題則併入各章節敘述不另立。

第一章　十型字檔

第一節　概　說

一、匯集常用字

本章據《中文大辭典》所載 49,905 字逐一檢討，歷時十載，始歸納出 IXEFSOPYTH 十字型，爲本論文之奠基者，亦爲以下各章之支柱。爲節約篇幅，不將 49,905 字全數羅列，而改陳常用字。茲以教育部頒最常用 4,808 字爲底本，益以大陸「現代漢語通用字表」6,721 字減去重複，得 2,200 字，使海峽兩岸常用漢字能彙聚一處；另外，蒐羅各種字典所見特殊型狀漢字，約 7,000 字。總計 14,000 字，以驗證十字型涵蓋完整及其 22 層次分類細密。從第二節起按 IXEFSOPYTH 分型排列，至第十一節合爲一檔，以爲建立漢字自然序號及排檢法、輸入法、資料庫等之基礎。

另外，爲適應漢字輸入時常有外文及特殊符號，立第十二節；爲因應輸入法、檢索暨教學需要，將十字型擴充爲 47 字式和 64 字圖，立第十三、四節。

二、十字型系統樹

字型系統樹，可簡稱系統樹、結構樹、字樹，是排序、檢索系統的基礎。

本樹以十字型為中心，依各字結構特徵，往上溯四級而探單複筆之初分，向下則詳細分類至第 22 層次，使字各得其所，各立其位，形成系統化的排序。以下各節即以此樹為架構，將 14,000 字一一派入適當位置。限於篇幅，下表之"型"下只列：狀、軏、體、格計四層，第五層以後則逕入第二至十一節各型內。

字型結構系統樹表

單複筆	筆畫離合 （一二）	筆畫形狀 （元角分）	前中後型 暨五組合	十字型 IXEFSOPYTH	狀	軏	體	格	例字

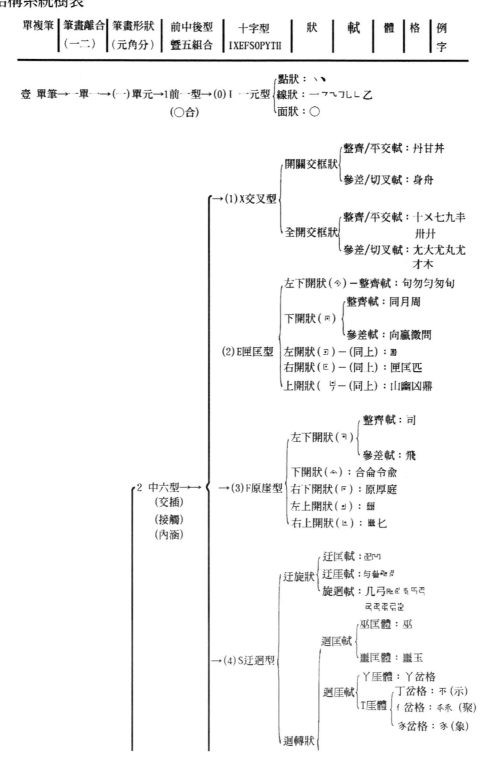

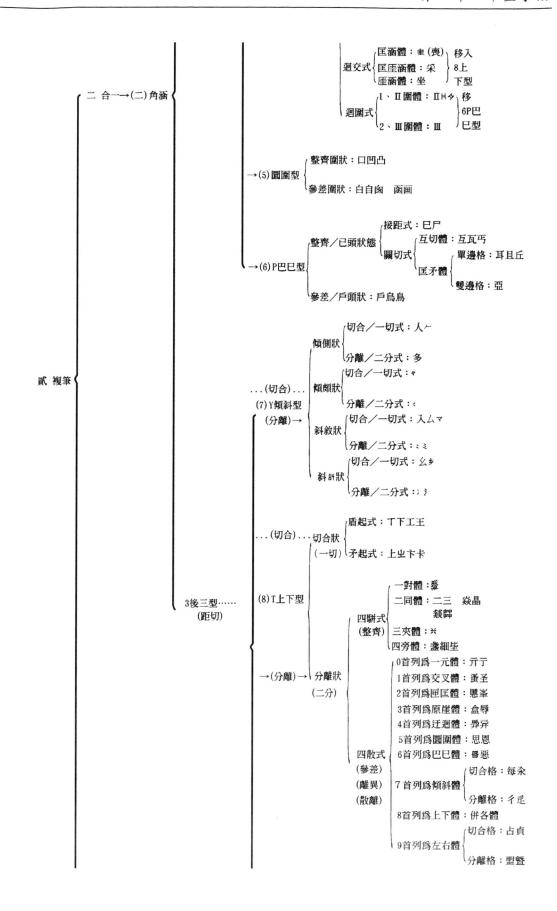

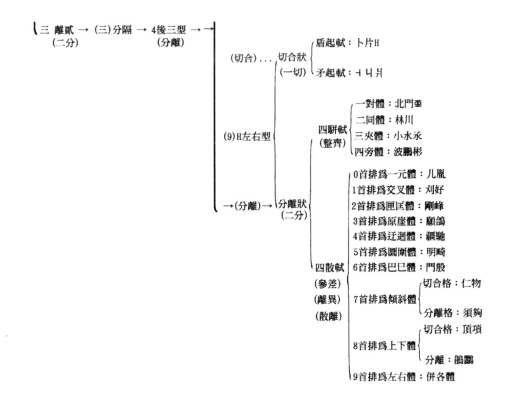

三、採　樣

（一）本章字樣採自三類五個字集：

1、民國 71 年 9 月 1 日教育部公告正式使用的《常用國字標準字體表》，共收 4808 字。詳如附錄（八）。

2、1988 年 3 月大陸「國家語言文字工作委員會漢字處」編「現代漢語通用字表」收 6721 字。減去與上述《常用國字標準字體表》相同者，得 2200 字，詳如附錄（九）。

3、特殊字：自當代三部大型漢字辭典內採集特殊型狀字，如∴型之㠯恖叒弄焱犇毳皛垚晶贔鱻麤龘字，∵型之棥樊字，：：型之㸚燚叕闗㸚字，約 7,000 字。因大部分打字困難，故逕歸入各型中，不另彙集。

（二）三部字辭典名稱如下：

1、民國 62 年中國文化學院初版，張其昀先生監修，林尹、高明先生主編《中文大辭典》。

2、西元 1985 年中國大陸徐中舒先生主編《漢語大字典》。

3、西元 1949 年日本國諸橋轍次先生編 1966 年版《漢和大辭典》。

四、層　級

劃分字型的用意在於分辨各字特殊形象樣貌，因此“重分不重合”。前述「字型系統樹」係以字型爲中心，將其上溯四層，下開四級，然僅能標識上游源流，至於下游分成四級仍屬粗略，未能將各字異同分別詳細，玆以字型爲首，向下細分，最多達 22 層，並逐層編號：第 1 層稱“型”，第 2 層稱“狀”，第 3 層稱“軾”，第 4 層稱“體”，第 5 層稱“格”，第 6 層稱“樣”，第 7 層稱“態”，第 8 層稱“種”，第 9 層稱“類”，第 10 層稱“科”，第 11 層稱“門”，第 12 層稱“綱”，第 13 層稱“目”，第 14 層稱“別”，第 15 層稱“屬”，第 16 層稱“階”，第 17 層稱“級”，第 18 層稱“層”，第 19 層稱“次”，第 20 層稱“元”，第 21 層稱“系”，第 22 層稱“統”。

各型最後一層級平均收字十個，我們的目標是把所有漢字納編，一字一號，但此非借助電腦不可。

雖然劃分 22 層，但日常使用只需記牢第 1 層的 IXEFSOPYTH“型”，並對第 2～4 層的“狀、軾、體”有概念即可。

劃分“型”以下層級的依據，大別爲：

一）字型：先依 IXEFSOPYTH 十字型劃分第一層。第二層以後依各型特徵，就下列諸項每次擇一進行，至字母爲止。

二）虛實：如○爲虛框，列 0I 一元型；但 ϴ⊙（金文日）涵實則列 5O 圜圍型。

三）開關：如口片凹凸尸巳㔾爲關框，コ冂卩凵乚㇆厂八ㄣㄅ㔿己弓爲開框。

四）組合：如彡三川爲分離筆畫，丁卜片人入爲距切筆畫，十七九又巾弔中爲交插筆畫，日回爲關涵筆畫，月幽叵爲開涵筆畫，ㄏ冂匚凵爲接觸筆畫，尸巳爲切接筆畫，ㄅ㔾㔿ㄙ爲互切筆畫，○一乙爲零合筆畫。

五）數量：又細分爲

（一）含子數：如弓爲虛框，引弖弜弓含子數一，弻彅彏含子數三。

（二）邊股數：如乚㇆厂广兩股，コ冂卩凵匚八ㄣ三股，㔿己弓四股以上。

（三）行列數：如“木又月”一列，“林双朋”左右兩列，“森叒朤”上下兩行三列，“楙叕朤”上下兩行兩列。

六）方向：如 “🔲🔲🔲コ” 在左方開口，“冂几冖宀冂” 在下方開口，“凵
山幽㘩凶” 在上方開口，“匸匠臣臣匹” 在右方向開口，“ケタ勹”
在左下方開口。

七）角度：如厂乀爲鈍角，乚く爲直角，乙ㄱㄥ爲銳角。

八）曲直：如丿乀爲曲筆畫，丶丨一爲直筆畫。

九）長短：如到攸之丨爲短，川卜卜爿之丨爲長。

十）位置：如焚霖彬淋之 “林” 分居上下左右。

十一）整畸：如口爲整齊圍形，巳尸爲畸突圍形。

十二）正斜：如十爲正十字，乂乄爲斜十字。

以下按上述原則依 IXEFSOPYTH 十字型分類，每型一節，爲配合層級，
節以下改以 0～9 數字表示；名詞或標題後出現 “→” 者表 “說明”，出現 “:”
者表 “例字”。

第二節　一元型

一、定　義

0I　一元型（Initiative　or　Independence）→從起到訖只一筆者。但ㄱ乚ㄱ
乙等角框內涵筆畫者則移入他型。

二、釋　名

一，《說文》：「惟初太極，道立於一，造分天地，化成萬物。」《列子。天
瑞》：「一者，形變之始也。」《漢書・董仲舒傳》：「一者，萬物之所始也。」《中
文大辭典》：「獨也。」

元，《說文》：「始也。」《正字通》：「元，一也。」《春秋元命苞》：「元者，
端也。」

綜上所釋，一元就是一筆、開始、發端、獨立之意，相當英語的 Initiative 或
Independence，取其首字母 I 爲代符，取數字 0 爲代碼。

一元型是 IXEFSOPYTH 十字型之首，也是十字型之基礎，所有單字皆由
一元型構成，俗稱「筆」，約有五十種，成「字」者不多，在《中文大辭典》49905
字中只有 16 字，佔 0.03206%，是最少的字型。其中 41 形列爲「字元」。（另建

36，47，50 字元以適應各種需要）。

三、分類：一元型下分爲點、線、面三狀。

00 點狀

001↙向軏：✦ （心怡必）

003↘向軏：、（尤犬朮甫丸瓦太凍漢求羊六貝共）

01 線狀→短線及長線而非面狀者，下分有角、無角兩軏。

010 無角軏

0101 直線體

01010 短直線格

010101↙向樣：ノ（帥白向身求羊）

010102↓向樣：丨（巴眉攸到）

010106→向樣：﹁（月北倉）

01011 長直線格

010111↙向樣：／（丑五韋）

010112↓向樣：｜（中）

010113↘向樣：＼（木長良衣旅）＼（刈殺專惠虫禹萬充么）

010116→向樣：一（大六）

01012 曲線體

010120 短曲線格

0101201↙向態：ノ（夭禾么矢朱午年牛）

010121 長曲線格

0101211↙向樣：／（方見）丿（成片月）

0101213↘向樣：乀（建延）乀（之述）＼（木衣良）

011 有角軏

0112 匣匡體：　Ｃɔ（漢字無，附此供了解）

0113 原匡體

01131 挑角匡格

011311 末筆↙向樣：⌐（了予疋）

011317 末筆↖向樣：亅（到予）

011319 末筆↗向樣：↳（以瓜艮即食）

01132 鈎角匡格

011327 末筆↖向樣：⟩（獵豕家象）

011328 末筆↑向樣：乀（弋戈鼠）

01133 銳角匡格

011331 末筆↙向樣：フ（今丑），フ（水登夕），⟋（也乜）

011336 末筆→向樣：厶（厶）

01134 矩角匡格

011342 末筆↓向樣：ㄱ ㄱ（冒凹且皿）

011343 末筆↘向樣：＜（巡災），⟨（女）

011346　末筆→向樣：ㄴ（亡匹從ㄴ，ㄴ古文隱；巨世山從ㄴ，今ㄴㄴ合併爲ㄴ）

01135 鈍角匡格：乀乚

01136 半匡格

011364 末筆←向樣：ㄱ（永羽岡同月）

011367 末筆↖向樣：ㄱㄱ（幻刁力約方）

011368 末筆↑向樣：ㄴ（也孔乩乜）

0114 迂迴體

01141 兩迴角格→呈ㄣ字形有兩迴角者

011410 無鈎樣

0114101 末筆↙向態：ㄣ（专從ㄣ）

0114102 末筆↓向態：ㄱ（鼎吳）

0114106 末筆→向態：乁（凹）

011411 有鈎樣

0114117 末筆↖向態：ㄅ（馬鳥烏）

0114118 末筆↑向態：⺄（玐飛訊風），⺃（九颸）乙（挖）

01142 三迴角格→呈㇋字形有三迴角者

011420 無鉤樣

0114201 末筆↙向態：㇋（建）

0114202 末筆↓向態：㇌（凸）

011421 有鉤樣

0114217 末筆↖向態：了（陳鄭子孑孓丞承），㇋（乃透盈）

02 面狀

021 自交軾

0211 交叉體：8 ∞ ∝ α φ（非漢字，附此供了解）

022 自接軾

0225 圜圍體：○（今作“零”，古文“圓”“環”）△（古文丁）

023 自距軾

0236 巴且體：∂ δ 6 9（非漢字，附此供了解）

第三節　交叉型

一、定　義

1X 交叉型（X-Cross）→兩筆相交於一點有四個交角者；從組合觀點來說，交叉型就是 IEFSOPYTH 九字型被交插者。「被交插者」與「交插者」是相對的兩儀；前者爲「首儀」，具有：①XEFSOP 型外框，②有 YTH 屬性特徵，如上下、左右分離排列等；而後者爲「尾儀」，通常爲一元型單筆或切合結構。

二、釋　名

交，《說文》:「交脛也。」《廣韻》:「合也。」《易・大有。注》:「接也。」交接，《荀子・王制・注》:「連結也。」叉《說文》:「手指相錯也。」《玉篇》:「相交也。」

交叉，語出《隋書・禮儀志》:「其車軨解合交叉。」《中文大辭典》:「橫直相交成叉形。」

綜上所釋，交叉型就是兩筆相交連結成╳叉形者。譯為英語 X-Cross。取首字母 X 為代符，數字 1 為代碼。

交叉型居 IXEFSOPYTH 十構字型之第二序次，其字皆以交叉為主體構成，在《中文大辭典》49905 字中有 414 字，佔 0.83158%，居第五位。

三、分　類

以下以尾儀──「交插者」為一元型單筆或切合結構而分為：平交、切叉兩狀。"平交狀"無「切合結構」如ナ，而"切叉狀"則有，如大尤。

10 平交狀→相交各軸均係平直光禿無切線形枝牙如七九十，亦即「交插者」「被交插者」均非切叉結構。

「交插者」如矛插入「被交插者」，而「被交插者」被插入後就多出一筆，宛如"又"加一點為"叉"。「交插者」通常為一元型單筆（大多數如卅之一為單筆，少數如弗之"川"為複筆），容易辨認。因此辨認的對象是「被交插者」（如卅之川）。茲依十字構型 IXEFSOPYTH 將「首儀」──「被交插者」分為十軏：

100 直交軏→一元型中非彎曲的直筆（｜一）或微曲筆（ノ乀）相交於一
　　點。先寫的那一筆為「首儀」，後寫的為「尾儀」，如"十"先寫"一"
　　筆即為「首儀」。

1000 橫豎交體

10000 虛框格：十

10005 涵實格→"十"之四個厓限內"包涵"筆畫。

100051 單一厓限內涵樣

1000517 第七厓限內涵態：斗

100052 多個厓限內涵樣

1000521 第一三厓限內涵態：朩

10005213 第一三九厓限內涵種：朮（又列「盾叉式」，蓋印刷字樣有差異）

1001 撇捺交體

10010 虛框格：乂乄

10015 涵實格→乂乄之四個厓限內"包涵"筆畫。

100151 單一厓限內涵樣

1001518 第八厓限內涵態：乂

100152 多個厓限內涵樣

1001525 四厓限全涵態：※（嬼鬱從※）

1002 橫撇交體

10020 虛框格：ナ

10025 涵實格→ナ之四個厓限內"包涵"其他筆畫。

100251 單一厓限內涵樣：

1002513 第三厓限內涵態：友左右布右有灰

102 匡交軾→兩結構相交，首儀為匣匡形態（如一コ匸凵冂几ケ）──亦
　　即匣匡形結構被另一筆畫簡單的「尾儀」所交插。其匡角開口方向依
　　九宮井坐標排序編號。

1022 正下方向開口體（冂）

10220 橫交格→交叉者與中邊平行。

102200 空虛樣：丹（丹）

102205 涵實樣：丹丯（冉古文）

10221 縱交格→交叉者與兩旁邊平行。

102210 空虛樣：巾

102215 涵實樣

1022151 單一厓限涵實態

1022152 多匡限涵實態

10221521 一三匡限涵實種：雨（雨），兩（兩滿）

102215213 一三七九匡限涵實類：爾（爾）㡛（敝黼）

10222 縱橫交格：冉冊

1024 左方向開口體（コ）

10240 橫交格

102400 空虛樣：彐（帚）

102405 涵實樣：畨（番古文）畨

10241 縱交格

102410 空虛樣：尹屮（鹿慶薦）卄（五）

10242 縱橫交格

102420 聿樣

1024200 空虛態：聿（唐庸聿書盡肅）

102421 尹樣

1024210 空虛態：尹尹（爭）

1026 右方向開口體（匚）

10260 橫交格

102600 空虛樣：乇（虐）

10261 縱交格：午（舛）

102615 涵實樣：乐（樂）

1028 正上方向開口體（凵）

10280 橫交格

102800 空虛樣：廿

102805 涵實樣：甘甘（其古文）

10281 縱交格

102810 空虛樣：屮屮（龖蠿龖）屯（屯屯）

102815 涵實樣：朱朱

10282 縱橫交格：世（棄）

103 匡交軏→兩結構相交，首儀爲匡狀彎折筆畫者——亦即原匡形結構被
　　　另一筆畫簡單的「尾儀」所交插。又依夾角大小分爲：銳角、矩角匡
　　　交二體。其匡角開口方向依相應坐標排序編號。

1034 矩角匡交體→首儀矩角匡形彎折結構（如 乚 ㇂ 乚 或 厂 厂 广）被另一筆

畫交插。其厓角開口方向依四象十坐標排序編號。

10341 左下方向開口（┐）格

103410 力樣

1034100 虛框態：力卄（五）

1034105 涵實態：为爲办（辦）

103411 刃樣：刃升（丑）

10343 右下方向開口（厂）格

103431 戊戉樣（交插者爲複筆）

1034310 虛框態：戊戉

1034315 涵實態

10343150 戍種：戍戚成威（蔵）

10343151 戌種：威威咸威（歲）

10349 右上方向開口（乚）格：七乜乜（化）也（首儀乚，被尾儀⟋所交插）也（首儀乚，被尾儀一所交插）世（首儀乚，被尾儀一所交插）

1038 銳角厓交體→首儀銳角崖形彎折一元型單筆（如ㄋⅠↆ）被另一筆交插，其彎折角開口方向依八卦米坐標編號。

10381 左下方向開口格

103810 卄樣：卄

103811 又樣

1038110 虛框態：又

1038115 涵實態

10381151 單一厓限內包涵種

103811518 第八厓限內涵類：又

10381152 多個厓限內涵種

103811524 第四八厓限內涵類：叉（蚤）

10387 左上方向開口格：寸

103870 虛框樣

103875 涵實樣

1038751 單一厓限內涵態

10387511 第一厓限內涵種：寸

10389 右上方向開口格

103890 七樣

1038900 虛框態：七

1038905 涵實態

10389051 單一厓限內涵種

103890519 第九厓限內涵類：弋

10389052 多個厓限內涵種

103890521 第一九厓限內涵類：甙鳶式弍貳忒

1038905219 第一七九厓限內涵科：武

103891 乂樣

1038910 虛框態：乂（必）

1038915 涵實態

10389152 多個厓限內涵種

103891524 第四六八厓限內涵類：必

104 迴交軾→兩結構相交，首儀爲迂迴狀彎折筆畫者——亦即迂迴形結構被另一筆畫簡單的「尾儀」所交插。又依被交叉的「部位」分爲：股中交、股旁交兩體。

1040 股中交體：力卍歹弔弗

1041 股旁交體

10410 九格

104100 虛框樣：九丸

104105 涵實樣

10411 乏_格

104110 虛框樣：乏

104115 涵實樣：廸建延廻廼（又列原厓型）

10412 子格

104120 虛框樣：子子孑

104125 涵實樣：柔（保古文）

10413 其他格

104132 下方交叉樣：夂

104138 上方交叉樣：ち古

105 圍交軏→兩結構相交，首儀爲圓圍狀彎折筆畫者——亦即圓圍形結構被另一筆畫簡單的「尾儀」所交插。先依圓圍之斷續分連接圍交與離框圍體，再依尾儀書寫的筆勢「方向」分爲：橫向、縱向、縱橫向交三格。

1050 連接圍交體

10500 橫向交格：母（衰）丗

10501 縱向交格

105010 虛框樣

1050100 上下穿透態：申中

1050102 下穿透態：甲甲

1050108 上穿透態：由㠯曲

105015 涵實樣：中（道藏母字）甲（黑）

10502 縱橫向交格：曲（婁）

1051 離框圍體：屯（如函画斷離圍冂，被乚交叉）

106 巴交軏→①兩單筆相交，圍成巴巳型者如口；或②首儀爲巴巳型圍面者——亦即巴巳形結構被另一筆畫簡單的「尾儀」所交插。

1060 虛框體：口（毋母）毋

1065 涵實體：母

107 傾交軾→兩結構相交，首儀爲傾斜分離狀者。亦即傾斜分離狀被一元
　　型等簡單的筆畫所交叉。其特徵爲：腳下呈ㄨ、乂或㐅形。

此處傾斜分離結構包括ノノ丷ㄱㄟ等。

1070 才腳體：扌才（從ノ被亅交叉）

1071 乂腳體：丈（乀被ノ斜叉）史吏夊（凶）

1072 乂腳體

10720 虛框格：曳戈（堯從戈，一被乂交插）

10725 涵實格

107250 戈字樣

1072509 第九厓限涵實態：戈（丆被乂交插）

10725091 第一九厓限涵實種：戎戒或

107250917 第一七九厓限涵實類

1072509171 幾字科：幾畿

1072509172 鐖字科：鐖

107251 戋字樣：戋

1072511 第一九厓限涵實態類：或

108 橫交軾→兩結構相交，首儀爲上下分離狀者，亦即上下分離狀被一元
　　型等簡單的筆畫所交插。

10890 虛框體

108902 兩交點格：丰丰扌市

108903 三交點格：丰半（契）

108904 四交點格：串丰（妻）

108905 五交點以上格：曹（曹）婁（婁）事車聿畢

10895 涵實體：半甫

109 縱交軾→兩結構相交，首儀為左右分離狀者。亦即上下分離狀被一元
　　　型等簡單的筆畫所交叉。分為廾交、井交兩體。

1090 廾交體

10900 虛框格

109002 兩交點樣：++廾

109003 三交點樣：卅

109004 四交點樣：卌卌（帶）

10905 涵實格：卅（叔）

1091 井交軾→廾交體與一再交插成井字形者。

10910 空虛體：＃井井（構）

10915 涵實體：丼

11 切叉狀→IXEFSOPYTH 十個字型的字被切合結構如人𠂉、ケ勹、厶入、
　　　亻⺁兀⊥土卜之盾、矛或矛盾所交插，宛如“又”加一點成“叉”者。

同上列 10 平交狀，仍依 IXEFSOPYTH 十個字型分為十個字式——亦即扣
掉「切合複畫」後視交叉結構「餘形」為何型即列該型叉式。例如「大」扣掉
切合複畫「人」後其「餘形」為“一”，“一”屬一元型，即列元叉軾。所以，
識別切合結構是關鍵。

與交叉筆畫相結合的「切合結構」可分為四個類型：

1. 旁撇類型→撇筆起首居交叉結構之左旁者，如牛牛失朱匀，均列傾斜型。

2. 旁交類型→上下相切筆畫之矛被右旁交叉結構再交插者，如升我〔（羲）〕
　　（飛），均列縱叉式。

3. 頭角類型→又稱切框類型，指框形交叉結構的上方等部位附有切合筆畫
　　者。

　1）巴巳型切框類→如身臾（殷），卑（卑），以上均列巴叉式；

2）原匡型切框類→如臧，列崖叉式；

3）匣匡型切框類→如舟，列匡叉式。

4. 尾牙類型→切合結構居交叉字之尾、腳部，其杈牙明顯易認。如大尢木米朮夫央裁等，均列切叉狀。

第 2、3、4 類型若從相切之矛或盾角度可分類如下：

1）盾叉類型→切合結構之盾爲他筆所交插，又分爲：

    （1）單切盾叉狀→切合結構之盾被交插者，如：大尢矢尤內肉戈彪尤犭𠨍（姊）弔（弟）𠂇（存在）雀（鶴）卜（卸）耂（孝）戠（識）

    （2）夾切盾叉狀→兩邊有切合結構之盾被交插者，如：木米朮

    （3）離切盾叉狀→兩個相離的切合結構之盾雙雙被交插者，如：兼（兼廉）

    （4）頭角盾叉狀→框形切合結構之盾被交插者，如：身𦙵（殷），𦥯（卑），戕臧，舟。

2）矛叉類型→切合結構之矛爲他筆所交插，又分爲：

    （1）單切矛叉狀→切合結構之矛被交插者，如：去內（偶萬離竊）

    （2）旁交矛叉狀→上下切合結構之矛被右旁之交叉結構再交插者，如：如升我〔（羲）〕（飛），均列縱叉式。

3）矛盾叉類型→切合結構之矛與盾均被交插者

    （1）單切矛盾叉狀→切合結構之矛與盾均被交插者，如：女

    （2）雙切矛盾叉狀→兩個切合結構互相交插者，如：夫央

以上計有八個形狀，以其爲橫軸，區分切合結構（即交插者）；另以"非切合結構"（即被交插者）之 IXEFSOPYTH 十個字型爲縱軸，歸納爲"某某叉軾"。

110 元叉軾→一元型單筆與切合結構相交者。

1107 傾斜切體→切合結構爲傾斜型者。

11070 盾起筆切格→即傾側相切。如丿亻ケ形之傾斜相切結構以"盾"起筆者。

110700 盾叉樣→相切合結構，其盾爲一元型筆所交插。

1107000 人叉態→盾"丿"爲一元型筆"一"所交插，只一個交點，座標呈

$$\frac{7|9}{4\!\!\!\!/\!\!\!\!_2\!\!\!\backslash 6}$$形，內數字爲"厓限"序號。

11070000 虛框種：大

11070005 涵實種

110700051 單一厓限內涵類

1107000512 第二厓限科：太，奈奢夯夎（列上下型）

1107000519 第九厓限科：犬

110700052 多宮限內涵類

1107000524 第四六匡限科：夰（亦）夾夾爽奭

11070005246 第二四六匡限門：夻（古文愼）夾

1107001 ㇓叉態→盾"丿"爲一元型筆"乁"所交插，只一個交點。

11070010 虛框種：丸

1107002 又叉態→盾"㇇"爲一元型筆"一"所交插，只一個交點。

11070020 虛框種

11070025 涵實種：奠奠

1107003 亻叉態→盾"丿"爲一元型筆"一"所交插，只一個交點。

11070030 虛框種：尢

11070035 涵實種

110700351 單一厓限內涵類：尤

110700352 多個厓限內涵類：尨

110702 矛盾叉樣→相切合結構，其矛盾皆爲一元型筆所交插。

1107020 夂矛盾叉態→矛"𠃌"、盾"丿"，均爲一元型筆"㇏"所交插。

11070200 虛框種：夂（俊凌復傻夏夔）

11070205 涵實種：夂（夜）

1107021 人矛盾叉態→矛"丿"、盾"㇏"，分別爲一元型筆"一"、

"丿"所交插。

11070215 涵實種：友

11071 矛起筆切格→相切合結構以矛起筆者。

110719 斜敘切樣→傾斜相切結構如ㄗㄙ形者。

1107191 矛叉態→斜敘相切結構，其矛被交插者。

11071910 ㄙ種→矛"ㄥ"爲一元型筆"一"所交插。

110719100 虛框類：厶（育棄充）

1108 上下切體→相切合結構爲上下型者。

11080 盾起筆切格→即下忑切體。如龘形之上下相切結構以盾起筆者。

110800 盾叉樣→下忑（即下矛上盾）相切結構，其盾爲一元型筆所交插。

1108000 尢叉態→盾"一"與一元型筆"丿"相交叉，分解作從丿從匸。
（與尢從十從乙者異）

11080000 虛框種：尢

11080005 涵實種：龙（龍）

1108001 兀叉態→盾"一"中央爲一元型筆"｜"所交插，且把儿分隔，只一個交點，座標呈 $\frac{7|9}{1|3}$ 形，內數字爲「厓限」序號。

11080010 虛框種：朮

11080015 涵實種：朮

1108002 亻叉態→盾"丿"爲一元型筆"一"所交插，只一個交點。

11080020 虛框種：𠂇（同才）

11080025 涵實種

110800253 第三厓限涵實類：存在

110802 矛盾叉樣→相切合結構，其矛盾皆爲一元型筆所交插。

1108020 ㄚ矛盾叉態→矛"丿"盾"一"，同時爲一元型筆ㄑ所交插。

11080200 虛框種：女（首儀“＜”與上下相切結構冖之矛“丿”盾“一”相交）

11081 矛起筆切格→即上志切體。如“⊥”形之上下相切結構以「矛」起筆者。

110810 盾叉樣→上志（即上矛下盾）相切結構，其盾為一元型筆所交插。

1108100 ⊥盾叉態→下盾“一”為一元型筆“丨”所交插。

11081000 虛框種：丩（丩耳從丩）

1108101　土盾叉態→下盾“一”為一元型筆“丿”所交插。

11081010 虛框種：屮

11081015 涵實種→十之四個厓限內包涵其他筆畫。

110810151 單一厓限內涵類

1108101513 第三厓限內涵科：孝考老者

110812 矛盾叉樣→上矛下盾相切結構，其矛、盾皆為一元型筆所交插。

1108120 亡矛盾叉態→矛“厂”盾“一”，同時為一元型筆“丨”所交插。

11081200 虛框種：牛（年）

1109 左右切體→相切合結構為左右型者。

11090 盾起筆切格

110904 左佐切樣→如“十”形之左右相切結構以盾起筆者。

1109040 盾叉態→左佐（即左矛右盾）相切結構，其盾為一元型筆所交插。只一個交點。下分扌、犭兩種。

11090400 扌盾叉種→盾“亅”上為一元型筆“一”所交插。

110904000 虛框類：才

11090401 犭盾叉種→盾“丿”上為一元型筆“丿”所交插。

110904010 虛框類：犭（犬）

110905 縱夾切樣→又名左中右切體。如朩形之左右相切結構以盾起筆者。

1109050朩盾叉態→左右為矛，中為盾相切結構如朩形者。其中盾"丨"

上為一元型筆"一"所交插，只一個交點。座標呈 $\frac{7|9}{4|3|6}$ 形，內數字

為宮限序號。下分朩水兩格。

11090500 虛框種：木朩（朮從朮）

11090505 涵實種

110905051 單一厓限內涵類

1109050519 第九厓限包涵科：朮

110905052 多宮限內涵類

1109050524 第四六匡限包涵科：來

1109050527 第七九厓限包涵科：米

1109051水盾叉態→左中右二切結構水，其中盾"亅"上為一元型筆"一"

所交插，只一個交點。

11090515 涵實種：求

110906 右佑切樣→如"卜"形之左右相切結構以盾起筆者。

1109060 盾叉態→右佑（即右矛左盾）相切結構，其盾為一元型筆所交插。

只一個交點。

1109060007盾叉種→右矛左盾相切結構卜，其左盾"丨"上為一元型筆

"一"所交插。

110906000 虛框類：卞（卸）

110906001 卜盾叉種→盾"亅"上為一元型筆"乀"所交插。

110906010 虛框類：乚（反彳）

111 插叉軏→交叉結構與相切結構再交插，合計則有兩個交點以上。

1117 傾斜切體→相切結構為傾斜型者。

11170 盾起筆切格→傾側相切如"人 屮 ㄎ"形以盾起筆者。

111700 盾叉樣→"人"之盾"丿"為交叉型所交插，有二個交點以上。

1117000 人叉態：夬（庚從夬，“人”之盾“丿”爲交叉型單交結構“彐”
　　　　所交插）

1118 上下切體→相切合結構爲上下型者。

11181　矛起筆切格→上矛下盾相切結構爲土形者。其盾“一”爲交叉型單
　　　　交結構所交插，有二個交點以上。

111810 盾叉樣→下分土、立兩態

1118100 土盾叉態→“土”之盾“一”爲交叉型單交結構“乂”所交插。

11181005 涵實種

111810059 弌類：弌

1118100591 第一厓限爲交叉科：栽載

1118100595 第一厓限爲圓圍科：哉

1118100598 第一厓限爲上下科：裁戴

1118100599 第一厓限爲左右科：截

1118101 立盾叉態→立之下盾“一”爲交叉型單交結構“乂”所交插。

11181015 涵實種：戠

1119 左右體→被相切結構所交插者爲左右型。下分切合、分離兩格。

11191 切合格→相切合結構爲左右型者。

111910 盾起筆切樣→左右相切結構以盾起筆者。

1119104 右佑切態→相切合結構爲卜形者。

11191040 盾叉種→右矛左盾相切結構，其盾爲交叉型所交插。有二個交點
　　　　以上。

111910400 卜盾叉類：ⴾ（從卜從彐，其左盾“｜”上方爲交叉型“彐”所
　　　　交插。）

1119105 夾切態→左右爲矛，中爲盾之相切合結構如 ⵜ 形者。其中盾“｜”
　　　　上爲交叉型所交插，有二個交點以上。下分縱夾、橫夾兩種。

11191050 縱夾切種

111910500 水類：隶（水中盾“｜”上方爲交叉型“彐”所交插）

111910501 ≠類：丰（皋）

11191051 橫夾夾切種

111910510 淵類：蕭（鼎之矛"一"為交叉型"キ"所交插）

11192 分離格→相離結構||為交叉型所交插。

111920 イト樣：兼（兼從イト，其盾"||"為ヨ所交插）

112 匣叉軾→有兩類型：（1）附切框的匣匡型本身被交插，如"舟"；（2）非附切框的匣匡型與相切結構相交，如"內"。

1121 附切框體→框外附有切合筆畫的匣匡型被交插。

11212 開口向下格

112120 虛框樣：舟（無含丶）

112125 涵實樣：舟

1122 非附切框體

11227 傾斜切格

112270 盾起筆切樣

1122700 盾叉態→相切結構，其盾被交插。

11227000 盾被匣匡型交插種

112270000 尤類→其盾ノ為匣匡型桼燊所交插。

1122700002 開口向下科：尤衣

1122700006 開口在右科：无先（簪）

11227001 盾被上下型交插種

112270010 人盾ノ為上下型亠所交插類：犬

112271 矛起筆切樣

1122719 斜敘切態→相切結構呈ㄢ、入、厶形

11227190 盾叉種→斜敘相切結構，其盾為匣匡型冂所交插。

112271900 入類→相距切結構入，其盾"乀"為匣匡型冂所交插。

1122719002 開口向下科：內肉卥

11227191 矛叉種→斜敘相切結構，其矛"ㄥ"爲匣匡型冂所交插。

112271910 ㄥ類

1122719102 開口向下科：内

11228 上下切格

112280 盾起筆切樣→上下相切如亻形者。

1122800 盾叉態→上矛下盾相切結構，其盾爲匣匡型如冂、宀所交插。

11228000 亻種→盾"丿"爲匣匡型"宀"所交插。

112280002 開口向下類：隹

113 厓叉軓→有兩類型：（1）附切框的原厓型結構本身被交插；（2）非附切框的原厓型與相切結構相交。

1131 附切框叉體→框外附有切合筆畫的原厓型如厂被交插。

11312 開口向下格

113120 虛框樣：戕

113125 涵實樣：臧

1132 非附切框叉體

11321 矛起筆切格

113218 上切樣→上下相切結構爲⊥形者。

1132181 矛叉態→上矛下盾相切結構，其矛爲原厓型所交插。

11321810 文 種→文之矛"｜"爲原厓型"厂"所交插。

113218103 開口向右下類：皮

114 迴叉軓→迂迴型與相切結構相交一種。

1140 盾起筆切體

11404 左切格→左右相切結構爲⊣形者。

114040 盾叉樣→左矛右盾相切結構⼳，其盾"｜"上方爲迂迴型如ㄅ、弓所交插。

1140400 弓態：弔（姊）弟（弟）

115 圜叉軌：（無）

116 巴叉軌→有兩類型：（1）附切框的巴巳型本身被交插；（2）非附切框的巴巳型與相切結構相交。

1161 附切框叉體→框外附有切合筆畫的圜形如白、戶被交插。

11615 圜框格：甶（卑）

11616 巴框格

116160 身樣

1161600 虛框態：身（厥古字）

1161605 涵實態：身

11616 胄樣：胄（殷）

1162 非附切框叉體

11620 盾起筆格→傾側相切結構呈人形

116200 盾叉樣→人之盾 丿 爲巴巳型所交插。

1162000 人態：央（相切結構"人"其盾"丿"爲被巴巳型""冂""所交插。）

117 傾叉軌：（無）

118 橫叉軌→又稱上下叉軌，上下型與相切結構相交者。

1187 傾斜切體

11870 盾起筆格→傾側相切結構如人、ケ形者。

118700 盾叉樣→相切結構如人，其盾爲上下型所交插。

1187000 人叉態→人之盾"丿"與上下型相交。

11870001 與上下切合結構コ相交種：夫

11870002 與上下分離結構相交種

118700020 虛框類：夷夷夫

118700025 涵實類

1187000250 关科：关

11870002505 关涵實門：卷芬眷拳豢帣牵鰲鞻夸骿齹縶聱鶱茶荼芬岑坌娑
荅奈袋登餈養

1187000251夫科：春奉泰舂秦奏（移列上下型）

1188 上下切體

11881 矛起筆格

118818 上切樣→相切結構為⊥形者。

1188181 矛叉態→上矛下盾相切結構如⊥、⊥，其矛與上下型交插。

11881810⊥叉種：禺（甼從曰從冂呈上下型，與相切結構⊥之矛丨相交）

1189 左右切體

11890 盾起筆格

118904 左切樣→相切結構為ㅓ、ㅓ形者。

1189040 盾叉態→左矛右盾相切結構，其盾為上下型所交插。

11890400ㅓ叉種：肀（同帇）

118906 右切樣→相切結構為ㅏ形者。

1189060 盾叉態→右矛左盾相切結構如ㅏ，其盾為上下型所交插。

11890600 ㅏ叉種：事（彐從一從ヨ呈上下型，與相切結構 ㅏ 之盾丨相交，
捷從此）

118905 縱夾切樣→相切結構為朩形者。

1189050 盾叉態→朩之盾丨為上下型所交插。

11890500朩叉種：本末末耒束朿東柬果棗朿秉（秉）

119 縱叉軾→居左旁的上下相切結構與右旁的交叉結構再相交者，至少有
兩個交點，又稱左右叉軾。

1190 升體→居左旁的上下相切結構イ丿，其矛" 丿"被右旁交叉結構

"十"所交插。

11900 虛框格：升

1191 飛體→居左旁的上下相切結構彳、丿，其矛"丿"被右旁交叉結構

　　　"𠂆"所交插。

11915 實涵格：飛（飛）

1192 㓁體→居左旁的上下相切結構"千"，其矛"丿"與右旁交叉結構

　　　"戈"相交插。

11925 實涵格：我

1193 禾體→居左旁的上下相切結構「禾」，其矛"木"與右旁交叉結構

　　　"戈"相交插。

11935 實涵格：我（義）

第四節　匣匡型

一、定　義

　　2E　匣匡型（Encasement）→口字缺一邊呈冂匸凵⌒形如筴筐者，筐內通常包涵另一字根。無涵者視為　涵「空」，仍列此型，惟一元型單筆呈冂匸凵⌒框形狀，則必須內涵筆畫才納入匣匡型。

二、釋　名

　　匣，《說文》：「匱也。」《鹽鐵論・禁耕》：「天子以海內為匣匱。」《廣韻》：「箱匣也。」匡，《說文》：「飯器，或從竹作筐。」

　　綜上所釋，匣匡型就是像箱匣或飯筐，有Σ匸形外框，內涵筆畫的字型。譯成英語 Encasement，取其頭一字母 E 為代符，數字 2 為代碼。Σ代表各方向變化，即：

　　Σ匸　＝　匸　＋　冂　＋　凵　＋　コ　＋　⌒

三、分　類

　　匣匡型居 IXEFSOPYTH 十構字型之第三序次，字通常由一Σ匸形外框內包涵另一結構構成，在《中文大辭典》49905 字中有 656 字，佔 1.31449%，居

第四位。

　　匣匡型依外框開口方向區分爲：左下方開口狀、下方開口狀、左方開口狀、右方開口狀、上方開口狀共五狀。分別以相對應的九宮鍵號1、2、4、6、8代表。

21⟋左下方開口狀→⟋形外框內涵筆畫者。⟋形外框係以距切方式組合而成，以尾（矛）筆有無鈎而區分爲：無鈎、有鈎兩軌。

210 無鈎軌：夕夕（然炙額將祭礬）

211 有鈎軌

2110 內涵一元體：勺

2111 內涵交叉體：匆匍匊

2112 內涵匣匡體：匈

2113 內涵原厓體：囪

2115 內涵圜圍體：句旬甸

2117 內涵傾斜體

21171 切合格：勾

21172 分離格：勿

2118 內涵上下體：勻訇匐匒

22冂下方開口狀→冂形外框內涵筆畫者。下分爲：整齊匡、參差匡兩軌。

221 整齊匡軌→冂形外框係由接觸、距切方式組合而成。

2211 接觸匡體→冂形框係以兩股線段頭頭、頭尾、尾尾相接觸方式相連接而成。下分爲：兩旁長短匡、三長匡、兩旁短匡共三格。

22111 兩旁長短匡格→冂形框兩旁線段不同長，亦即一長一短者。

221110 卩匡樣

2211100 虛框態：卩（即仰卯卿印卸）

2211105 涵實態：㔾（卵）

221111㔾匡樣

2211110 虛框態：㔾㔾（犯）

22112 三旁長匡格→冂形邊框同長者。

221120 無鈎樣→冂形框尾筆無鈎者。

2211200 冂匡態

22112000 虛框種：冂

22112005 實涵種：冃（冒最冕）

2211201冂匡態

22112010 虛框種：冂 几

221121 有鈎樣→冂形框尾筆有鈎者。

2211210 冂匡態

22112100 平框種→冂形框外不附著其他筆畫者。

221121000 虛框類：冂

221121005 實涵類

2211210051 內涵交叉科：冈冊（侖嗣龠扁）

2211210058 內涵上下科

22112100581 切合門：円岡罔

22112100582 分離門：同岡

2211210059 內涵左右科：网兩

2211211 冂匡態

22112110 平框種→髓形框外不附著其他筆畫者。

221121100 虛框類

221121105 實涵類：用甩月周

2211212 几匡態→几形框之"匡"內涵筆畫者則移入匣匡型。若"匡"內
　　　　不涵或"匡"內外涵筆畫者則移入迂迴型，如颱。

22112125 實涵種：凡鳳夙風凰凩（佩）

22113 兩旁短匡格→冂形框其中央股長 兩旁股短者。只有一冖冘等少數
　　　　字，至於"軍冗冠"等字則入 上下型。

221130 虛框樣：冖

221135 實涵樣：宀（罕）冖（蒙）

2212 距切匡體→兩股線段相切結合成冂形外框，內涵筆畫者。下分爲：八、
　　　　乃匡兩格。

22121 八匡格→冂形外框係由厂複筆之中央與乀筆之首端，相切結合而成，
　　　　內涵筆畫者。

221215 涵實樣：爪瓜

22122　乃匡格→冂形外框係由⺈單筆之中央與丿筆之首端，相切結合而
　　　　成，內涵筆畫者。

221220 虛框樣：乃

221225 涵實樣：孕及尕

222 參差匡軾→冂形外框係由附切、分離方式組合而成。

2221 附切匡體→冂形框外以相切方式附著其他筆畫者。

22211 冂格：向

22212 刀格：用月（舟從月）

2222 分離匡體→冂形外框係兩股相隔離的字根聯合組成，中間有空隙者。
　　　　亦即外框爲分離斷裂不相連，但整體模糊樣態仍呈冂形。分爲：上下
　　　　橫斷匡、左右縱剖匡兩格。

22228 上下橫斷匡格（帀）→冂形斷匡係上下橫斷分離結構。下分爲：羸
　　　　匡、齊匡兩格。均作聲符，匡口向下。

222281 羸匡樣

2222811 內涵交叉態：蠃蠃蠃

2222813 內涵原匡態：蠃蠃

2222814 內涵迂迴態：蠃

2222816 內涵巴巳態：蠃

2222818 內涵上下態：蠃蠃蠃蠃蠃蠃蠃蠃蠃蠃

222282 齊匡樣：齋齋齍齏齎齋

22229 左右縱剖匡格（冂）→冂形斷匡係左右縱剖分離結構。下分為：冂
    匡、門匡、鬥匡、微匡四樣。

222291 冂匡樣→冂係門的簡化字，其框係由丨、冂三股相隔離的單筆組成，
    中間有兩個空隙，但整體模糊樣態仍呈冂形。

2222910 虛框態：冂

2222915 實涵態（冂）：閂閃问阁闷闭闲间阁闸阂阃阄阙阀阅闹闺闺闯闻奄
    闃囡

222292 門匡樣→冂形框係由阝、彐兩個相隔離且相反的阝及彐（反阝）形
    字根聯合組成，中間有一個空隙，但整體模糊樣態仍呈冂形。

2222920 虛框態：門

2222925 實涵態（冂）

22229250 匡內涵一元種：閂

22229251 匡內涵交叉種

222292511 平交類：閘閛閦閾

222292512 切叉類：閉閑闌

22229252 匡內涵匣匡種：開

22229253 匡內涵原匡種

222292532 下向開口類：閣閱閼

222292533 右下向開口類：闕

222292539 右上向開口類：闡

22229254 匡內涵迂迴種：闖

22229255 匡內涵圜圍種：間問闇

22229256 匡內涵巴巳種：聞闐

22229257 匡內涵傾斜種：閃

22229258 匡內涵上下種

222292581 切合類

2222925810 盾起科：開闓闙

2222925811 矛起科：閔閭

222292582 分離類

2222925821 四駢科

22229258212 二同門

222292582121 竝同綱：閆閨誾

222292582122 疊同綱：闓闛

22229258214 四旁門：關

2222925822 四散科

22229258220 第一列爲一元門：閣閱閣

22229258221 第一列爲交叉門：闗闛闛

22229258222 第一列爲匣匡門

222292582226 右向開口綱：闇

222292582228 上向開口綱：闓

22229258223 第一列爲原匡門：闐

22229258225 第一列爲圓圍門：闖闛閶

22229258227 第一列爲傾斜門：閣

22229258229 第一列爲左右門：闈

22229259 匡內涵左右種

222292590 第一列爲一元類：悶

222292591 第一列爲交叉類：闚

222292596 第一列爲巴巳類：鬭

222292597 第一列爲傾斜類：闊

222292598 第一列爲上下類

2222925981 ∕起筆科：閥閨

2222925982 一起筆科：闘

2222925983 ˋˊ起筆科：鬪

222293 鬥匡樣→冂形框係由兩個相隔離且相反的 阝 及 刂（反阝）形字根聯合組成，中間有一個空隙，但整體模糊樣態仍呈冂形。

2222930 虛框態：鬥

2222935 實涵態（冂）

22229358 內涵為上下種

222293581 切合種：鬧鬩鬮

222293582 分離種：閱

22229359 內涵為左右種：鬫鬪鬩

222294 微匡樣→冂形框係由「彳山一攴」四個相隔離字根聯合組成，中間形成四個空隙如冂之形，整體模糊樣態仍呈冂形。

2222945 實涵態（冂）：微徵徽黴徵徽

24 冂左方開口狀→コ形外框內涵筆畫者。下分為：線匡、面匡兩軾。漢字較少此形字。

241 線匡軾→コ形外框是線形結構，內涵筆畫者。依外框組合方式分為：接觸匡、距切匡體。

2411 接觸匡體→コ形外框之兩股以頭頭、頭尾、尾尾方式是相連接。

24110 虛框格：コ

24115 實涵格（冂）：彐（叟電） 番 （番古文） 龜 （龜） 弜 （弜）

2412 距切匡體→一橫筆中央與另一彎曲筆之頭或尾相切成コ形外框，內涵筆畫者。

24125 實涵樣：彐（录碌綠）

242 面匡軾→或稱圍匡軾。面性凹形匚結構，開口向左方者，字多為甲骨金籀篆文。

2425 實涵格（冂）： 匽 （金文匡） 匽 （金文簋）

26　匚右方開口狀→匚形外框內涵筆畫者。分爲：線匡、面匡兩軾。

261 線匡軾→匚形外框是單線形結構，內涵筆畫者。下分爲：整齊匡、參差匡兩體。

2611 整齊匡體→ㄇ形外框係由接觸、距切方式組合而成。依外框組合方式分爲：接觸匡、距切匡格。

2611 接觸匡格→匚形外框之兩股以頭頭、頭尾、尾尾方式是相連接。

26111 三邊長匡樣→匚形框三邊同長者。

261111 ㄈ樣

2611110 虛框態：ㄈ（昂仰迎從ㄈ）

2611115 實涵態：E（印叟從E）

261112 匚樣

2611120 虛框態：匚

2611125 涵實態（匚）

26111250 內涵一元種：E（匝從 E）

26111251 內涵交叉種：匣匝

26111252 內涵匣匡種：巨

26111253 內涵原厓種：匠

26111255 內涵圜圍種：叵

26111258 內涵上下種：匡匱臣

26111259 內涵左右種：匪滙匭

2612 距切匡格→一橫筆之中央與彎曲筆畫之頭或尾相切而成匚形框內涵筆畫者。

26121 ㄈ樣→一橫筆中央下方與另一彎曲筆之頭，相切而成匚形框，內涵筆畫者。

261210 虛框態：ㄈ

261215 涵實態（匚）：区叵匹區匿医匽

261121 匸樣→一橫筆之中央上方與另一厂複筆之尾相切成匚 形框，內涵筆畫者。

2611215 涵實態：亖（長套髮）

2612 參差匡體→匚形外框係由附切、分離方式組合而成。

26121 附框格→匚形框外以相切方式附著其他筆畫者。

261210 虛框種：亡

262 面匡軏→外框為面性凹形"匚"結構，開口在右方。字多為甲骨金籀篆古文。

2625 實涵體：匡（金文匡）匠（金文匠）匚（金文簋）匚（金文箱）匚（籀文箕）匚（籀文籩）

28 上方開口狀（凵）→凵形框內涵筆畫者。下分為：線匡、面匡兩軏。

281 線匡軏→凵形框是單線形結構，內涵筆畫者。下分為：整齊匡、參差匡兩體。

2811 整齊匡體→凵形外框係由接觸、距切方式組合而成。

28111 接觸匡格→凵形外框之兩股以頭頭、頭尾、尾尾方式是相連接。

281111 三長邊匡樣→凵形框三股同長者。

2811110 凵框態→凵形框內涵筆畫者。

28111100 凵虛框種：凵凵

28111105 凵實涵種：㘦凶㘝㗊

2811111 山框態→山形框內涵筆畫者。

2811110110 虛框種：山

2811110115 實涵種：幽爾

2811112 臼框態→臼形框內涵筆畫者。

28111120 虛框種：臼

28111125 實涵種：申（叟鑿插）

281112 兩旁短匡樣→又稱「半涵樣」。凵形框其中央股長 兩旁股短，未能將框內筆畫完全涵蓋在內者。字又列於上下型。

2811120 凵框態：出古（缶）畫（擊繫）

2811121 臼框態：甴（舀）臿（臿）

2812 參差匡體→凵形外框係由附切、分離方式組合而成。

28121 斷匡格（ᕙ）→凵形外框係兩股以上相隔離的線段聯合組成，中間有空隙者。亦即外框爲隔斷不相連結構，但整體仍呈凵形。

281219ᕙ左右縱剖匡樣→冂形斷匡係左右縱剖分離結構。

2812190 虛框態：ᗇᗆ（鼎）鼎（同鼎）

2812195 實涵態：鼎鼎（同鼎）

282 面匡軾→外框爲面性凹形"凵"結構，開口在上方。字多爲甲骨金籀篆古文。

2825 實涵格：凷（從凵玉聲）

第五節　原厓型

一、定　義

3F　原厓型（Field）→口字缺兩邊呈冖　　厂　　」　　└　∧形如懸崖者，崖內通常包涵另一字根。無涵者視爲涵「空」，仍列此型，惟一元型單筆呈厂、冖、└、冖等形狀，則必須內涵筆畫才納入此型。

二、釋　名

原，《說文》：「水本也，從泉出厂下。」厓，《說文》：「山邊也，從厂圭聲。」又作崖、涯。原厓，指水涯山崖等原野（Field），字均從厂邊。

綜上所釋，原厓型就是像山崖，有Σ厂形外框，內涵筆畫的字型。譯成英語 Field，取其頭一字母 F 爲代符，數字 3 爲代碼。Σ代表各方向變化，即：

Σ厂 ＝ 冖 ＋ 厂 ＋ 」 ＋ └ ＋ ∧

三、分　類

原厓型位於 IXEFSOPYTH 十字型之第四序次，字皆由一厂崖形外框內包

涵 另一結構構成，在《中文大辭典》49905 字中有 3378 字，佔 6.76886%，居第三位；但就框形結構來說，卻是最多的一型。

　　原匡型依外框開口方向區分為：1 左下方開口狀、2 下方開口狀、3 右下方開口狀、4、左方開口狀、6 右方開口狀、7 左上方開口狀、8 上方開口狀、9 右上方開口狀（無者保留）共八狀。阿拉伯數與九宮鍵位置相應。

　　31⼍左下方開口狀→口字形的左和下邊缺框呈⼍形者。以匡框結構方式分為：整齊匡、參差匡軌。

　　311 整齊匡軌→外框係由彎曲、接觸、交插與距切等組合方式形成者。

　　3110 彎曲匡體→一筆自行曲折而成⼍形匡框，內涵筆畫者。

　　31100 直角曲折匡格

　　311001⼍樣

　　3110011⼍框態：刀刁刃习㐬（那）

　　3110012⼍框態：司

　　31101 鈍角曲折匡格

　　311010⼓樣：虱卂（迅）卂

　　31102 ⼓ 銳角曲折匡格：⼓（癸發）

　　3112 距切匡體→⼍形匡框係相距切而成，內涵筆畫者。依匡框結構方式分為：關切匡格、開切匡格。

　　31121 開切匡格→⼍形匡框係相切而成的 T 框開放結構，內涵筆畫者。

　　311218 上下切合匡樣：可刁（矛）

　　31122 關切匡格→由關切造成的巴巳型匡框，其⼍面形匡內可涵筆畫。

　　311220 耳匡樣：⽿（聽）

　　312 參差匡軌→外框係由附切、分離組合方式形成者。

　　3121 附切匡體→⼍形匡框外附著切合筆畫，內涵字根者。

　　31210 彎曲匡格→一筆自行曲折而成⼍形匡框，外附著切合筆畫，內涵字根者。

　　312101⻜樣

3110110 虛框態：飞

3110115 內涵態：飛

3122 分離匡體（⊓丨）→中間有隔鑴（Gap）的⌐形斷匡框內涵筆畫者。

31228 上下斷匡格→上下相離形成⌐形斷匡。

312281 ⌐气樣

3122920 左下匡內涵一元態：气

3122821 左下匡內涵交叉態：氣 氖 氤

3122822 左下匡內涵匣匡態

31228222 下向開口種：氜

31228228 上向開口種：氙

3122823 左下匡內涵原匡態：氛

3122825 左下匡內涵圓圍態：氞

3122826 左下匡內涵巴巳態：氬

3122828 左下匡內涵上下態

31228281 切合種

312282810 盾起筆類：氤 氫

312282811 矛起筆類：氯 氧

31228282 分離種

312282821 四駢類：氮

312282822 四散種

3122828220 一元起筆類：氦

3122828221 交叉起筆類：氖 氰

3122828222 匣匡起筆類：氨

3122828225 圓圍起筆類：氳

3122828227 傾斜起筆類：氡

3122829 左下匡內涵左右態：氘 氚 忽

31229 左右斷匡格→左右相離形成⌐形斷匡。

312291 頃匚樣：穎穎頴

312292 殸匚樣

3122921 左下匚內涵交叉態：縠縠縠

3122924 左下匚內涵迂迴態：殼殼

3122925 左下匚內涵圜圍態：縠殼

3122926 左下匚內涵巴巳態：縠

3122928 左下匚內涵上下態：穀縠縠殼穀

3122929 左下匚內涵左右態：愨

312293 頪匚樣：類顡

312294 須匚樣：頵（同夒）頴頴頓頴顲頴頟

312295 攵匚樣：散（微嬂）數（澂徵）

32 ⌒下方開口狀→菱形◇的左下和右下邊缺框呈∧形，內涵筆畫者。以外框構成方式分為：整齊匚、參差匚軷。

321 整齊匚軷→外框係由彎曲、接觸、交插與距切等組合方式形成者。

3211 接觸匚體→兩筆之頭端與頭端相接觸而成∧形匚框內涵筆畫者。惟∧形框與內涵間只允許一個隔罅（Gap），有兩個隔罅的非形聲字如僉龠會，暨形聲字如：貪含念衾畜禽弁盒拿翕喬龕岙悆畬盇則移入上下型。

32110 ∧格：个介尒（爾）傘企仚佘金（輪）汆（黎黍漆）仐（舍幹）朵（榦）㒼（翰）隹（韓）鳥（鞾）仐（幹）令（於）

32111A 格

321110 內涵切合樣：A 仝 余 金

321111 內涵分離樣

3211110 內涵一元態：今

3211112 內涵匼匚態：令侖

3211116 內涵巴巳態：倉

3211118 內涵上下態：舍

3211119 內涵左右態：命

3212 距切匡體→兩筆相距切而成∧形匡框內涵筆畫者。

32120 入格：仝 肏 俞 汆 粂

322 參差匡軾→外框係由附切、分離組合方式形成者。

3222 分離匡體（◈）→字根中間有隔罅（Gap）的∧形斷匡框內涵筆畫者。
　　惟∧形斷匡框與內涵間只允許一個隔罅（Gap），有兩個隔罅的非形聲
　　字如谷 曾 兌 登 癹 益 祭 簪，暨形聲字如：爸 爹 斧 釜 爺 則移入上下型。

32220 八斷匡格：公 分 帠 父 肏 允 兺 兦 合 仝

32221 亼斷匡格：兮 兼 酋 矢 豖

32222 癶斷匡格：發 癸

33 右下方開口狀→口字形的右和下邊缺框呈 ┌ 形內涵筆畫者。以匡框構
　　成方式分爲整齊匡、參差匡軾。

331 整齊匡軾→外框係由彎曲、接觸、交插與距切等組合方式形成者。

3311 接觸匡體→ ┌ 形匡框係兩筆相接而成。

33110 頭頭相接匡格→兩筆之頭端相接而成 ┌ 形匡框。

331100 厂樣：厂 反 厄 厘 庢 仄 辰 原 雁 鴈 贋 歴 暦 厯 厤 厚 厨 厝 厥 厲 廛
　　厭 厴 壓 擘 魘 靨，厦 厖 厙 庠 厰 厓 厢

33111 尾頭相接匡格→兩筆之筆尾與筆頭相接而成 ┌ 形匡框。

331110 厂樣：厂 虎 厄 后 斤 斥 盾 辰

331111 乚樣：氏

3312 交插匡體→ ┌ 形匡框係交插結構，內涵筆畫者。

33120 巾交接匡格：皮（又列交叉型）

33121 尹交接匡格：君（又列交叉型）

3313 距切匡體→ ┌ 形匡框係相距切而成者。分爲：關切匡、開切匡兩格。

33130 關切匡格→相切造成有圍面的巴巳型結構，其 匚面形匡框內可涵筆畫。

331301 耳匡樣：取（叢）

33131 開切匡格→匚形匡框係相切而成的 T 框開放結構，內涵字根者。

331311丿起筆丁切匡樣：看

331312一起筆丁切匡樣：死 石 厎（畏長喪）

331313フ起筆丁切匡樣：及

332 參差匡軾→外框係由附切、分離組合方式形成者。

3321 附切匡體→匚形匡框外附著切合筆畫，內涵字根者。有广 圹 庀 疒 疒 户

33211 广格→外框爲广者，有广 雁 麻 鹿 庚 庚

332111 广樣→先分虛實再依內涵分字型。

3321110 虛框態：广

3321115 涵實態

33211151 內涵交叉種：床 庫

33211153 內涵原匡種：盧 庭 廢 庀

33211157 內涵傾斜種：庖

33211158 內涵上下種

332111581 切合類

3321115810 盾起筆科：廈

3321115811 矛起筆科：序 庄 座 庠 廉 庋

332111582 分離類

3321115821 四騈科：廖

3321115822 四散科

33211158221 內涵第一列爲交叉門：慶 廕 廛 庵 賡 廐 廲

33211158222 內涵第一列爲匚匡門：底

33211158225 內涵第一列爲圓圍門：廇 廲

33211158227 內涵第一列為傾斜門：廡

33211158229 內涵第一列為左右門：店 腐

33211159 內涵左右種

332111591 四駢類：庾 庇

332111592 四散類

3321115921 內涵第一列為交叉科：廂 廄

3321115926 內涵第一列為巴巳科：廊 廳 殿

3321115927 內涵第一列為傾斜科：廨

3321115928 內涵第一列為上下科：府 庥 廝 廁 廓 廚 廟 廠 龐 龘

332112 雁樣：鷹 膺 應

332113 麻樣：麻 磨 麾 靡 糜 麼 縻 魔 摩 塺 麝 麞 庫 糜

332114 庐樣：席 度 庶 廣 庹

332115 声樣：康 庸 唐

332116 庚樣：庚 賡

332117 鹿樣：麃 塵 塵 鹿 麀

33212 疒格

332121 內涵交叉樣：疣 疳 疲 瘣

332122 內涵匣匡種：瘋 疝 癇

332123 內涵原厓樣：癧 瘉 疥 疹 痊 瘡 瘠 瘵

332124 內涵迂迴樣：疢 瘦

332125 內涵圓圍種：痼

332126 內涵巴巳樣：疤 瘺 疸 痕

332127 內涵傾斜種：疚

332128 內涵上下樣

3321281 切合態

33212810 第一列為旁起種：疾 痒 瘓 痛

33212811 第一列為正起種：疔 症 病 瘃 疟 痃 痒 痤

3321282 分離態

33212821 四駢種

332128211 二同類：痰

332128214 四旁類

3321282141 對旁科：瘤 癢 瘥

3321282142 同旁科

33212821421 竝同旁門：癘 瘼 瘩 瘳 癆 癉 癇 癭

33212821422 疊同旁門：癌

3321282143 夾旁科：瘦

33212822 四散種

332128220 第一列爲一元類：痘 痦 痤 痦 瘭 瘘 痵 痒 臍 瘖 瘴 癒

332128221 第一列爲交叉類：療 瘗 瘙 痔 痣 癀

332128223 第一列爲原匡類：癒

332128224 第一列爲迂迴類：疫

332128225 第一列爲圜圍類：痹 瘤 瘍 疸 瘟 癟 痹

332128227 第一列爲傾斜類：疙 瘓 疼

332128229 第一列爲左右類：瘛 癇

332129 內涵左右種

3321291 四駢種

33212911 一對類：痱

33212912 二同類：痲

33212913 三夾類：瘢

3321292 四散種

33212921 第一列爲交叉類：痂 瘢 痢 癩

33212922 第一列爲匣匡類：

33212926 第一列爲巴巳類：癖 痕 癥 癮 痾 癃

33212927 第一列爲傾斜類：癥 痢 痧

33212928 第一列爲上下類

332129281 第一列爲切合科：痢 癪 瘊 痴 瘀 疵

332129282 第一列爲分離科：癬 癱 癲 癡 癟

33213 虍格
332131 內涵交叉樣：處 虐
332133 內涵原匡樣：處
332134 內涵迂迴樣：虞
332135 內涵圓圍樣：虘
332136 內涵巴巳樣：虐
332137 內涵傾斜樣：虎
332138 內涵上下樣
3321381 切合態：虔 虖 虚 虡
3321382 分離態：虘 虒 虖 虜 膚 盧 慮
332139 內涵左右樣：虎 虙 雇

33214 广格：危 詹
33215 广格：甫
33216 厂格：产

3322｜□ 分離匡體→中間有隔縫（Gap）的 ⌐形斷匡框內涵筆畫者。依分離
　　／斷裂方向分爲上下橫斷匡、左右縱剖匡兩格。
33228 上下橫斷匡格→上下相離形成 ⌐形斷匡。有 赘 产
332281 赘樣
3322811 內涵交叉態：嫠 孷 嫠 斄
3322813 內涵原匡態：劈
3322817 內涵傾斜態：犛
3322818 內涵上下態
33228181 切合種：釐 氂 嫠 嫠
33228182 分離種：譽 鰲 贅
3322819 內涵左右態：嫠

332282 厂樣：岸 屵 崖 崔 嵰 嵃 巉 巗 崑 嶚 巖→（又列上下型）

33229 左右縱剖厓格→左右相離形成 厂形斷厓。依左方旁字型排序，有匣
匚、原厓、上下樣。

332292 匣匚樣→有月（舟）臣

3322922 朕態

33229221 內涵交叉種：勝 媵

33229224 內涵迂迴種：騰

33229228 內涵上下種：膽 臏 臘 縢 䏖 膁

33229229 內涵左右種：滕

3322926 臥厂態：臨臣（監）臨（鹽）臨（覽鑒），

332293 原厓樣→有"食"

3322931 飲態：飭 飾 餘

332298 上下樣→有攸放敄孰

3322981 攸態

33229811 內涵交叉種：候 條

33229812 內涵匣匚種：脩

33229817 內涵傾斜種：修

33229818 內涵上下種：絛 倏 儵 鯈

33229819 內涵左右種：脩

3322982 放態

33229821 內涵交叉種：施 斿 旃

33229823 內涵原厓種

332298232 下向開口類：旆 旛

332298233 右下向開口類：旐

332298239 右上向開口類：旌

33229826 內涵巴巳種：旅 旎

33229827 內涵傾斜種：於

33229828 內涵上下種

332298281 切合類

3322982810 盾起筆科：旌 族 旄 旋

3322982811 矛起筆科：旆 旗 旟

332298282 分離類：旖 旒 旓 旚

33229829 內涵左右種：旐

3322983 矛攵態：務

3322984 倝態

33229840 內涵一元種：乾

33229841 內涵交叉種：斡 榦

33229846 內涵巴巳種：鶾

33229848 內涵上下種：幹 翰

33229849 內涵左右種：翰 韓

34〉左方開口狀→菱形◇的左上和左下邊缺框呈〉形者。漢字有“癸”“發”左上從ㇷ，已列┐形外框曲折匡格內，此處從略。

37┘左上方開口狀→口字形的左和上邊缺框呈┘形，內涵筆畫者。只整齊匡一軾。

371 整齊匡軾→外框係由彎曲、接觸、交插與距切等組合方式形成者。

3710 曲折匡體→一筆自曲成┘形匡框，內涵筆畫者。

37100 ╯格：㇁（辨班）㇁（兆）

3711 接觸匡體→兩筆之尾端密接相連成┘形匡框，內涵筆畫者。

37110┘格：㡭（絕古文，斷繼從㡭）

37111┘格：ㅋ（北）

3712 距切匡體→┘形匡框係相距切而成者。分爲：關切匡、開切匡兩格。

37122 關切匡格→相切造成有圍面的巴巳型結構，其┘面形匡框內可涵筆畫。

371221 且匡樣：組（又列左右型，因書寫習慣而生差異）

39 右上方開口狀（L⃞）→口字形的右和上邊缺框呈 ∟形匡框內可涵筆畫者。依匡框結構方式分為：整齊匡、參差匡匡。

391 整齊匡軌→外框係由彎曲、接觸、交插、接距與距切等組合方式形成者。

3910 彎曲匡體→一筆自曲成 ∟形匡框，內涵筆畫者。

39101 銳角形曲折匡格：⻌（鼠獵）

391012 直角形曲折匡格

3910121 ㄴ樣：七㇗（兆）

3910122 ⌐樣：直旦（県）正（延）

3911 交插匡體→兩筆相交成十字框其右上角 ∟ 形匡框可涵字根。依交插匡組合方式分為：平交體、切叉格。

39110 平交格→匡框由平滑的非距切筆畫交插而成者。

391101 丈樣

3911011 內涵交叉態：廸 建

3911013 內涵原匡態：延

3911015 內涵圓圍態：廻 廹

3911018 內涵上下態：廷 㢟

391102 九樣：旭 尩 尷

391103 也樣：㛮

39111 切叉格→匡框由距切筆畫被交插而成者。

391111 尢樣

3911112 內涵匣匡態：尥

3911113 內涵原匡態：尬

3911118 內涵上下態：尰 尪 尵 尷

391112 尤樣：𡰯

391113 丸樣：𡰰

3912 接距厓體→由接距組合造成巴巳型字如"尺"，其└面形厓框內可涵
　　　筆畫。

39120 尺格：咫

3913 距切厓體→相距切成└形厓框內涵筆畫者。依距切厓方式分爲：關
　　　切體、開切體。

39130 關切格：（無）

39131 開切格→└形厓框爲相切而成的T框開放結構，其內涵字根者。└
　　　形厓框之矛或盾必須爲一元型單筆如一|ㄟ∨Ｌ∠，或一元切合複畫如
　　　卜人入ケム。分爲：盾起筆樣、矛起筆樣。

391310 盾起筆樣

3913100 首盾爲一元態

39131001 毛種

391310011 內涵交叉類：毧

391310013 內涵原厓類：毽

391310018 內涵上下類

3913100181 切合科：毡 氈

3913100182 分離科

39131001821 四駢門

391310018212 二同綱：毯

391310018214 四旁綱：毷 㲘

39131001822 四散門：㲜 氋

39131002 更種：甦

39131003 兀種：尯 㞞

391311 矛起筆樣

3913111 首矛爲交叉格

39131110 走樣

391311101 內涵交叉類：越 趏

391311103 內涵原厓類：趁

391311106 內涵巴巳類：起 趄

391311108 內涵上下類

3913111081 切合科：赺

3913111082 分離科

39131110821 四駢門

391311108212 二同綱：趨

391311108214 四旁綱：趙 趉 趲

39131110822 四散門

391311108223 第一列爲原厓綱：超

391311108225 第一列爲圓圍綱：趕

391311109 內涵左右類

3913111091 切合科：赴 赳

3913111092 分離科：趣 趚 趐

392 參差厓軌→外框係由附切、分離組合方式形成者。

3921 附切厓體→⌐形厓框外附著切合單筆畫，內涵字根者。⌐形厓框外之矛或盾必須爲一元型單筆如一|ヽ∨∟∠，或一元切合複畫如卜人入ケム。依上方所依附「外框」之字型分格，如"鬼"上方之"由"爲ノ依附圓圍型的"田"，故列入「外框爲圓圍格」。

39212 外框爲圓圍格

392121 鬼樣

3921211 內涵交叉態：魁 魅 魃 魆 魑 魖

3921212 內涵匣匡態：魍

3921213 內涵原匡態：尯 魖

3921218 內涵上下態

39212181 切合種：魖 魖

39212182 分離種：魖 魖 魖 魖

3921219 內涵左右態：魖

39213 外框爲原匡格

392131 虎樣：魖 彪

3922 分離匡體（匚）→字根中間有隔罅（Gap）的凵形斷匡框內涵筆畫者。
　　　其無明顯斷隙，宛如相接觸但矛盾皆非一元型時，如兄兜見鼠時，亦
　　　列此。匡框通常爲上下型字，故無「左右斷匡格」。

39228 上下斷匡格→上下相離形成凵形斷匡。依第一列字型分樣。

392280 第一列爲一元樣→有辶永

3922801 辶態→據十字型將內涵分類。

39228011 內涵爲交叉種

392280111 平交類：池 迪 連 通

392280112 切叉類：述 迷 速 逮 遇 迓 遂

39228012 內涵爲匝匡種：迥 迴 週

39228013 內涵爲原匡種

392280131 左下向開口類：迅

392280132 下向開口類

3922801321 接觸匡科：途

3922801322 距切匡科：逾

3922801323 分離匡科：送 逐 遒

392280133 右下向開口類

3922801331 整齊匡框科：近 迊 逅 遯 返

3922801332 參差匡框科：遮 遽

39228015 內涵爲圓圍種

3922801531 整齊圍框類：迴 迴

3922801532 參差圍框類：迫

39228016 內涵爲巴巳種

3922801631 整齊巳框類：遲 退 過

3922801632 參差巳框類：追 遍

39228017 內涵爲傾斜種

392280171 切合類：迭

392280172 分離類：迻

39228018 內涵爲上下種

392280181 切合類

3922801810 盾起筆科

39228018100 旁起筆門：迁 迕

39228018101 正起筆門：迂 逐 迺 邇

3922801811 矛起筆科：迹 道 逆 逸

392280182 分離類

3922801821 四駢科

39228018214 四旁門

39228018214 一對旁綱

3922801821417 背角目：遛

3922801821418 八角目：遵

39228018214 二同旁綱：選 邁 邐 邋

39228018214 三夾旁綱：逍

3922801822 四散科

39228018220 第一列爲一元門

39228018220 ノ起筆綱：透 逶

39228018220 、起筆綱：適 這

39228018220 一起筆綱：逗 逕 逼 遷

39228018221 第一列爲交叉門：遠 逵 達 遼 遴 違 遣 遺 遭 遘

39228018222 第一列爲匣匡門：遙 運 逭 遄 邃

39228018223 第一列爲原厓門：迢

39228018225 第一列爲圓圍門：逞 遏 暹 遢 遜 還 邏 遑 邊

39228018227 第一列爲傾斜門

392280182271 傾側綱：迄 迤 造 逸 逢 逄 邉

392280182272 斜敘綱：迨 通 逡

39228019 內涵爲左右種

392280192 分離類

3922801921 四駢科

39228019211 一對門：逃

39228019212 二同門：巡 迸

3922801922 四散科

39228019221 第一列爲交叉門：迦 逝 逛 逖 遜

39228019222 第一列爲匣匡門：迎 邂

39228019226 第一列爲巴巳門：退 避

39228019227 第一列爲傾斜門：邀

39228019228 第一列爲上下門：進 遨 遊 邂 遡

3922802 永態：昶（又列左右型）

392281 第一列爲交叉樣→有支克堯麥

3922811 支態：婿 翅

3922812 克態：尅 剋

3922813 堯態：翹

3922814 麥態

39228141 內涵爲交叉種：麩 麲

39228142 內涵爲匣匡種：麴

39228144 內涵爲迂迴種：麪

39228147 內涵爲傾斜種：麭

39228148 內涵爲上下種：麵 麨 麩 麬 麷 麰 麲

392282 第一列爲匣匡樣→有鼠

3922828 鼠態

39228281 內涵為交叉種：鼬

39228282 內涵為匣匡種：鼹 鼢

39228283 內涵為原匡種：鼢 鼰 鼲 鼪

39228288 內涵為上下種

392282881 切合類：鼢 鼳 鼷 鼶

392282881 分離類：鼬 鼪 鼲 鼲 鼳 鼳 鼮

392285 第一列為圓圍樣

3922851 是態：匙 題 題 題

3922852 見態：鼆（見書寫習慣而異）

392287 第一列為傾斜樣→有免

3922871 免態：勉

392289 第一列為左右樣→有兌

3922891 兌態：麤

第六節　迂迴型

一、定　義

　　4S 迂迴型（Screw/Steps/Stairs）→三邊連續呈ㄅㄣㄋㄕ己弓形迴旋梯，或相切成 Y 形三岔複匡、T 形正反複匡、H 形正反複匡，內涵字根者。從外形看，它是複框結構，由開放的匡、崖複合而成，有多種形式，茲以 S 為代表符號，取名為迂迴型。相接外框只要連成迂迴形狀者即歸入本型，不論其內是否涵子或涵多少個；惟一元型單筆除呈迂迴形狀外還必須內涵筆畫才納入此型。

二、迂迴型系統表

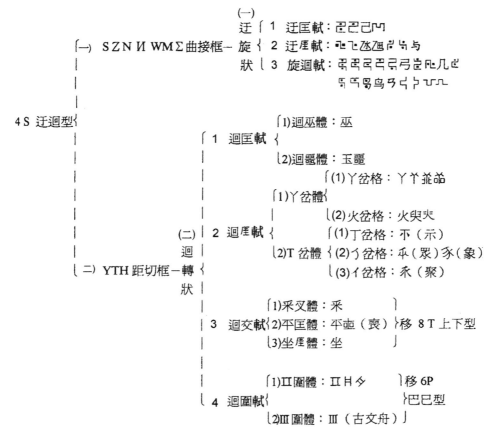

三、釋　名

　　迂，《集韻》：「曲也。」迴，《正字通》：「同廻、回。」回，《說文》：「轉也。」《集韻》：「曲也。」

　　迂回，《文選·班彪·北征賦》：「涉長路之綿綿兮，遠迂回以木窈流。」意爲曲折回旋。

　　旋，《小爾雅·廣言》：「還也。」《集韻》：「繞也。」《史記·索隱》：「轉也。」

　　轉，《玉篇》：「迴也、旋也。」

　　交，《廣韻》：「共也。」《正字通》：「互也。」

　　岔，《正字通》：「山岐曰岔。」歧路又稱岔路。

　　綜上所釋，迂迴、迂旋、旋迴、迴轉、迴交意思相近，都狀曲屈周轉；岔表分岔、交岔，三岔合爲一周。將迂迴型譯爲英語 Screw/Steps/Stairs，此型字正象螺旋紋之凹凸相映和曲屈周轉，又像梯階，取其首字母 S 爲代符，以數字 4 爲代碼。

迂迴型位於 IXEFSOPYTH 十構字型之第五序次，字由一 S 回旋形外框內包涵另一結構構成，在《中文大辭典》49905 字中有 265 字，佔 0.531%，居第七位。

四、分　類

迂迴型依外框組合方式分為迂旋、迴轉兩狀。外框可由旋轉而得者列同軾，否則另立一軾。

41 迂旋狀→由一曲或接觸組合成外框，其線條迂回首尾相連接，開口方向旋轉迴互如 SZN Ͷ WMΣ 形者。依外框形分為：迂匡、迂厓、旋迴三軾。

412 迂匡軾→外框由兩個以上的匣匡形首尾相連接而成者。下分己、冂兩體。

4121 己體

41210 虛框格：己巳㔾

41215 涵實格：㠯（襄古文從㠯）㠯（襄古文從㠯）㠯㠯㠯（疇甲金文）

4122 冂體

41222 開口在下格

412220 虛框樣：冂（隽　冎＝岳）

412225 涵實樣：幽閄

41226 開口在右格：㠯（為古文㠯左旁）

41224 開口在左格：㠯（為古文㠯右旁）

413 迂厓軾→外框由兩個以上的原厓形連結而成者。分為㇆、㇈、了三體。

4131 ㇆體

41310 ㇐格：吳㞢㞢㇆（鼎從㇆）㥑

41311 ㇆格：吳

41312 ㇆格：丏与 方 与（焉從与）㐄（函從㐄）㐅（亟從㐅）

4132 ㇈（反㇆）體

41320閂格：鼎（鼎）冐（電古文）屡（電古文）昚

41321𢎗格

413210 一曲樣

4132101 乙態：氹 凼

413211 附切接觸樣

4132111 乀態：之

4133 了體

41335 涵實格：丞（函）承（丞）

414 旋迴軌→外框由匚匡型和原匡型連結而成者。下分𠃑、几、尸、几、
　　　弓、𠃌六體。

4141 𠃑體

41410 虛框格：𠃑（姊）𠃑（馬）

41415 涵實格

414151𠃑樣：馬 𩢷 𩧉 𩣛 𩣴

4142 几體→凡風爪瓜列匚匡型，但虛框或右方匡形框包涵字根時，則列入
　　　此。

41422 匡開口在下格

414220 几樣

4142201 平框態→几形框外不附著其他筆畫者。

41422010 虛框種：几

41422015 涵實種

414220150 匡外涵實類：屈

414220151 匡內涵實類

4142201510 風科：颰 颭 颸 颺 颼 颫 颭 颳 颵 颶 颸 颷 彪 颽 颺

4142202 附框態→几形框外以相切方式附著其他筆畫者。

41422020 虛框種：几（凡）

414221 瓜樣

4142215 涵實態：瓝，豰 匏

414222 爪樣

4142225 涵實態：爬

41426 匡開口在右格

414260 巴樣

4142600 虛框態：巴（乇）

4142605 涵實態：圌

4143 尸體

41430 虛框格：尸

41435 涵實格：尼（古文夷）屍（屍殳）

4144 凵（亞凹凸）體

41442 匡口向下格：

414420 虛框樣：凢（凸上）

414425 涵實樣：珧

41444 匡口向左格：卩（亞右）

41446 匡口向右格：卮（亞左）

41448 匡口向上格：凵（凹上）

4145 弓體

41454 中匡口在左格

414541 㔾樣：㠯（龍）

41456 中匡口在右格

414560 虛框樣：弓

414565 涵實樣

4145651 弓態：弓（從弓涵 ｜ ）

4145652 弓態：弓（從弓涵 ｜ ）

4145653 弓態：弓 易 弓（弱）弓（疆）弼 弓 弓 彘 彔 蜀 蠲

4145654 弓態：弓

4145655 弓態：壽（古文壽）壽（古文壽）蜀 蜀 蜀

4146 弓體

41460 虛框格：弓

41465 附切框涵實格：乌 鸟 鳬 岛 枭 袅，

42 迴轉狀→由相切筆畫組合成丁工形外框，中央股共用又有共同頂點，開
　　口方向正反相背如拉丁字母 YTH 形者。依外框的匡厓形狀分爲：迴
　　交、迴匡、迴厓及迴圍四式。前後兩式分別移入上下、匣匡、巴巳等
　　型，故迴轉狀實際只有迴匡、迴厓兩軾。

421 迴交軾→又稱迴迴軾，由相交結構與直筆相距切形成工、丁相接形外
　　框者。分爲平匡、坐厓、釆叉三體。均移入上下型。

4212 平匡體→工形框內涵子者。

42122 下交格：平

42128 上交格：血（喪）巫（嗇）夲（賚）卥（賣）

4213 坐厓體→丁形框內涵子者。

42132 下交格：禾（余）

42138 上交格：坐

4214 釆叉體→工、丁形框內均涵子者。又謂 切叉。

42142 下交格：釆

422 迴匡軾→由相距切的筆畫形成的 H 工 王形結構及正反相背的 コロ 形
　　外框者。コロ 框內至少必須涵一字根，否則列入 上下型。依框數分爲
　　迴巫、迴噩兩體：

4221 迴巫體→又稱二匡體

42211 一框涵子格：㠭（古文工）

42212 二框涵子格

422121 巫字樣：巫正（又列上下型）

422122 㢲字樣：㢲（又列上下型）

4222 迴噩體→又稱 四匡體：

42221 一框涵子格：玉 王

42222 二框涵子格：亞（金）

42224 四框涵子格：噩

423 迴厓軏→由相距切的筆畫形成如拉丁字母 YT 形結構及三岔周匝或兩
正反相背的厓形外框者。厓形框內至少必須涵一字根，否則列入上下
型。依框形分爲 Y 岔、T 岔二體。

4232T 岔體→兩筆相切於一點，形成兩正反相背的 T 厓形框者。依相切角
度及筆形分爲丁岔、亻岔、𠂆岔三格。

42321 丁岔格：示（示古文）

42322 亻岔格：禾（聚）

42323 𠂆岔格：豕（象豕）丞（眾）豸（琢塚）

4233Y 岔體→丶與𠃌曲畫相切接於一點（或丶丿丨三筆相接於一點），形成
三岔周匝丫形厓框者。有丫岔、火岔兩格。

42331 丫岔格

423310 虛框樣：丫（齊）丫

423315 實涵樣：兆（乖）龻（虆）

42332 火岔格

423325 實涵樣：火與火（脊）

425 迴圍軏→由相距切的筆畫形成Ⅱ形有圍兼複匡結構者。依結構外形分

為II匡、III匡兩體。均分別移入匣匡、巴巳等型。

4252 II 匡體→依開口方向分為上下、左右開口格→移列匣匡型。

42528 上下開口格：冞（齋）扅（齋）扅（齎）灰（齌）冚（齋）風

42529 左右開口格：亜（亞簡化字，又並普严所從）→移列迴匡式。

4253 III 匡體→依開口方向分為上下、左右開口格→均移列巴巳型。

42538 上下開口格：月（古文舟）

42539 左右開口格：Ⅲ（亦古文舟）

第七節　圓圍型

一、定　義

5O 圓圍型（Orb）→具整齊外緣的包圍形者，圍內通常包涵另一字根。其圍框形狀宛如天體（Orb）、旗面或方城之整齊，故名圓圍型。

一元型單筆呈○形狀，內涵筆畫時納入圓圍型。另圍外有一元型單筆以相切方式附著如"白自"字者亦歸入此型。

二、釋　名

圓，《說文》：「天體也。」《集韻》：「或作圓。」圍，包圍也。圓圍，意亦包圍，語出《晉書。段灼傳》：「圓圍而攻之，有不剋者。」

綜上所釋，圓圍型指象天體包圍地球之形。對譯成英語 Orb，意亦天體、包圍、地球。取其首字母 O 為代符，數字 5 為代號。

圓圍型位於 IXEFSOPYTH 十構字型之第六序次，字皆由一四周齊整的口形圍框內包涵另一結構構成，在《中文大辭典》49905 字中有 207 字，佔 0.41478%，居第八位。

三、分　類

圓圍型以外框組合方式分為：整齊圍、參差圍兩狀。

50 整齊圍狀→外圍整齊的包圍形，其外框係由彎曲、接觸兩組合方式形成者。

500 彎曲圍軓→又名「一筆圍軓」，外圍由一筆形成，列一元型，內涵有字

　　根者則列圜圍型。

5000○體

50000 空圍格：○（古文零、圓，列一元型）

50005 實圍格：⊙（古文日）

5001∇體

50010 空圍格：∇△（古文丁，列一元型）

501 接觸圍軾→圍面係由頭尾連續相接觸的單筆構成。以邊數多寡分爲：
　　四邊圍、多邊圍兩體。

5011 四邊圍體→外圍成整齊平滑的四邊形。

50110 虛框格：口□（古文圍）

50115 實涵格

501150 四（正方）樣

5011501 內涵爲交叉態：田 囤 國 圃 因 困 囝 囟 甬

5011502 內涵爲匣匡態：匆

5011503 內涵爲原厓態：囪 圇

5011504 內涵爲迂迴態：国

5011505 內涵爲圜圍態：回

5011507 內涵爲傾斜態：囚

5011508 內涵爲上下態

50115081 切合種

501150810 盾起筆類：困 圅

501150811 矛起筆類：圉

50115082 分離種

501150820 一元起筆類：囷

501150821 交叉起筆類：固 圍 園 團 圈 冑

501150825 圜圍起筆類：圓 圖 圜

5011509 內涵爲左右態：四

501151 目（長方）樣：日目

501152 曰（扁方）樣：曰 罒（兔兔象），囙（會曾黑勳），罒（眾置罪罵羅）

5012 多邊圍體→又稱凹凸圍體。以凹凸爲代表，故名。

50120 凹體格

501202 凹口向下樣：冂

501204 凹口向左樣

5012040 虛框態：コ（籀文匚）

501206 凹口向右樣

5012060 虛框態：匸（籀文匸）

501208 凹口向上樣：

5012080 虛框態：凵

50121 凸格：凸

501212 ⛢樣：⛢（古文亞）

51 參差圍狀→外框係由附切、分離組合方式形成圍面者。

511 附切圍軾→整齊圍框外有一元單筆相切形成白字形，宛如巳頭上附著
　　一物，崢嶸突兀參差不齊，又稱「自白軾」。從組合上看本應列上下型，
　　因圍面所佔面積較大，附著單筆面積較小，整體視覺上較近於圍圍型，
　　故移入此。以附著數目分爲：單邊附切圍、多邊附切圍二體。

5111 單邊附切圍體→外圍僅一邊有一元型單筆附著者。以附著方位分爲：
　　上附切圍、下附切圍　二格。

51118 上附切圍格：自白囪囟夐罒（宰頭）由（鬼頭）囷（粵頭）

5112 多邊附切圍體→圍形盾居中，上下兩邊有一元型單筆爲矛附著。

51120 中盾虛格：ㄓ（頤從此）

51125 中盾實格

511250 中盾爲日樣：𢆶 𠂤

511251 中盾爲目樣：𠂤

512 分離圍軌→外框係斷續相接分而不離的圍體。亦即四邊形圍面係由頭尾不相連續的隔斷筆畫構成。以缺口數目分爲 兩闕斷圍、四闕斷圍體。

5121 兩闕斷圍體（▣）：画 函

5122 四闕斷圍體（▥）：𠙻（甲骨文量）画（甲骨文畫）

第八節　巴巳型

一、定　義

6P　巴巳型（python）→圓圍形一邊突出成巴蛇形者，圍內通常包涵另一字根。一元型單筆呈 69bpq β δ ρ σ 形狀， 若內涵筆畫時亦納此型。

巴巳之名，以此型字有象頭巨尾長的巴蛇形狀而得。還有許多異名：以此型字宛如旗桿及旗面形，可名 「旆旎型」；又如芭蕉蒂細實碩之形，可名「巴且型」；以其由圓圍型延伸突出圍外而來，所以可稱爲「突圍型」；以其由關切、接距兩組合構成框邊突出圍外的結構，所以又可稱爲「關距型」或「閉切型」。

二、釋　名

巴，《說文》：「食象它（蛇），象形。」《山海經。海內南經》：「巴蛇食象，三歲而出其骨。」

巳，《說文》：「巳爲它（蛇），象形。」今十二生肖亦以巳爲蛇。

巴且，《漢書·司馬相如傳》：「諸柘巴且。」《注》：「芭蕉也。」

旆，《左傳·宣·十二》：「拔旆投衡。」《注》：大旗也。旎，《正字通》：「旖旎，旗從風貌。」

綜上所釋，巴、巳同爲蛇，譯成英語 python；巴且即芭蕉，對譯爲英語 Plantain；旆旎譯爲英語 Pennant 或 Pennon。以上巴、巳、且、尼四字均屬巴巳或巴且型字，爲方便計，以巴巳型爲正名。取英語頭一字母 P 爲代符，復以形狀相近之數字 6 爲代碼。閉切型可譯成英語 besiege，頭一字母 b 亦屬巴巳型。

巴巳型位於 IXEFSOPYTH 十構型之第七序次，字皆由一 P 形結構構成，在《中文大辭典》49905 字中有 285 字，佔 0.57108%，居第六位。

三、分　類

以下依外框形狀是否附有切合筆畫分爲整齊巳、參差巳兩狀：

60 整齊巳狀→口字形之一邊延伸突出圍外成巳形尾巴，其口字形頭外圍無切合筆畫附著者。依巳形結構組合之方式分爲：接距、關切兩軾。

601 接距軾→外緣方正整齊的圍圍型一邊被曳引拉長成巳字形。換言之，口字形一邊有兩端，首端與他筆相接，尾端則向外曳引拉長，中間有切點，形成巳形；亦即由乚 "盾" 與コ "矛" 相「接觸」又相「距切」合成巳形，因其狀爲頭巨而尾細長，如巴蛇或肥蟒（Python）或蛇巳之形，所以又稱巴蛇巳軾（Python's Body）。

依 "コ" 之結構方式分爲：彎曲匡矛、接觸匡矛、距切匡矛三體。

6011 彎曲匡矛體→巳形結構之コ形矛係一筆彎曲而成　如拉丁字母 b p q 者。

60110 弓格：弓

6012 接觸匡矛體→巳形結構之コ形矛係┐與─兩筆接觸結合者。依圍面數目分爲：單圍、複圍兩格。

60121 單圍格→圍圍型曳出一個長邊者。依圍面位置分爲下、上圍面樣。

601212 下圍面樣→圍面居下方，上爲尾巴。

6012124 迴尾態：吕（以古文）

601218 上圍面樣→圍面居上方，下爲尾巴，依開框形狀分爲 匡尾、厓尾、迴尾三態。

6012182 匡尾態→圍面與尾巴合成匣匡形。依匣匡闕向分爲：左向、右向二種。

60121824 左向開口種→圍面居上方，尾巴在右下角曳出與圍面合成左向開口匡形。

601218240 凸類

6012182405 圍內實科：凸（齟左下方）

60121826 右向開口種→圍面居上方，尾巴在左下角曳出與圍面合成右向開口匡形。

601218260 尸類

6012182600 圍內虛科

60121826000 圍外虛門：尸（民外框）

60121826005 圍外實門：民

601218261 巳類

6012182610 圍內外虛科：巳

6012182615 圍內涵實科：巴

6012183 厓尾態→圍面與尾巴合成原厓形。依原厓闕向分爲：左下向、右下向兩種。

60121831 左下向開口種→圍面居上方，尾巴在右下角曳出與圍面合成左下向開口如 9 字形。

601218311 弖類

6012183110 圍內虛科：卍

6012183115 圍內實科：弖（鬥右）

601218312 卩類

6012183120 圍內虛科：卩（卯卿之左，或入「互圍」式，因書寫差異之故）

6012183125 圍內實科：卩（卯之左）

60121833 右下向開口種→圍面居上方，尾巴在左下角曳出與圍面合成右下向開口如 P 形

601218330 尸類

6012183300 圍內虛科

60121833000 圍外虛門：尸

60121833005 圍外實門

601218330050 圍外（厓內）涵一元綱：尺

601218330051 圍外涵交叉綱：屎 屠 尻 吊（刷叔）

601218330052 圍外涵匝匡綱：屈 屈

601218330053 圍外涵原厓綱

6012183300531 左下向開口目：局

6012183300532 下向開口目：層

6012183300539 右上向開口目：尼

601218330055 圍外涵圓圍綱：邑（辟）

601218330058 圍外涵上下綱

6012183300581 切合目

60121833005810 盾起筆別：尾 屍 屋

60121833005811 矛起筆別：展 屏

6012183300582 分離目

60121833005821 四駢別

601218330058212 二同屬：孱 羼

601218330058214 四旁屬

6012183300582142 同旁屬：厡（尉）

6012183300582143 夾旁階：屑 犀 屬

60121833005822 四散別：居 屢 戾 屌

601218330059 圍外涵左右綱

6012183300591 四駢目：尿 扉

6012183300592 四散目：屙 屜 屐 雁 屢

6012183305 圍內實科：尸（眉從尸）尸（倉從尸）

60121833055 圍內外皆實門：眉 邑（倉從邑）

601218331 𡰪類

6012183310 圍內虛科

60121833100 圍外虛門：𡰪（假從𡰪）

60121833105 圍外實門：𢑑（假從𢑑）

6012183315 圍內實科

60121833150 圍外虛門：𠃜（門左）

60121833155 圍外實門：𠃛（蝕飭爵從𠃛）

6012184 迴尾態→圍面與尾巴合成迂迴形。圍面常居上方，下邊為迂迴形尾巴。

60121840 匡厓連迴尾種：弓（盟左）呂（盟右）

60122 複圍格→二個圍面中間相連共用一長邊，形如兩頭蛇者。依圍面分
　　　布位置分爲：上下、左右連圍樣。

601228 上下連圍樣→二個圍面從上而下相連共一長邊框者。

6012282 開口在下態：艸（爲從艸）

6012286 開口在右態：目（以古文，耤官遣從目）

601229 左右連圍樣→二個圍面從左而右相連者。

6012292 開口在下態

60122920 圍外虛種：吧（黽龜從吧）兕（古文四）

60122925 圍外實種：黽

6012298 開口在上態：吕（古文兕從吕）

6013 距切匡矛體→巳形結構之コ形匡矛係切合結構如土、工、王與丨相切
　　　及相接結合者。其開框形狀只匡尾一格。

60133 匡尾格：圍面與尾巴合成原匡形。依原匡闕向分爲：左下向、右下
　　　向兩樣。

601331 左下向開口樣→圍面居上方，尾巴在右下邊曳出與圍面合成如 9 字
　　　形。

6013310 虛框態：刂（鬥右）

601333 右下向開口樣→圍面居上方，尾巴在左下邊曳出與圍面合成如 P 字
　　　形。

6013330 虛框態：卜（鬥左）

602 關切軏→兩筆畫相距切成關閉圍面，至少有兩邊延伸突出圍外。依相
　　　切方式分爲：互切、匡切兩體。

6021 互切體→圍面由兩或三股曲直筆畫互爲矛、盾相距切構成關閉圍面，
　　　至少有兩邊延伸突出圍外，形成外緣細長，中間軀體龐大宛如豝（Pig）

之互頭形或瓦丏字之底形。所以又稱互頭式（Pig's head）或瓦底式（Pottery'sbottom）。依切點數、邊股數分為：二股互切、三股互切、四股互切三格。

60212 二股互切格→兩股彎曲筆互為矛、盾相切成卩形圍面，依相切位置及所成之形分為：齊卯、互互、耳廓樣。

602121 齊卯樣→圍面由彎曲複畫與一元單筆互為矛、盾相切而成，切點位置呈"："上下分布。依末筆走向分為：直豎、左撇、右捺態。

6021212 直豎樣態：卂（奏）

6021214 左撇態

60212140 虛框種：刁（卯卿之左，又列巳尸式，蓋因人書寫習慣之不同而異。）勹（乡歹）

60212145 涵實種：刃（卵）

6021216 右捺態

60212160 虛框種：几（齊）反（旅派）

602122 互互樣→圍面由兩彎筆互為矛、盾相切而成，切點位置呈˙傾側分布。

6021220 虛框態：卪（互象彝綠彙）

602123 耳廓樣→圍面由亅與十互為矛、盾相切而成，切點位置呈˙斜敘分布。

6021230 虛框態：叮

6021235 涵實態：耳（又列匚切式）

60213 三股互切格→由三股曲直筆畫互為矛、盾相切結合成三稜形圍面，切點位置呈：˙分布。依所成之形分為瓦丏樣。

602130 瓦丏樣→由｜一乀或｜匚ㄱ三筆畫互為矛、盾，相切成瓦丏底圍面。依末筆走向分為左撇、右捺態。

6021304 左撇態

60213040 虛框種：屮（丏）

6021306 右捺態

60213060 虛框種：瓦（瓦下無、）屮（辰古文下從屮）

60213065 涵實種：瓦（瓦）

60214 四股互切格→由四股曲直筆畫互為矛、盾相切結合成罌狀圍面．依所
成之形分為黽龜樣與四股樣。因有正反兩個已形相連，所以又列 60122
複圍格。

602140 黽龜樣→由 ⊓ 與 凵 互為矛、盾相切合成圍面，切點位置呈：：形
分布。

6021405 涵實態：黽 龜（龜）

602141 四股樣→由 ⊓ 與 儿 互為矛、盾相切合成圍面，切點位置呈：：形分
布。

6021410 虛框態：兜（古文四）

6022 匡切體→由一個匡形筆畫為矛與直線筆畫盾相切，盾筆上至少有兩切
點而構成圍面，兩邊延伸突出圍外。依相切邊數分為：單邊匡切、雙
邊匡切二格。

60221 單邊匡切格→圍面的一邊為盾，有兩個切點。依匡形矛形成方式分
為：接觸匡矛、距切匡矛二樣。

602211 接觸匡矛樣→以兩筆畫接觸成如 ⊓ 凵 匚 コ 為匡形矛，與直筆相切，
構成圍面者。所成字以且皿字為代表，所以又稱為且皿格〔且（祖）
先之皿（Plate of ancester）〕。依盾所在位置，區分為：盾在下、盾在
左、盾在右三態。

6022112 盾在下態→⊓形矛與下邊盾相切。

60221120 ⊓ 種

602211200 圍內虛類：⊓（且古文）

602211205 圍內實類：且 且 皿 且（具）

60221121 冎種：冎（骨）

60221122 冎種

602211220 圍外虛類：冎（咼）

602211225 圍內實類：咼

6022114 盾在左態→コ形矛與左邊盾相切。

60221140 卜種

602211400 圍外虛類：卜（亞右）

60221141㠯種

602211410 圍外虛類：㠯（瞽古作史右從㠯）

6022116 盾在右態→匚形矛與右邊盾相切。

60221160 ㅓ種

602211600 圍外虛類：ㄋ（亞左）

60221161ㄋ種

602211610 圍外虛類：ㄋ（史左）

602212 距切匡矛樣→以斤丌等「下方呈匣匡的距切結構」爲矛，與盾筆相切構成圍面者。字形像俄文字母Д，漢字以“耳丘”字爲代表，所以又稱爲「耳丘樣」。分爲：盾在上、盾在下兩態。

6022122 盾在下態：丘凸

6022128 盾在上態：耳（又列互切式，從丅從十互切，內涵＝）

60222 雙邊匡切格→圍面的兩邊平行爲盾居外，與另外兩邊亦平行爲矛居內，有四個切點。以“亞”字爲代表，所以又稱爲亞壼格（Palace）、亞壺格（Pot）或平行矛盾格（Parallel spears & shields）。依平行盾之排列方向及位置分爲：傾側雙盾、上下雙盾、左右雙盾三樣。

602227 傾側雙盾樣（夕）：夕（豸）

602228 上下雙盾樣（工）：亞 亞（壺）亚（亞簡體，並從亚）

602229 左右雙盾樣（目）：目（齊）

61 參差巳狀→巳形結構外圍有一元型單筆相切形成戶字形，宛如巳頭上附著一物，峥嶸突兀參差不齊，又稱「戶頭狀」、「附巳狀」。依巳形結構爲矛、爲盾之異而分爲：巳頭盾、巴尾矛與巳頭巴尾矛盾三軾。

610 巳頭盾軾→以巳形結構之圍面爲盾，外圍附著一元型筆者。依構成之方式分爲：附接距巳盾、附關切巳盾二體。

6101 附接距巳盾體→一元單筆附著在巳形接距結構頭上者。分爲：單巳盾、複巳盾兩格。

61011 單巳盾格→只一個巳字形作盾，其圍面上方有一元單筆附著者。依圍面位置分爲 p 圍盾、q 圍盾兩樣。

610111p 圍盾樣→圍面左邊延長出來，其上方有一元單筆附著者。依延長線之形分爲：匡尾、迴尾二態。

6101113 匡尾態→圍面左邊延長伸出直筆或微曲撇筆而與圍面構成匡框，其上方有一元單筆附著者。

61011130 戶種

610111300 圍內虛類

6101113000 圍外虛科：戶

6101113005 圍外實科：戹 扈 扉 房 戾 戽 扃 扁 肩 扇 扈 雇 启（啓古文）

610111305 圍內實類

6101113055 圍內外皆實科：肙

6101114 迴尾態→圍面左邊延長伸出ㄅ形彎曲筆而與圍面構成迴框，其上方有一元單筆附著者。

61011140 乌種

610111400 圍內虛類

6101114005 圍外涵實科：烏

610111405 圍內實類

6101114055 圍內外涵實科：鳥 島 梟 裊

610112 圍盾樣→圍面右邊延長出來，其上方有一元單筆附著者。依延長線
　　　之形分爲厓尾一態。

6101120 厓尾態→圍面右邊延長伸出直筆或直鉤筆，而與圍面構成厓框，
　　　其上方有一元型單筆附著者。

61011200勺種：勺（厥古文從身內不含＝）

61012　複圍盾格→作盾的巳形結構有兩個圍面，頭上方有一元單筆附著
　　　者。依圍面排列方向，分爲→上下複圍盾、左右複圍盾兩樣。

610128 上下複圍盾樣→兩個以上圍面上下連排爲盾，頭上方有一元單筆附
　　　著者。

6101284 開口在左態：自（隧古文右）

6101286 開口在右態：自（阜追師帥歸薛孽）自（隧古文左）

610129 左右複圍盾樣→兩個以上圍面左右連排爲盾，上方有一元單筆附著
　　　者。

6101292 開口在下態：黽（電上加／，同電）龜（龜）

6102 附關切巳盾體→一元單筆附著在巳形關切結構頭上者。分爲：附互切
　　　巳、附匡矛巳兩格。

61021 附互切巳格→一元單筆附著在在互距結構上者。

610210 瓜圍盾樣：瓜（派）。

61022 附匡矛巳格→一元單筆附著在匡矛結構上，亦即以且皿字爲盾者。

610220 皿盾樣：血 凶（與簡體上方）。

611 巴尾矛式→以巳形結構之尾巴即下方延長線爲矛，與一元單筆爲盾相
　　　切而成字。

6111 艮形矛體：艮（即既卿概蝕飭爵）艮

6112 勺形矛體：互（祿緣從互，又列上下型）

612 巳頭巴尾矛盾式→以巳形結構之頭為盾，尾巴為矛，分別與一元單筆
　　相切而成字者。

6121 皀體：皀（郎朗鄉）良

第九節　傾斜型

一、定　義

　　7Y　傾斜型（Yaw）→字根從右上角向左下角排列，或由從左上角向右下
角排列，整體呈傾斜者。

　　傾斜型由傾側狀、斜敘狀、傾頗狀、斜斛狀四者組成，取其頭一字「傾」
「斜」，合組為「傾斜型」。傾側狀是字根從左上角向右下角排列，分離如多彡
相切如人者；斜敘狀是字根從右上角向左下角排列，分離如 ㇒彡 相切如入者；
傾頗狀是以撇起筆的傾斜筆畫以某種角度與他筆相切或相離者如乀々字；斜斛
狀是以捺起筆的傾斜筆畫以某種角度與他筆相切或相離者如丫幺字。傾、側、
頗都有傾斜不正的意思，斜、斛、敘意思也相同。茲引文獻說明如下：

二、釋　名

　　一）傾，《說文》：「仄也。」《廣雅・釋詁・二》：「斜也。」《易・否》：「傾
　　　　否侯果。」《注》：「邪也。」所以傾有仄、斜、邪的意思。

　　二）斜，《說文》：「抒也。」《玉篇》：「不正也。」《中文大辭典》：「斜，
　　　　傾也。」

　　三）敘，《釋名・釋典藝》：「抒也。」

　　四）斛，《集韻》：「抒也」音斡。

　　所以，斜、敘、斛三字同意，且斜、敘同從余聲，斜、斛同從斗形，可以
互訓。

　　五）側，《書・洪範》：「無反無側。」《注》：「傾也。」傾、側同意且同從
　　　　人旁。傾側，《荀子・非十二子》：「不為物傾側。」《注》：「傾仄也。」

　　六）頗，《說文》：「頭偏也。」段玉裁《注》：「古借為陂。」《離騷》：「循
　　　　繩墨而不頗。」《注》：「頗，傾也。」與陂通，此外尚有邪、偏、跛、
　　　　不平等義。

　　傾斜（dip），地質學名詞，地層受種種動力作用而不成水平者。《梁文帝。大法頌》：「坤軸傾斜。」當為傾斜一名最早出處。

　　傾斜型意指字根排列不成水平者，譯成英語 Yaw，原意為「偏航」，取其首字母 Y 為代符，數字 7 為代碼。

　　傾斜型位於 IXEFSOPYTH 十構字型之第八序次，字皆由相切或相離但不與水平線平行的兩個以上字根構成，在《中文大辭典》49905 字中僅有 21 字，佔 0.04207%，居第九位。字數雖少，但它與佔 25%的上下型、佔 64%的左右型有相同的結構類型，稱作「後三型」。

　　傾斜型具有：①筆畫傾斜（以撇捺為主），②排列方向傾斜，③排列位置傾斜，④字數較少——在十型中居倒數第二等四大特徵。

三、系統表

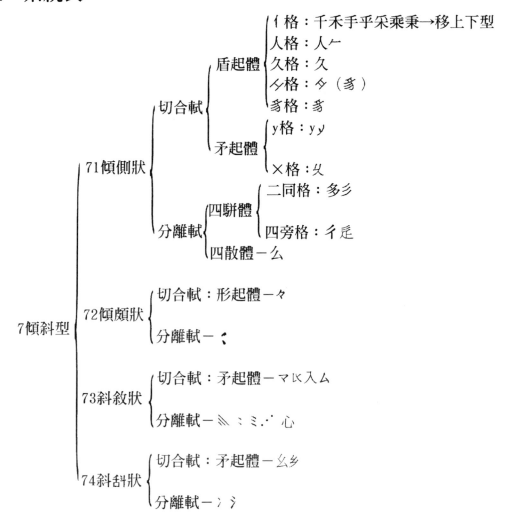

四、分 類

傾斜型計分四狀，每狀兩軌，以下按體系表排列：

71 傾側狀→兩個字根從左上角向右下角排列，分離如多彡相切如人者，依組合方式分爲切合式、分離軌。

711 切合軌→字根從左上角往右下角以相切方式組合者。分爲盾起體、矛起體。

7110 盾起體→下分人、久、夕、豸四格。

71101 人格→撇筆右側中間與捺或橫之起點相切者。依相切角度區分爲：直角切、非直角切兩樣。

711011 直角切樣→撇右側中間與捺或橫之起點呈直角相切，

7110110 人態：人（火㣺與）

7110111 亻態：右（石）亻

7110112 豸態：豸（豕象）

7110113 巫態：巫（眾）

711012 非直角切樣→撇筆右側中間與捺形筆之起點呈非直角相切，不包括亻形結構者。依角度位置區分爲：銳角、鈍角兩態。

7110121 上銳角態→左盾爲丿，與右邊橫矛形筆畫大體呈𠂉狀相切，上爲銳角形者，下爲鈍角者。以矛形筆畫是否交叉分爲𠂉、牛二種：

71101211 𠂉種

711012110 𠂉類：𠂉（乞每氣無旅午乍矢竹）

711012111 𠂉類：𠂉（欠）

711012112 夂類：夂（久炙夕名然）

711012113 勹類：勹（勿匀）

71101212 牛種：牛（先告）牛（生）失朱韋（制）

711012120 夊類：夊（致夏）

711012121 力類：力

711012122 匀類：匀

711012123 匆類：匆（丶與勹相交）

7110122 上鈍角態→左盾爲 丿，與右側豎矛形筆畫大體相距呈 彳 形相切。

71101220 人 種：人（尤尬沈）

71101221 人 種：人（鵃從 人）

71102　久格→兩相切撇形筆之最右側中間再與捺形筆之起點相切者。又稱
　　　矛兼盾格。

711021 矛兼盾切樣：久

71103 夂格→兩平行撇筆中間與捺或橫相切者。

711031 夂樣：夂（豸）

71104 豸格→撇筆起首的斜 H 形最右下側中間與捺形筆之起點相切者。

711041 豸樣：豸

7111 矛起體→下分 夕、乂 二格。

71111 夕格→撇筆左側或左上側之中央與捺形筆之終點相切者。依相切角
　　　度區分爲：直角切、非直角切兩樣。

711111 直角切樣：夕（亥）

711112 非直角切樣：夕（辨班州）夕（兆疾）

71112 乂格→撇筆 丿 兩旁爲捺形筆所切者。

711120 乆樣：乆（久古文）

712　分離軌→兩個字根從上方或左下角往下方或右上角排列，中間有隔罅
　　　（Gap）者。依字根是否相同而分爲：四駢、四散二體。

7120 四駢體→相同、相向、相反、相夾字根從上方或左下角往下方或右上
　　　角排列，中間有隔罅（Gap）者。依字根形態及分布方式分爲：二同、
　　　四旁二格。

71202 二同格

712022 竝同樣→有兩個以上完全相同的傾斜筆畫，從左上角往右下角排
列，中間有∥形「峽」隙分隔者。依字根排列位置分爲：正位分離、
變位分離二懸。

7120221 正位分離態→兩傾斜字根從左上角往右下角分離排列者。

71202212 二列種：丶丶（为小心必）

7120222 變位分離態→兩傾斜結構從上方往下方排列，中間有隔鱗或峽隙
分隔者。它的特點在排列位置——上方與下方分隔排列，近似上下型。
下分二、三列兩種。二列者有一個∥形峽隙。三列者有二個∥形峽隙。

71202222 二列種：多ノ（羽弱癸發之ノ）

71202223 三列種：彡（須杉彩）

71204 四旁格

712040 ノ居上旁樣：彳

712041 彡居上旁樣：辵

7121 四散體→有兩個以上完全相異的傾斜筆畫，從上方往下方排列，中間
有∥形峽隙相隔分離者。

71212 二列格：厶亥（亥）

72 傾頗狀→以撇起筆的傾斜筆畫以某種角度與他筆相切或相離如〈々字
者。下分切合、分離軫。

721 切合軫→以撇起筆的傾斜筆畫從左上角往右下角以相切方式組合，傾
側狀結構在上部，斜敘狀結構居下部者。

7210 盾起體：々

722 分離軫→以撇起筆的兩傾斜筆畫從上往下以八角方式排列，中間有漏
斗形峽隙分隔者。

7220 撇起體：〈

73 斜敘狀→兩個字根從右上角向左下角排列，分離如冫冫相切如入者。依

組合方式分爲切合軶、分離軶。

731 切合軶→兩個字根從右上角往左下角以相切方式組合者。

7311 矛起體→書寫時先寫矛筆者。依矛之分布形態分入、╳、╲三格。

73111 入格→捺筆之左或左下側中央與撇、橫或豎鉤等「矛形筆畫」相切。

731111 直角切樣→矛頭切著盾筆乀（捺）左側中間，呈直角相切者。

7311110 入切態：入

731112 非直角切樣→矛尾切著盾筆、左側中間，呈非直角相切者。

7311120 ㄥ切態：ㄥ（瓜即郎既）

7311121 ㄙ切態：ㄙ（私宏套云丟去鬼雲台牟矣）

7311122 ㄱ切態：ㄱ（虫禺禹惠專）

73112 ╳格→捺筆乀兩旁爲撇筆所切者。

731120 ㄨ樣：ㄨ（長喪良衣）

73113 ╲格→捺筆之右上側中間與撇、橫鉤等「矛形筆畫」之末端相切。

731130 ㇄樣：㇄（求水承）

731131 ㇗樣：㇗（祭謩）

731132 ㄱ樣：ㄱ（予矛甬）

731133 ㇇樣：㇇（發癸登）

732 分離軶→兩個字根從右上角 往左下角排列，中間有峽隙或隔罅（Gap）
　　者。依字根是否相同而分爲：四駢、四散二體。

7320 四駢體→相同、相向、相反、相夾字根從右上角／上方往左下角／下
　　方排列，中間有 隔罅（Gap）者。依字根形態及分布方式分爲：格。

73202 二同格

732022 竝同樣→有兩個以上完全相同的傾斜筆畫，從右上角／上方往左下
　　角／下方排列，中間有乀形「峽」隙分隔者。依字根排列位置分爲：
　　正位分離、變位分離二懸。

7320221 正位分離態→兩傾斜字根從右上角往左下角分離排列者。

73202212 二列種：、、（斗蚤互然頯炙）

7320222 變位分離態→兩傾斜字根從上方往下方排列，中間有中間有乀傾

斜形隔讕或峽隙分隔者稱之。它的特點在排列位置——上方與下方分隔排列，近似上下型。

下分二、三列兩種。二列者有一個╲形峽隙。三列者有二個╲形峽隙。

73202222 二列樣：⟍（於舟母）

73202223 三列樣：彡（日本假名）

7321 四散體→有兩個以上完全相異的傾斜筆畫，從右上角往左下角排列中間有╲形峽隙分隔者。

73212 二列格：包心（心又列左右型）

74 斜科狀→以捺起筆的傾斜筆畫以某種角度與他筆相切如幺或相離如丫者。下分切合、分離式。

741 切合式→以捺起筆的傾斜筆畫從左上角往右下角以相切方式組合，傾側狀結構在上部，斜敘狀結構居下部者。

7411 矛起體：幺 夕

742 分離式→以捺起筆的傾斜筆畫從上往下以「八角」方式排列，中間有漏斗形峽隙分隔者。

7421 捺起體：丫 氵

第十節　上下型

一、定　義

8T　上下型（Top-bottom）→兩個字根上下分布者。其排列方向與水平線平行，位置為一上一下。

二、釋　名

上《說文》：「高也。」下，《說文》：「底也。」上下型意指字根一居高處，一居底部。譯成英語 Top-bottom，取其頭一字母 T 為代符，數字 8 為代碼。

上下型位於 IXEFSOPYTH 十構字型之第九序次，字皆由相切或相離且與水平線平行的兩個以上字根構成，在《中文大辭典》49905 字中有 12582 字，佔 25.2119%，居第二位。

上下型字有幾個特點——（1）字數次多；（2）有離涵字型：如贏贏贏贏贏贏從，如冂匚之形，本系統為保留並凸顯形聲字的特色，特移列匣匡型；（3）疊陣字形最多亦最完整，約佔 80%（左右型則佔 19%，傾斜型佔 1%），如：鑫森淼焱垚惢品晶晶畾弄毳猋犇贔鱻麤龘蟲劦屮芔燊，（4）字根或偏旁最多，除一元型外，其他各型以上下型字為偏旁者居多，約佔 70%。

三、分　類

上下型依字根結合關係分為 81 切合狀、82 分離狀。

81 切合狀→兩字根相切成丁字形，相切處密合無裂罅（Cleft）或隔罅（Gap）、隔離（Gullet）者。若以幾何學說明：乙字根＝圓，甲字根＝切線。又以矛盾比喻兩者關係：乙字根＝矛，甲字根＝盾。從字形上觀察：乙字根之一端為「矛」，刺觸甲字根之中腰，切分盾筆為兩等分，如丁工干王午仵正生牛，或亠十士才主圭土等形。又從六書言，「非形聲會意」之獨體文大都屬於切合狀。

一）切合狀系統表

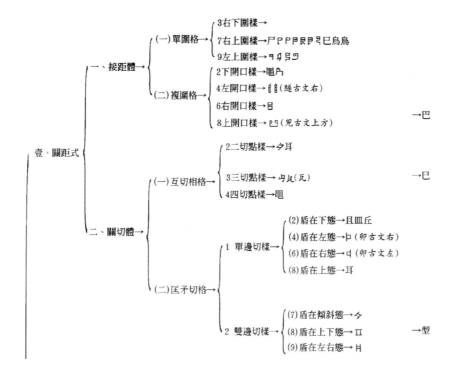

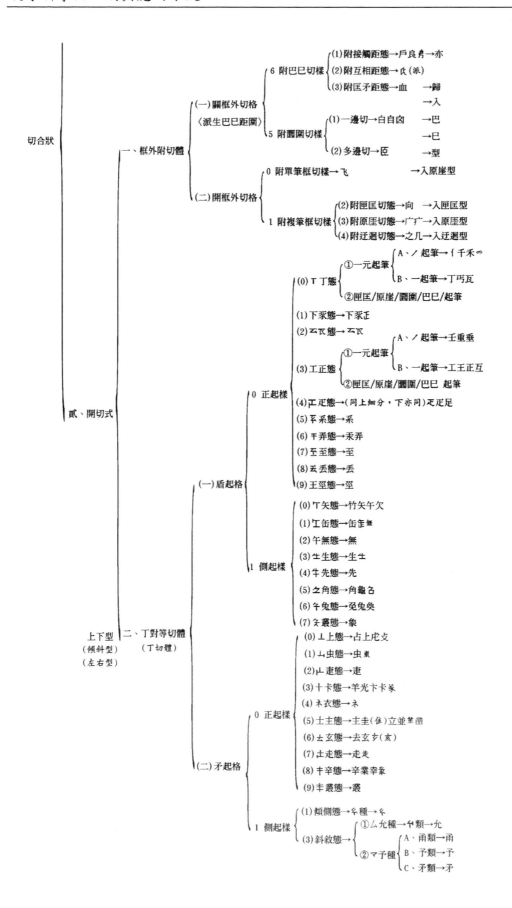

810 盾起軝→相切結構以切線或盾起筆者。下分：正起、側起體。

8100 正起體→以橫、撇等起筆從上而下排列者，依形狀分爲：Ｔ丁、下豕、云氏、工正，正疋、系系、干無、至至、丟丟、王巠十格；因各人書寫習慣之差異，後六格亦可列分離狀。各格從上而下依筆畫形狀排列。

81000 Ｔ丁格→Ｔ表型，丁兼表型音，唸作「丁格」，下仿此。

810000 第一列／盾爲一元樣

8100001 一起筆態

81000010 第二列／矛爲一元種：⺀（面之⺀）Ｔ丁亡（甚從匚）丂

81000011 第二列／矛爲交叉種

810000111 平交類

8100001110 一元交科

81000011100 虛框門：干

81000011105 實涵門：平

8100001112 匣匡交科

81000011120 虛框門：丙 兩 両 再 两 市

81000011125 實涵門：爾 雨 兩

8100001113 原厓交科

81000011130 虛框門：于 吘

81000011135 實涵門：禾（余）

8100001115 圜圍交科：西 酉 丙 頁（寅黃）

8100001117 傾斜交科：更

8100001118 上下交科：手（拜）

8100001119 左右交科：开（開）

810000112 切叉類

8100001120 一元叉科：天 无

8100001122 匣匡叉科：兼（兼）

81000012 第二列爲匣匡種：匆（揚）歺

81000014 第二列爲迂迴種：灭

81000016 第二列爲巴巳種：丏 瓦

81000019 第二列爲左右種：兀丌

8100002 ノ起筆態

81000020 第二列爲一元種：亻（仁聚彳）亻（衣）衤（衣）朩（不）

81000021 第二列爲交叉種

810000211 平交類

8100002110 一元交科

81000021100 虛框門：千 千

81000021105 實涵門：乖

8100002113 原匡交科

81000021137 宁交門

810000211375 匣匡涵綱：乎

81000021139 七交門：毛 毛

8100002118 上下交科：禹 毛 手 扌（拜看）

810000212 切叉類

8100002120 一元叉科

81000021200 大叉門：夭

81000021201 木叉門

810000212010 虛框綱：禾 秉

810000212015 實涵綱

8100002120152 匣匡涵目：采

8100002120153 原匡涵目：乘

81001 下豕格

810010 第一列爲一元樣

8100100 一態

81001007 第二列爲傾斜種：天（寡從一人）不豕豸石（石叉列原匡型）

81001009 第二列爲左右種：万下丆（乍從丆）

81002 云厇格（厇借畏爲音讀作ㄨㄟˋ）

810021 云態：云（至從云）

810022 厇態：厇（畏辰長喪）

81003 工正格

810030 第一列爲一元樣

8100300 一態：工 王 五 互 亙 而 百 百（頁夏）正

8100301 丿態：壬 壬（呈）重 垂 重（動）乏 舌

81004 ㄓ疋格

810040 第一列爲一元樣

8100401 一態：疋（是定）

8100402 一態：疋

81005 系格：系（已移分離狀）

81006 耳格：耳（敢）

81007 至格：至（已移分離狀）

81008 云格：丢（已移分離狀）

81009 壬格：巠（爲形聲字又列分離狀）

8101 側起體→以撇起筆從左而右相切者，依形狀分爲：ㄐ工午生牛，之각
　　 각八格；因書寫習慣之差異，後三格可列入分離狀。各格從上而下依
　　 筆畫形狀排列。

81011 ㄐ格

810110 第一列爲ㄟ樣

8101100 第二列爲一元態：ケ 午 午

8101101 第二列爲交叉態

81011011 平交種：攵 午

81011012 切叉種：矢 年

8101109 第二列為左右態：乍

810111 第一列為𠂉首樣

8101117 第二列為傾斜態：欠

8101119 第二列為左右態：尔

81012 𠂊格：缶無（無）𡙇（卸）

81013 𠂇無格：無（移入 82 分離狀）

81014 𡈼格：𡈼（告先）生

81015 𠂒格：先

81016 𠂝角格：（移入 82 分離狀）

81016 𠂎兔格：（移入 82 分離狀）

81017 𠂤象格：（移入 82 分離狀）

811 矛起軌→相切結構以切體或矛起筆者。下分：正起、側起體。

8110 正起體→以點或豎等起筆從上而下排列者，依形狀分為：⊥上，山虫、凸走、十卡、衤衣、士𦍌、厺玄、正走、辛辛、丯叢共十格。除第一格外，其餘九格可列入分離狀。各格從上而下依筆畫形狀排列。

81100 ⊥上格

811000 第一列為一元樣：亠宀，亡（移匣匡型）广疒（移列原崖型）

8110001 第一列為交叉樣

81100110 一元交態

811001100 十種

8110011000 第二列為一元類

81100110000 虛框科：土士

81100110005 實涵科

811001100052 雙匡門：亜（喪）巫（㕞）

811001100053 雙匡門：坐

81100112 第一列爲匣匡交態

811001122 冂向交種：曲（典）

811001124 コ向交種：聿（盡）

811001128 凵向交種：屮 出（又列匣匡型凵涵式）

81100113 第一列爲原匡交態：丑 五（五韋）

81100118 第一列爲上下交態

811001180 卡種：主（青素表）

811001181 　種：串（囊）

811001182 車種：叀（擊）

811001183 井種：丰（講）

811001184 彐種：聿（書畫畫）

811001185 甲種：里

811001186 　種：黑（黑）

81100119 第一列爲左右交態：

811001190 虛框種：壮（共散昔）

811001195 實涵種：甘（其甚）

811006 第一列爲巴巳樣

8110060 首矛爲ㄅ態：互（彔象彙）

811009 第一列爲左右樣

8110091 切合態

81100910 第二列爲一元種：上

8110092 分離態

81100921 一對種

811009211 對映類

8110092117 背角科：业（業叢鑿對）韭盟（斲）

8110092118 八角科：丷（豆羊幸）

81100922 二同種：凵

81100923 三夾種

811009231 對夾類

81100923182 ⅄科：业（光上）

8110092319 向角夾科

81100923191 𦣎門：𦣎（與）

81100923192 𦣝門：𦣝（興）𦣟（釁）

81100923193 𦣞門：𦣞（輿）

81100923194 𦥑門：𦥑

81100923195 𦥒門：𦥒

81100925 四散種：止

81101 山虫格（又可列分離狀）

811010 第一列爲一元態：屮（瓜從屮）

811011 第一列爲交叉態：虫甲（禺）重（專惠上）

81102 止走格（又可列分離狀）

811021 第一列爲交叉態：聿

811029 第一列爲左右態：止（足走）

81103 十卡格

811030 第一列爲一元樣

8110300 、態：卞 方 衣 市 文 六 亦

811031 第一列爲交叉樣

8110310 一元交態

81103100 空涵種：赤 尢（淩 熱 陸 纏 逵）（又可列分離狀）

81103105 實涵種：喪

8110312 匣匡交態：典（又可列分離狀）

8110318 上下交態：表 夀（敖）共（寒賽）

8110319 左右交態

81103190 空涵種：共（又可列分離狀）

81103195 實涵種：其 甚（又可列分離狀）

811033 第一列爲原匡樣

8110330 巨態：長 镸（套肆）

811036 第一列爲巴巳樣（又可列分離狀）

8110361 彑態：彔 彖

811039 第一列爲左右樣

8110391 切合態

81103911 卜種：卡 朴（叔之左）夫（長古文）

8110392 分離態

81103921 一對種

811039211 對映類

8110392118 八角科

81103921181 丷門：羊 并 羊（幸南辛）耒（業）羑（羹僕）屰（逆）豖（隊右）六（益）兼 酋

81103921182 ツ門：兴（興簡化字）

81103923 三夾種

811039231 對夾類

8110392318 八角夾科：光 黹

8110392319 向角夾科：與 興 輿（又列分離狀）

81105 士主格

811050 第一列爲一元樣：主 立

811059 第一列爲左右樣

8110591 丨卜態：步（又列分離狀）

8110592 丷態：並 並（善）羊（盖羔美羹對叢）

8110593 业態：壴（對）

81106去格（又列分離狀）

811061去樣：去

811062 玄樣：玄

81107 圡走格（又列分離狀）
811071 第一列爲交叉樣：走
811079 第一列爲左右樣：赱（徒）

81108 丰辛格（又列分離狀）
811080 第一列爲一元樣：辛 亲 亲（新親）豙（毅）
811081 第一列爲交叉樣：幸
811089 第一列爲左右樣
8110891 ﹀態：羌 叢（叢）美（形聲字又列分離式）
8110892 屮態：業美峜

81109 丰叢格：叢（又列分離狀）

8111 側起體→以左右曲筆起始從左上角而右下角排列者，依形狀分爲：傾
　　側、斜敘格。均可移列分離狀。
81111 傾側格
811111 糸樣：（缺）

81113 斜敘格
811131 予樣：予 矛

82 分離狀→兩個字根從上而下排列，中間至少有一個直線橫斷全字的「間
斷／空白／縫隙／隔罅」（Gap）；亦即眾字根在分離之中仍相聯合者。只有 YTH
字型才有，所以又稱「後三型分離狀」。
　　分離狀與切合狀的分別：以筆畫之幾何結構爲準，凡字根間有「間斷／空白
／縫隙／隔罅」（Gap）時，均列「分離狀」，否則列「切合狀」。下分：涵離、隔
離二軑，其中，涵離軑移入有框角的匣匡、原匼、圜圍等型，實際上只剩隔離軑，
所以隔離軑與分離狀同意。隔離軑分爲：四駢、四散兩軑，前者係由相對、相同、
相傍或相夾等字根組成者。所以分離狀又稱「二分狀」，因①包括「涵離」、「隔
離」兩狀，②隔離狀又二分爲四駢、四散兩軑。四散軑指由完全相異字根組成者。

二）分離狀系統表

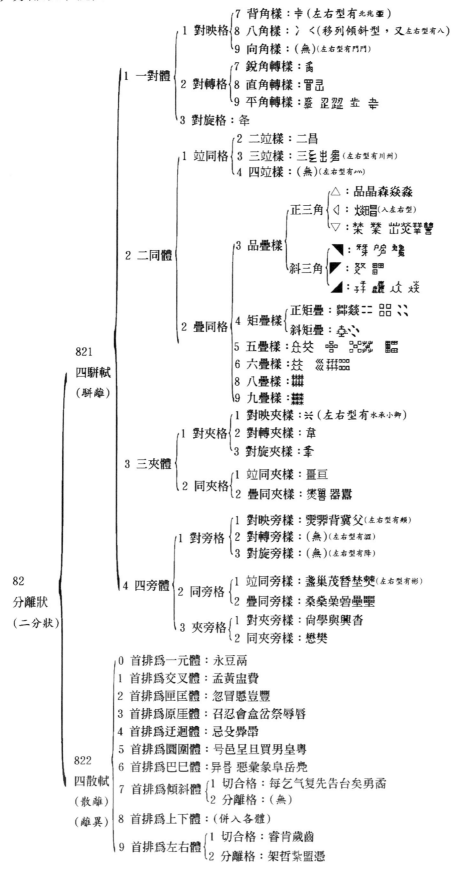

821 四駢軾→四散軾之對，係由相對、相同、相夾、相傍四個駢偶字根聯立成字者。

又稱「四相」軾。分爲：一對、二同、三夾、四旁計四體。

8211 一對體→由相向、相背、相反、相衝、相犄、相錯等相對字根，上下各半合成一對分立並聯排列者。它必須兩個「半」根相伴配成「偶」始合爲一字，故名「伴偶體」；只有半根的叫「孤獨體」。如門由"阝""阝"相向成對出現始合爲"門"字；孤獨體的"阝""阝"，不列在此。又因與「角度」密切相關，所以又名「對角體」。分爲：對映、對轉、對旋三格。

82111 對映格→將字根映照鏡中上下成對排列者，或將字根反摺後與原字根上下對稱排列者，又稱對摺格、反映格。分爲：背角、八角、向角三樣。

821117 背角樣→將字根反摺，上下相背排列而角口向外者。如「益」上之ˇˇ與八。又如「牽」「求」「泰」「彔」「隸」之ㄚ與ㄑ，水承永永氷之＞＜係ㄱ與ㄑ左右反摺。

8211170 卡態：卡（又日本有峠字）

821118 八角樣→將傾斜直筆上下反摺呈豎八字形崖角排列者。

8211184 上半根爲、態：ㄚ（冰從ㄚ）〔又列傾斜型之「斜斜式」。〕

8211186 上半根爲▲態：ㄑ（率從ㄑ）〔又列傾斜型之「傾頗式」。〕

821119 向角樣→將有崖角的字根反摺，上下相向排列合成斷匡角者。（上下型無獨立字，左右型才有，如門字。）

82112 對轉格→將字根旋轉若干角度後與原字根成對排列者，又名「相犄格」。依旋轉之角度分爲：銳角轉、平角轉、直角轉三樣。

821127 銳角轉樣→字根旋轉一個銳角（約 70 度）後與原字根成對排列者，

簡稱「銳轉」。

8211270 夕態：夃（從夕從肉，字根形狀有變化）

821128 平角轉樣→字根旋轉一個平角（180 度）後與原字根成對排列者，簡稱「平轉」。

8211280 步態：歨（步古文）

8211281巠態：巠（澀）歰（澀）

8211282 五態：𠀐（韋）

8211283 或態：𢧢

821129 直角轉樣→字根旋轉一個直角（90 度）後與原字根成對排列者，簡稱「直轉」。

8211290 罒態：罝

8211291彐態：𠙴

82113 對旋格→將字根旋轉若干角度後再反映而成之形，與原字根上下成對排列者。係對映與對轉的結合，故又名「映轉格」，或名「相錯格」。如”降”右旁夅從夊旋轉 45 度後再反映成㐄之形。夊與㐄上下成對分離排列成’夅’。

821130 夅樣：夅

8212 二同體→由二個以上完全相同字根從上而下並聯分離排列者。依排列方向分爲竝同、疊同兩格。

82121 竝同格→兩個以上二同字根，從上而下垂直線竝列者。所謂垂直線竝列，係指從上而下呈平行、等寬、等距分布。下依字根數分爲二、三、四竝樣：

821212 二竝樣→有兩個二同字根上下分列。依第一列字型分態。

8212120 一元態：二 乭

8212121 交叉態：爻 戔 棗 孖 夅 差 妥 孖 戚 畫 卌 卉 奕 奕 棗 帠 畢 畫

8212122 匣匡態：芻 凢 爪 出 𢆶 彐 㠯 𦉭

8212123 原匡態：哥 㸩 㣙 㣙

8212124 迂迴態：鳶 允 昌

8212125 圜圍態：昌 呂 畾

8212126 巴巳態：屍 屌

8212127 傾斜態

82121271 傾側種：隼

82121272 斜敍種：厶

8212128 上下態

82121281 切合種：兓 需 蚤 㚒 㚒

82121282 分離種：㚒 㚒 三 蘲 㸓 鸏 昌

8212129 左右態

82121291 切合種：㣙

82121292 分離態：炎 棥 巛 仈 㘞 㣙 㤲 誾 誾

821213 三竝樣→有三個同字根上下分列。

8212130 一元態：三 㸓

8212132 匣匡態：㞷

8212136 巴巳態：屌

82122 疊同格→三個以上同字根，成三角、矩陣或疊星形排列者。依字根所成形狀，可分為：品疊、矩疊、五疊、六疊、八疊、九疊共六樣。前二格字較多，後四格則較罕見。

821223 品疊樣→又名「晶疊樣」，三個相同字根呈∴或∵形從上而下疊合排列，本師孔仲溫先生名為「品字形排列」。依分布形態，分為：正品疊、倒品疊、傾品疊、側品疊、斜品疊五態。正品疊較多，後四樣則罕見。茲依九宮位排序如下：

8212232 倒品疊態→相同的三字根呈上二下一的∵形疊合排列。

82122321 交叉種：榮（榮訛字）棥（同禁字，出《類篇》）

82122322 匣匡種：峀

82122324 迂迴種：焱（爕）

82122327 傾斜種：弒

82122328 上下種

821223281 切合類：羣（讀爲群）

821223282 分離類：譶

8212233 側品疊態→相同的三字根「右上」一，「下邊」左、右各一，呈◣形疊合排列。無獨立字。

82122331 交叉態：挐（挐從挐）

82122333 原厓態：麤（麤從麤，塵古文）

82122337 傾斜態：众（耿從众）

82122339 左右態：焱（燚從焱）

8212237 傾品疊態→相同的三字根「上邊」左、右各一，「左下邊」一，呈◤形疊合排列。無獨立字。

82122371 交叉態：叕（叕從叕）

82122375 圜圍態：畕（畾從畕）

8212238 正品疊態→相同的三字根呈上一下二 ∴形從上而下疊合排列。其下依十字型將字根分態。

82122380 一元態：八（六從八）

82122381 交叉態：森 姦 轟 劦 屮 焱 叒 蟲 矞 毳 卉 磊

82122382 匣匡態：矗 冎 齒

82122383 原厓態：鑫 磊 矗 麤 衆 竹 鑫 麤 劦 哥

82122384 迂迴態：矗

82122385 圜圍態

821223850 正圍種：晶 品 矗 矗 矗 晶

821223851 附圍種：皛

82122386 巴巳態：晶

82122387 傾斜態

821223877 傾側種：犇 众

821223879 斜敘種：厽

82122388 上下態

821223881 切合種：垚 蟲 毳 弄 焱 羴 矗 森 茻 姦 蟲 蟲 矗 蟲 淼 垚

821223882 分離種：矗 蟲 晶 鱻 毳 矗 靐 矗 贔 焱 鑫 矗 矗 蟲 矗 茻 矗 晶 焱

　　　　　　矗 矗 矗 矗

82122389 左右態

821223892 分離種：淼 焱 惢 雦 龘 雦 森 竹 門

82122239 斜品疊樣：相同的三字根上邊左右各一、右下邊一，呈 ◤ 形疊合
　　　　排列。無獨立字。

82122391 交叉態：鞻（鞻從鞻）

82122396 巴巳態：屌（屌從屌）

82122398 上下態：毚（毚從毚）

82122240 矩疊樣→四字根相同，呈 2×2 矩陣形從上而下疊合排列。依分布
　　　　形態，分為：正矩疊、斜矩疊態。

82122241 正矩疊態→四字根相同，上二下二，即 2×2 正矩陣如 :: 形從上
　　　　而下分離排列。依字根之十字型分種。

82122410 一元種：丶丶（雨）二二（脊犀）

82122411 交叉種：踹 叕 㸚 卝 棥 轟 罬 犇 麤 森 棥

82122412 匣匡種：羀 羀 羿（塞從羿）

82122413 原匡種：毖 鑫 語

82122414 迂迴種：弱

82122415 圓圍種：晶 罳 罰

82122416 巴巳種：矗

82122417 傾斜種

821224171 傾側類：燚犇

821224173 斜敘類：姦

821224174 斜八類：絲（繼斷從絲）

82122418 上下種

821224181 切合類：琵 巤 檠 釋 燊

821224182 分離類：戁 鸞 言言 靐靐 靈靈 桌桌 舂舂

82122419 左右種

821224192 分離類：燚 棶 羉 猋 龘龘 姦 鬥鬥

8212242 斜矩疊態→四字根相同呈上一、中二、下一，即 2×2 斜矩陣疊合
　　　　排列。

82122420 一元種：丶丶（罒鹵）

82122428 上下種

821224281 切合類：羴

821225 五疊樣→五個相同字根，從上而下疊合排列。下分五樣。

8212250 斜梅花疊態：品

8212251 正梅花疊態：姦品

8212252 匣匡疊態：矗矗（矗從矗）

8212253 正傘疊態：叒

8212254 倒傘疊態：燚

821226 六疊樣→六個相同字根，成 2×3 或 3×2 行列式從上而下疊合排
　　　　列。下分縱、橫兩態。

8212268 橫六疊態（2×3）：焱

8212269 縱六疊態（3×2）：犇 品品 燚

821228 八疊樣→八個相同字根，上四下四 從上而下疊合排列。

8212280 㸤態：㸤

821229 九疊樣→九個相同字根，以 3×3 矩陣從上而下疊合排列。

8212290 㸤態：㸤

8213 三夾體→由一對、二同體居兩側，中間夾另一字根宛如三夾板
（Three-ply）或三明治（sandwich）者，又稱「夾中體」。換言之，就
是一對、二同體之眾字根中央位置，參夾另一字根合成三根分立新字
者，所以又名「參夾體」，參有三、摻、參加義，夾有輔、兼、相雜、
鑲嵌義。本系統從字型觀點以一對、二同體爲新合體字之首儀，所夾
或參加者爲尾儀.依首儀形態分爲：對夾、同夾兩格。

此體各字書等所示書寫順序不一，有三種：

第一法，係先寫中央，後寫兩旁，如：小水承永變樂業並兼；

第二法，同一般筆順，「由左而右從上而下」書寫，如兜學興輿與辦班攀鬱
亘畺；

第三法，先寫兩旁後寫中央，如叟臾。

82131 對夾格→一對體居上下兩側，中間參夾另一字根合成新字者。分爲：
對映夾、對轉夾、對旋夾三樣。

821311 對映夾樣→上下對映字根居兩側，中間鑲夾另一字根合成新字，簡
稱「映夾」。

8213118 八角夾態：冫（視爲從冫，中央位置鑲嵌字根"、"，又列傾斜
型。）

821312 對轉夾樣→上下對轉字根居上下兩側，中間鑲夾另一字根合成新
字，簡稱「轉夾」。下分：銳轉、平轉、直轉夾三態。

8213128 平轉夾態：韋

821313 對旋夾樣→上下對旋字根居上下兩側，中間鑲夾另一字根合成新
字，又稱「映轉夾」。

8213130 夆態：夆

82132　同夾格→二同體居上下兩側，中間夾另一字根合成新字者。下分：
　　　竝同夾、疊同夾二樣。

821321　竝同夾樣→上下竝同字根居兩側，中間夾另一字根合成新字，簡稱
　　　「竝夾」。下分二竝夾、三竝夾兩態。

8213212　二竝夾態：亘

8213213　三竝夾態：疊

821322　疊同夾樣→上下疊同字根居兩側，中間夾另一字根合成新字者，簡
　　　稱「疊夾」。下分：品疊夾、矩疊夾、五疊夾、六疊夾共四態。

8213223　品疊夾態→品疊字根分居三角，中間夾入另一字根合成新字，簡
　　　稱「品夾」。依所夾方位分為：左右品夾、上下品夾兩種。

82132238　上下品夾種：燊　罍

82132239　左右品夾種：燮　爕

8213224　矩疊夾態→矩疊字根分居四方，中間鑲夾另一字根合成新字，簡
　　　稱「矩夾」。依十字型將中間字根分種如下：

82132241　交叉種：莽　葬　𦰩　𦱿

82132243　原厓種：𦳃

82132245　圜圍種

821322450　口類：器　嚚　囂　𤢪　噐（同器）

821322451　田類：畾　罍　𤲯　畾　畾　畾　畾　畾

82132247　傾斜種

821322471　傾側類：𢆶（齒從𢆶）

821322474　斜八類：𢆶（繼斷蠿蠿從𢆶）

82132249　左右種

821322491　對映夾類：六（益從六）

8213225 五疊夾態→五疊字根分居外圍，中間鑲夾另一字根合成新字，簡稱「五夾」。

82132252 匝匡疊夾種：鼺

8213226 六疊夾態→六疊字根分居外圍，中間鑲夾另一字根合成新字，簡稱「六夾」。

82132260 縱六疊夾種：鼻

8214 四旁體→將一對、二同、三夾三體字參加於另字根之上、下、左、右四旁者，又名參旁體。其中由兩個以上相對、相同或相夾字根，參加在另字根之上旁者始列入上下型。依參加者身分分為：對旁、同旁、夾旁 三格。

本系統從字型觀點以一對、二同、三夾體為首儀，所依傍者為尾儀。

四旁體有兩個重點：

其一，依傍方向：有兩種①一是「同向依傍」或稱「直線依傍」——一對、二同、三夾體字根的排列方向或分隔線，與全字的排列方向或主分隔線一致者：如盞，從戈、戈由上而下雙疊排成「戔」後直下與「皿」合成「盞」，整個排列純然從上而下同向｜直線排開；②一是「異向依傍」或稱「轉角依傍」——一對、二同、三夾體字根的排列方向或分隔線，與全字的排列方向或主分隔線不一致者：如焚，從木、木，由左而右排成「林」後，忽轉一個 ﹁ 形直角，改成從上而下「依傍」另一字根「火」，合成新字「焚」。

其二，依傍位置：有在上旁（首儀）者，亦有在下旁（尾儀）者，本文取上旁來統轄（左右型則取左旁）——亦即只有當一對、二同、三夾體字居上旁時才列入四旁體，否則散入各體。

82141 對旁格→一對體或相對（含相向、相背、相反、相衝、相犄、相錯）結構字根，居上旁位置，與下旁字根合成新字者。下分：對映旁、對轉旁、對旋旁三樣。

821411 對映旁樣→對映字居上旁位置，與下旁字根合成新字者。上旁對映
　　　　字爲首儀，下旁爲尾儀。下分：背角旁、八角旁、向角旁三態。

8214117 背角旁態→背角字居上旁位置，與下旁字根合成新字者。

82141170 第一列爲非種：悲 輩 斐 裴 翡，蜚 饕 棐 斐 奜 𧗿

82141171 第一列爲卯種

821411710 虛框類：鎏（劉左）留 貿 磂——“卯”今楷已不完全呈背角態，
　　　　爲保留其古源，仍列此。

821411715 涵實類：愸

82141172 第一列爲亞種：奭 奱

82141173 第一列爲卝種：芈 苟 萑 㬪 夢 蓳 繭 舊 莧 蔑 莨 蔑 薆

82141174 第一列爲北種：背 冀

82141175 第一列爲兆種：叜

8214118 八角旁態→八角字居上旁位置，與下旁字根合成新字者。惟上從
　　　　“八”且上下只兩排字根或一個空隙者，均移列「原厓型」。

82141181 丷旁種：曾 弟

821411810 䒑旁類

8214118100 䒑旁科：夒 並

8214118101 羊旁科：差 羞 着

8214118102 彡旁科：善

8214118103 攴旁科：羑 羔 羨 盖 養 義 羲 姜 美 羹 羑

8214118104 前旁科：前 剪 煎 翦

8214118105 茲旁科：茲 孳 慈 鷟

8214118106 並旁科：普

8214119 向角旁態→向角字居上旁位置，與下旁字根合成新字者。漢字無
　　　　字居上旁位置者。但有①居下旁者，如：門②居右旁者，如：押。

821412 對轉旁樣→對轉字居上旁位置，與下旁字根合成新字者。上旁對轉

字爲首儀，下旁爲尾儀。漢字無對轉字居上旁位置者，但有居右旁者，如：澀

821413 對旋旁樣→對旋字居上旁位置，與下旁字根合成新字者。上旁對轉字爲首儀，下旁爲尾儀。漢字無對旋字居上旁位置者，但有居右旁者，如降右旁從夅，夅從夂從㞢。

82142 同旁格→一同體居上旁位置，與下旁字根合成新字者。下分：竝同旁、疊同旁二樣。

821421 竝同旁樣→竝同字居上旁位置，與下旁字根，合成新字者。上旁竝同字是首儀，下旁爲尾儀。下分：二竝旁、三竝旁兩態。

8214212 二竝旁態→竝同字有二節，居上旁位置，與下旁字根，合成新字者。下分：傾斜、上下、左右竝旁三種。

82142127 傾斜竝旁種→傾斜竝同字有兩行居上旁位置，與下旁字根合成新字者。屬同向依傍。

821421270 第一列爲一元類：彳辵

82142128 上下竝旁種→上下竝同字有兩列居上旁位置，與下旁字根合成新字者。屬同向依傍。

821421280 第一列爲一元類：丁 亓 示 云 元 亐 祘 門 兩 龗 圖 黿

821421281 第一列爲交叉類：盉 恚

82142129 左右竝旁種→左右竝同字有兩排，居主分隔線上旁位置，與下旁字根合成新字者。屬異向依傍。

對於左右竝旁字，取其一根依十字型分類──1 交叉型：艸林 丯丰 夫夫 姘 棘 3 原厓型：比 羽 斤斤 虎虎 4 迂迴型：弓弓 火火 5 圜圍型：口口 朙 6 巴巳型：巴巴 8 上下型：竹 兓 王王 竝 方方 貝貝、絲 丽 9 左右型：隹隹共九種。

　　分離狀字都有一條「主分隔線」，主分隔線上旁位置名"首儀"，大部分是形聲字之形符，少部分是形聲字之聲符，所以主分隔線又可名「形聲分隔線」或「形聲線」。

　　其下旁位置"尾儀"，大部分是形聲字之聲符，少部分是形聲字之形符。亦依字型結構系統 從上而下逐「列」分類，因上下型係由「丁對等切」以及「分離」結構構成，它的切合點及隔罅（Gap）就是切割或分層、分節處。因此，十字型中唯上下型需一列一列拆卸併入其他各型，不獨立；切割或分層、分節方法詳見「四散軾」。

　　821421291 第一列首根爲交叉類→一列首根居左右；竝旁字之左時亦名爲「左根」，有：十屮木丰夫无束等。

　　8214212910 第一列爲艸科→一條分隔線分字爲兩節，居第一條水平分隔線之上者爲第一列，又稱爲「首節」，如苗之上旁"艸"。當「第一條水平分隔線」與「主分隔線」相同時，首節即首儀，亦即以艸爲首節及首儀；其下稱"尾儀"，大部分是形聲字之聲符，但如惹、茶、藥、摹、暮、墓、鶯、薑、薑等少數字之下旁心、木、手、日、土、馬、足、虫則爲形符，上旁若、芬、薛、莫、萬反爲聲符，對於這些字，近來一般部首法的字書，或取形符，或取聲符，歸納紛紜，莫衷一是。本系統泯除形、聲符之無定，從上而下逐層辨其字根之字型，定其字根之位置而後分別部居。

　　以下將第二列字根或筆畫依 IXEFSOPYH 字型分門，然後辨別第三列、第四列，最理想是辨至最底層，達到一字一位置、一號碼境界。

　　82142129100 第二列爲一元門→有丿、一
　　821421291001 第二列爲丿綱
　　8214212910011 第三列爲交叉目
　　82142129100110 十別：芉
　　82142129100111 木別：萎 莠
　　82142129100112 米別：蕃

82142129100113 車別：董

82142129100114 戶別：葷

82142129100115 大別：蕎

8214212910019 第三列爲左右目

82142129100191 ⺍別：荣 荸 菱

8214212910002 第二列爲、綱

8214212910020 宀起首目

82142129100201 第四列爲交叉別：蓑

82142129100202 第四列爲匣匡別：蔺

82142129100205 第四列爲圓圍別：蒿 藁 葶

82142129100207 第四列爲傾斜別：蓄

82142129100209 第四列爲左右別

821421291002091 切合屬：芳 苐 苧

821421291002092 分離屬

8214212910020921 第四列爲、ʹ階：莘 菩 蕙 蒂 蒡

8214212910020922 第四列爲其他階：茭 萃 薺 蕹

8214212910021 宀起首目

82142129100210 第四列爲一元別：芋 莞 萱 若

82142129100216 第四列爲巴巳別：菅

82142129100218 第四列爲左右別：蓉 蓓 菀 蔻

821421291003 第二列爲一綱

8214212910030 第三列爲一元目：芸 芫

8214212910031 第三列爲交叉目：芋 華 蕾 薹 苹 苤 茜 薵 藿

8214212910035 第三列爲圓圍目：薑

8214212910039 第三列爲左右目：莖 蔫

82142129101 第二列爲交叉門→先分平交、切叉兩綱

821421291011 平交綱→以 IEFSOPYTH 被交插而分目

8214212910110 一直交目→有乂ナ十。至於成框角的①七、又、力歸入「原
厓交」，②九子孑𠃌夂ㄎㄆㄌ則歸入「迂迴交」。

82142129101101 乂別：艾

82142129101102 ナ別

821421291011025 涵實屬

8214212910110252 上下共兩列階：若

8214212910110253 上下共三列階：惹

82142129101103 十別

821421291011030 虛框屬：蓋菱苦薆芰芏薹

821421291011035 涵實屬：蕾

8214212910112 第二列爲匣匡交目：苷茻蓋蕁葱

8214212910113 第二列爲原厓交目→有力　戉世

82142129101131 左下開口厓交別

821421291011311 力屬：荔

821421291011312 五屬：葦

82142129101133 右下開口厓交別

821421291011331 戉屬：茂葳蔵

82142129101139 右上開口厓交別

821421291011391 世屬：葉

8214212910114 第二列爲迂迴交目：芄芃

8214212910115 第二列爲圓圍交目：賷

8214212910118 第二列爲上下交目→有丰聿禺甘婁甫畢

82142129101181 丰起首別：菁

82142129101182 聿起首別：萋

82142129101183 禺起首別：萬蠆薹

82142129101184 甘起首別：其萁

82142129101185 婁起首別：蔞

82142129101186 甫起首別：莆

82142129101187 畢起首別：蓽

821421291012 第二列為切叉綱→以 IXEFSOPYTH 被交插而分目。扣掉「交插者」即「切合結構」後之餘形為何型即列該型叉式——如大從人，人為切合結構即交插者，故扣掉"人"後之餘形為"一"，"一"屬一元型，所以"大"列入一元叉。

8214212910120 一元叉目：一元型被「切合結構」交插而成。

82142129101200 丿被交插別→交插者有 土

82142129101012001 第二列為 者 屬：著

82142129101201 一被交插別→交插者有"人亻木"

8214212910120111 人屬→即切叉結構為"大"。

82142129101201110 虛框階：黃

8214212910120115 涵實階：莢萘

82142129101012012 亻屬→即切叉結構為"才"。

8214212910120125 涵實階：荐茌

82142129101012013 千屬：荠

82142129101012014 土屬：菩茗

82142129101012015 朩屬→即切叉結構為"木"。

8214212910120155 涵實階：萊

82142129101012121 交叉叉目→交叉型被「切合結構」交插而成。

82142129101012111 乄被交插別→乄被「切合結構」厂所交插。

8214212910120111 臧屬：藏

8214212910122 匚匡叉目→匚匡型被「切合結構」交插而成。

8214212910101221 匚被交插別→匚被「切合結構」備所交插。

8214212910101221111 牙屬：芽

8214212910101221112 內屬：芮

8214212910124 迂迴叉目→迂迴型被「切合結構」交插而成

82142129101241 弓被交插別→ 弓被「切合結構」亻所交插。

821421291012411弟屬：弟

8214212910126 巴巳叉目→巴巳型被「切合結構」交插而成。

82142129101261凸被交插別→凸被「切合結構」人所交插。

82142129101261 1 央屬：英

8214212910127 傾斜叉目：芫

8214212910128 上下叉目→上下型被「切合結構」交插而成。

82142129101281 二被交插別→二被「切合結構」人所交插。

82142129101281 1 夫屬：芙

82142129101282＝被交插別→＝被「切合結構」木所交插。

82142129101282 1 末屬：茉

82142129101282 2 本屬：苯

82142129101283 三被交插別→三被「切合結構」人所交插。

82142129101283 1 屬：蓁蕃

82142129102 第二列爲匣匡門

821421291021 左下向開口綱

8214212910211 第二列外框爲勹目：芍 苟 荀 菊 萄 葡 葡 芶（若僅有勹則列
傾斜科）

8214212910212 第二列爲夕目：茗

821421291022 下向開口綱

8214212910221 接觸匡目

82142129102210 冂別：苘苘

82142129102211 冖別

82142129102211 0 第三列爲一元屬：蒙

82142129102211 1 第三列爲交叉屬：菫

8214212910222 切合匡目：芳

8214212910223 分離匡目

82142129102231 閠別：蘭 蘭

82142129109232 微別：薇

821421291026 右向開口綱

8214212910261 接觸匡目：苣

8214212910262 切合匡目：萇

8214212910263 附切匡目

82142129102631 亡別：芒 荒

821421291028 開口上向綱：茁 菡

82142129103 第二列爲原匡門

821421291031 左下向開口綱

8214212910310 一曲匡目：茗

8214212910313 距切匡目：苛

821421291032 下向開口綱

8214212910321 接觸匡目

82142129103210 人別：芥 苓 茶 茶 蒼 薈 芩 薟

82142129103211 入別：荃

82142129103212 公別：蓊

82142129103213 辰別：蓐

82142129103214 族別：蔟

8214212910322 分離匡目

82142129103221 分別：芬 菜

82142129103222 癸別：葵

82142129103223 祭別：蔡

821421291033 右下向開口綱

8214212910331 整齊匡目

82142129103311 接觸匡別

821421291033111 厂屬：芹

821421291033112 厂屬：蕨 苊 蘼

821421291033113 機屬：芪

8214212910332 參差匡目

82142129103320 切合匡別：茇

82142129103321 附切匡別

821421291033211 广屬：蓆 蘑 蔗 蘼

821421291033212 疒屬：蒺

821421291033213 庀屬：蘆

82142129103322 分離匡別

821421291033221 朕屬：藤

821421291033222 方人屬：菸

821421291039 右上向開口綱

8214212910391 夂匡目：莛

8214212910392 豕匡目：蒜

8214212910393 乇匡目：蓮 蓬 蘢

82142129104 第二列爲迂迴門

821421291041 迂旋綱：苃 芝 苣 芎

821421291042 迴轉綱：萸

82142129105 第二列爲圜圍門

821421291050 整齊圍綱

8214212910500 口起首目：莒 茸

8214212910501 日起首目

82142129105011 早別：草

82142129105012 吴別：莫 募 幕 慕 暮 驀 摹 墓

8214212910502 曰起首目：菖 葛 蔓 蕆

8214212910503 目起首目：苜 覓

8214212910504 皿起首目：薯 蘿

8214212910505 田起首目：苗 蕙

8214212910506 因起首目：茵 蔥

8214212910507 回起首目：茴

8214212910508 困起首目：菌

82142129105 1 參差圍綱

8214212910511 附切圍目

82142129105110 囟別：蒐

82142129105111 甶別：蔲

82142129105112 囪別：蔥

82142129106 第二列爲巴巳門

821421291061 整齊巳綱

8214212910611 接距目：芭 茛 苠

8214212910612 關切目

82142129106120 盾起別：茸

82142129106121 矛起別：蒿 苴

821421291062 參差巳綱

8214212910621 附切目：芦 茛 蔦

82142129107 第二列爲傾斜門

821421291071 傾側綱

8214212910711 切合目

82142129107110 盾起別

821421291071101 朱起首屬：茱

821421291071102 ㄅ起首屬：莓 蕪

821421291071103 ㄅ起首屬：芡 菟 莟

821421291073 斜敘綱

8214212910731 切合目

82142129107311 矛起別

8214212910731111 マ起首屬：茅

8214212910731112 ム起首屬：苔

8214212910732 分離目

82142129107321 右上角爲ㄅ別：苞

82142129107322 右上角爲丶別：芯

8214212910732211 右上角爲心屬：蕊

82142129109 第二列爲左右門

8214212910911 切合綱：苫

8214212910912 分離綱

82142129109211 四駢目

8214212910911 一對別：菲

8214212910912 二同別

8214212910912121 竝同屬

8214212910921212 二竝階

8214212910921210 第二列首根爲一元級：蒜

8214212910921213 第二列首根爲原厓級：芘 皆 蓼

8214212910921215 第二列首根爲圓圍級：萼

8214212910921217 第二列首根爲傾斜級：茲

8214212910913 三夾別

8214212910912131 對夾屬

8214212910921311 對映夾階

82142129109213117 背角夾旁級：蒸 薌

82142129109213119 向角夾旁級：蒬

8214212291092132 同夾屬

82142129910921321 竝同夾階：藥

8214212910922 第二列爲四散目→第二列字根左右不同，茲據左旁字根依十字型分別。

82142129109220 第二列左旁字根爲一元別：芷 苡 茈

82142129109221 第二列左旁字根爲交叉別

821421291092211 平交屬：茄 茹 菇 蕁 菰 蓀 芤 菝 菇 蔽 蓻

821421291092212 切叉屬：荻 蕕 菘 蕲 稆 蕨 藕 藉

82142129109222 第二列左旁字根爲匣匡別

821421291092221 左下向開口屬

82142129109222211 夕階：苑

82142129109222222 下向開口屬：葭

82142129109222226 右向開口屬

8214212910922260 E階：茆

8214212910922261 臣階：藍

82142129109223 第二列左旁字根爲原厓別：薇

82142129109225 第二列左旁字根爲圓圍別

821421291092251 日屬：萌 蒔

82142129109226 第二列左旁字根爲巴巳別

821421291092261 整齊巳屬：蔚 薛 藥 蔭 薩 茆 葭

821421291092262 參差巳屬：薛 孽 虌

82142129109227 第二列左旁字根爲傾斜別

821421291092271 傾側屬

82142129109222711 切合階：藐

82142129109222712 分離階：荇 蓯 蓰 蘅

8214421291092274 斜刳屬

8214421291092742 分離階

82142129109227421 左旁字根為氵級

82142129109227421 右旁為交叉層：菠 蒲

82142129109227421 右旁為匣匚層：范 茫 蘱

82142129109227421 右旁為原厓層：涱 菏

82142129109227421 右旁為巴巳層：葅 湶

82142129109227421 右旁為上下層

82142129109227421 切合次：萍 茳

82142129109227421 分離次

82142129109227421 四駢系：藻

82142129109227421 四散系：薄 蕩 落

82142129109227421 右旁為左右層：葹

82142129109228 第二列左旁字根為上下別

82142129109228 切合屬

82142129109228 盾起階

82142129109228 ノ起首級

82142129109228 左旁為亻層：花 荷 荏 蓓 萑 蕉 茯 茌 苻 苉 莜 葆

82142129109228 左旁為禾層：莉 藜

82142129109228 一起首級：荆 蘸 薙

82142129109228 矛起階：蔬 茨 莙 薪 蘢 薶 菽 蘋 蒴 蘊 葒 葑 葯 蒓 蕷

82142129109228 分離屬

82142129109228 四駢階：蕲

82142129109228 四散階

82142129109228 左旁為一元起首級：藹 茨

82142129109228 左旁為交叉起首級：葫 蓺 藪

82142129109228 左旁為圓圍起首級：蔵

82142129109228227 左旁爲傾斜起首級：蘇 蘚 薊 蘩

82142129109229 第二列左旁字根爲左右別

821421291092291 切合屬

8214212910922911 矛起首階

82142129109229111 爿起首級：莊 蔣

8214212911 第一列爲林科→第二列依 IXEFSOPYH 九型分類（無上下型）

82142129110 第二列爲一元門：楚 禁

82142129111 第二列爲交叉門：埜 婪

82142129112 第二列爲匣匡門：梵 蠻 梦

82142129113 第二列爲原厓門

821421291132 下開口厓綱：琴 棽

821421291133 右下開口厓綱：麓（广上之、附屬於厂，不獨立，所以“鹿”只算一列）

82142129115 第二列爲圓圍門：替

82142129119 第二列爲左右門

821421291198 八角夾綱：焚

8214212912 第一列爲丰丰科：彗 慧

8214212913 第一列爲夫夫科：輦 替

8214212914 第一列爲虓科：暬 蠹 鷬 蠶

8214212915 第一列爲棘科：楘

821421293 第一列首根爲原厓類

8214212930 第一列爲羽科

82142129300 第二列爲一元門

821421293001 丿起首綱：翚

821421293002 、起首綱：翌 翠 翯

82142129301 第二列爲交叉門
821421293011 平交綱：羿
821421293012 切叉綱：翇
82142129302 第二列爲匣匡門：翬
82142129303 第二列爲原厓門：翏
82142129305 第二列爲圜圍門
821421293051 整齊圍綱：翼
821421293052 附切圍綱：習
82142129309 第二列爲左右門：翟

8214212931 第一列爲比科：
82142129310 第二列爲一元門：毞 毙
82142129311 第二列爲交叉門：坒 毖 毕 柴
82142129315 第二列爲圜圍門：皆

8214212932 第一列爲所科：質
8214212933 第一列爲虤科：贙

821421294 第一列首根爲迂迴類
8214212940 第一列爲弜科：弫 弽
8214212941 第一列爲炏科→第二列依 IXEFSOPYH 九型分門。
82142129412 第二列爲匣匡門
821421294122 下向開口綱
8214212941221 整齊匡目
82142129412211𤇾別→第一列爲火火下從冖，合爲熒省聲符；下依第三列字型分屬。
821421294122110 第三列爲一元屬：袋 營 甇 罃 禜
821421294122111 第三列爲交叉屬
8214212941221111 平交階：勞 茔 螢

8214212941221112 切叉階：婆 榮

821421294122112 第三列為匣匡屬：膂

821421294122113 第三列為原匡屬：縈 鑑

821421294122114 第三列為迂迴屬：瑩

821421294122115 第三列為圓圍屬：營 覺

821421294122116 第三列為巴巳屬：鷟

821421294122117 第三列為傾斜屬：犖 嵤 縈

821421294122119 第三列為左右屬：榮

8214212941222 第二列為附切匡目：薔

82142129413 第二列為原匡門

821421294131 左下向開口綱：縈

82142129415 第二列為圓圍門：鸑

821421295 第一列首根為圓圍類

8214212950 第一列為吅科：

82142129500 第二列為一元門：咢

82142129501 第二列為交叉門：哭 單

82142129503 第二列為原匡門：嚴

82142129504 第二列為迂迴門：咒

82142129505 第二列為圓圍門：囂

82142129509 第二列為左右門：㗊

8214212951 第一列為目目科

82142129519 第二列為左右門：瞿 矍

821421296 第一列首根為巴巳類

8214212960 第一列為巳巳科：巽

821421298 第一列首根爲上下類→分切合、分離兩科

8214212981 切合科→左右兩根合爲首儀，爲聲符或形符，有竹兟干干　王王
竝方方　豩　琵　絲九門

82142129810 第一列爲竹科→第二列通常爲聲符，依十字型分門。

821421298100 第二列爲一元門

8214212981001 ノ起筆綱：笑 筝

8214212981002 、起筆綱

82142129810021 亠目：笠 簑 篙

82142129810022 宀目：管 筦 箜

8214212981003 一起筆綱：竿 竽 竺 箧 簟 箖

821421298101 第二列爲交叉門

8214212981011 平交綱

82142129810110 一直交目

821421298101101 土起首別：等

821421298101102 士起首別：籌

82142129810112 匣匡交目：簣

82142129810115 圜圍交目：笛 簤

82142129810117 傾斜交目

821421298101172 上下共兩列別：籤

821421298101173 上下共三列別：箋

82142129810118 第二列爲上下交目：箄 箪 箐 簣 篝 簍

82142129810119 第二列爲左右交目：箕

8214212981012 切叉綱

82142129810121 交叉叉目：簫

82142129810124 迂迴叉目：第 笫

82142129810128 上下叉目：笨 策 箸

821421298102 第二列爲匣匡門

8214212981021 左下向開口綱：笏 筍 笣

8214212981022 下向開口綱
82142129810220 相切匡目：笊
82142129810221 接觸匡目：筒
82142129810222 分離匡目：簡
8214212981026 右向開口綱：筐 笸 篚
821421298103 第二列爲爲原厓門
8214212981031 左下向開口綱：笱 笞
8214212981032 下向開口綱：答 簽 籥 筌 簦
8214212981033 右下向開口綱
82142129810331 接觸厓目：篪
82142129810332 相切厓目：笈
82142129810333 附切厓目：簾 簷 篦
82142129810334 分離厓目：簇 籐
8214212981039 右上向開口綱
82142129810391 交插厓目：筵
82142129810392 分離厓目：篷 籩

821421298104 第二列爲迂迴門
8214212981041 迂旋綱：篤
8214212981042 迴轉綱：箛
821421298105 第二列爲圜圍門
8214212981051 整齊圍綱
82142129810510 日目：笪
82142129810511 罒目：篾 籮
82142129810512 目目：筧 算 篡 纂 簒 籑
82142129810513 田目：箅
8214212981052 參差（附切）圍綱：篁 篋

821421298106 第二列爲巴巳門

8214212981061 整齊巳綱

82142129810611 接距巳目：笆 簋

82142129810612 互切巳目：篆

8214212981062 參差（附切）巳綱：篇

821421298107 第二列爲傾斜門

8214212981071 傾側綱：筀 筄

8214212981073 斜敘綱：笞

821421298109 第二列爲左右門

8214212981091 四駢綱

82142129810911 一對目

821421298109111 丶丿別：箭

82142129810912 二同目

821421298109121 竝同別

8214212981091211 首根爲交叉屬：簪 箸

8214212981091214 首根爲迂迴屬：翁

8214212981091215 首根爲圓圍屬：簞

82142129810913 三夾目：筲 筬

8214212981092 四散綱→依左根之字型分目

82142129810921 左根爲交叉目

821421298109211 平交別：笳 箔 笛 笵 籬 籀 簿 範

821421298109212 切叉別：箱 籍 籟 籔

82142129810922 左根爲匚匸目

821421298109222 下向開口別：筋

821421298109226 右向開口別：籃

82142129810923 左根爲原厓目：籪

82142129810926 左根爲巴巳目：篩 節

82142129810927 左根爲傾斜目

821421298109272 分離別
8214212981092721 四駢屬
82142129810927213 三夾階
821421298109272131 氵起筆級：箔 簿

82142129810928 左根爲上下目
821421298109281 切合別
8214212981092810 盾起筆屬
82142129810928101 亻階：符 筏 筱 篌
82142129810928102 工階：築 笻 筑
82142129810928103 干階：笄
8214212981092811 矛起筆屬：� 簸
821421298109282 分離別
8214212981092822 四散屬
82142129810928220 一元起筆階：籠 籬
82142129810928223 原厓起筆階：籲
82142129810929 左根爲左右目：筷

82142129811 首儀爲兟門：贊
82142129812 首儀爲竝門：競
82142129813 首儀爲方方門：堃
82142129814 首儀爲干干門：烎
82142129815 首儀爲王王門
821421298151 尾儀爲交叉綱：瑟
821421298153 尾儀爲原厓綱：琴
821421298156 尾儀爲巴巳綱：琶
821421298159 尾儀爲左右綱：琵
82142129816 首儀爲豩門：燹
82142129817 首儀爲臸門：簪（晉古文）

82142129818 首儀爲絲門：鸞

8214212982 首根爲上下分離科→左右兩根合爲首儀，有朋丽兩門

82142129820 首儀爲丽門：麗

82142129821 首儀爲朋門：盥 礐 嬰 罌

821421299 首根爲左右類

8214212991 首儀爲雔科：雙 讐 犨 雙

8214213 三竝旁態→竝同字有三節居上旁位置，與下旁字根合成新字者。

依竝同字型分爲：傾斜、左右竝傍二種。

82142137 傾斜竝旁種→傾斜竝同字有三行居上旁位置者。

821421371 首儀爲彡類：㐱 㐱

82142139 左右竝旁種→左右竝同字有三排居上旁位置者。

821421391 第一列／首儀爲巛類

8214213911 第二列／尾儀爲交叉科：巢 㓁

8214213912 第二列爲匣匡科：㕣 㚇

8214213913 第二列爲原厓科：㕓

8214213905 第二列爲圜圍科：甾

8214213918 第二列爲上下科

82142139181 切合門：𡿺（首）

82142139182 分離門：邕 巤 訔

8214213919 第二列爲左右科

82142139192 分離門：災

821421392 第一列／首儀爲𢏹類：𢏹 㬪

821421393 第一列／首儀爲吅類：壂 㗊 嚴 嚴 嚴 譻

821421394 第一列／首儀爲从類：𥫗 𥬇

821422 疊旁樣→疊同字居上旁位置，與下旁字合成新字者。上旁疊同字是

首儀；下旁尾儀。分爲：品疊旁、矩疊旁、五疊旁、六疊旁四態。

8214223 品疊旁態→品陣字居上旁位置，與下旁字合成新字者。

82142231 第一列／首根爲交叉種→有十力又

821422310 首儀爲卉類：賁 鼓

821422311 首儀爲劦類：脅 娿

821422312 首儀爲叒類：桑

82142234 第一列／首根爲迂迴種→有火

821422340 首儀爲焱種：燊

82142235 第一列／首根爲圜圍種

821422350 首儀爲晶類：壘 槑 喿 疊 纍 矗

821422351 首儀爲品類：碞 槑 龆 喿

821422352 首儀爲畾類：奭

82142237 第一列／首根爲傾斜種

821422370 首儀爲厽類：垒 參 絫

82142238 第一列／首根爲上下種

821422380 首儀爲壵種：堯

821422381 首儀爲蟲種：蠱

82142239 首根爲左右態

821422391 首儀爲惢種：榮

821422392 首儀爲轟種：纗

8214224 矩疊旁樣→矩疊字居上旁位置，與下旁字根合成新字者。

82142241 首根爲交叉態

821422410 首儀爲叕種：醤 槷 叕

82142245 首根爲圜圍態

821422450 首儀爲ＴＴ種：壼 罍

8214225 五疊旁樣→五疊同字居字之上旁位置，與下旁字根合成新字者。

82142250 五人疊旁態：燊

8214226 六疊旁樣→六疊同字居字之上旁位置，與下旁字根合成新字者。

。下分橫、縱六疊旁兩態

82142268 橫六疊旁態：燚

82142269 縱六疊旁態

821422695 首根爲圓圍種：罌

821422697 首根爲傾斜種：簪 簶

82143　夾旁格→三夾字居上邊，其下依傍另字根組成合體字者。下分：對
　　　　夾旁、同夾旁樣。

821431 對夾旁樣→下分映夾旁、轉夾旁、旋夾旁三態。

8214311　映夾旁態→對映夾字居上，其下依傍另字根組成新合體字者。先
　　　　依 YTH 分型，次依角分：背角、八角、向角夾旁。

82143118 上下映夾旁種

821431188 八角夾旁類：益

82143119 左右映夾旁種

821431197 背角夾旁類→背角夾字居上，其下依傍另一字根，組成新合體
　　　　字。

8214311971 水科：沓 沓 濿 夼 夾 坔 夵 砼 盉 峇 沓

8214311972 承科：丞 坖 烝

8214311973　鄉科：饗 饗 嚮 蠁 礐 嚮 響──"鄉"今楷已不完全呈背角
　　　　態，爲保留其古源，仍列此。

821431198　八角夾旁類→八角夾字居上，其下依傍另一字根，組成新合體
　　　　字。有小火兩科。

8214311981 小科

82143119810 首儀爲小門：肖 尖 尚 肖 崇 貟 瓮 兊 尖 朵 当 尘，尖 少 (又列
　　　　切合式)

82143119811 首儀爲少門：雀 省 尞 尾

82143119812 首儀爲尙門：當 掌 黨 党 堂 棠 堂 嘗 嘗 裳 賞 常

821431199 向角夾旁類→向角夾字居上，其下依傍另一字根，組成新合體
　　字。

8214311990 第一列爲冂科

82143119901 首儀爲臼門

821431199011 尾儀爲交叉綱：學

821431199013 尾儀爲原匡綱：礐

821431199014 尾儀爲迂迴綱：燆

821431199016 尾儀爲巴巳綱：鷽

821431199018 尾儀爲上下綱：覺 鱟 嚳 黌 斈

821431199011 尾儀爲左右綱：漿 鬱（鬱）

8214311991 第一列爲卹科

82143119911 首儀爲臾門

821431199111 尾儀爲交叉綱：舉 釁

821431199113 尾儀爲原匡綱：礜

821431199118 尾儀爲上下綱：譽

821431199119 尾儀爲左右綱：與

8214311992 第一列爲臾科

82143119921 首儀爲輿門：興

82143119922 首儀爲輿門：釁 爨 璺 豐 煥

8214311993 第一列罪科

82143119931 首儀爲輿門：輿

8214311994 第一列卹科

82143119941 首儀爲臾門：鬱

8214311995 第一列／首儀爲臼科：盥

8214311996 第一列／首儀爲臼科：兜

8214311997 第一列／首儀爲臼科：叟

8214311998 第一列／首儀爲臾科：惥

8214312 轉夾旁態→對轉字居上旁位置，與下旁字根，合成新字者，如韋字。上旁對轉字爲首儀（第一字根），下旁爲尾儀（第二字根）。漢字無對轉字居上旁位置者。但有①居下旁者，如戀；②居左旁者，如韜③居右旁者，如韓

8214313 旋夾旁態→映轉字居上旁位置，與下旁字根，合成新字者。上旁對轉字爲首儀（第一字根），下旁爲尾儀（第二字根）。漢字無映轉字居上旁位置者。但有居右旁者，如阝夆（古文降）

821432 同夾旁樣→同夾字居上，其下依傍另字根組成合體字者。下分竝夾旁、疊夾旁態。

8214321 竝夾旁態→竝同夾字居上，其下依傍另字根組成合體字者。只有二竝夾旁——左右竝夾傍一種。

82143219 左右竝夾傍種

821432191 首根爲交叉類

8214321911 首根爲木科→木居兩旁成林，中夾一根。

82143219110 棥門

821432191101 棥綱：焚 燚 爨 鬱

821432191102 樊綱：樊 攀 礬 蠻 攀 蠻 鸞

82143219111 棥門：懋 壄 襞

82143219112 叉門：鬱 彎 彎 蠻 戀

8214321912 首根爲犬科→犬居兩旁成犬犬，但左根變形成犭。

82143219120 犭言犬言犬門：戁 戁 鷙

821432194 首根爲迂迴類

8214321941 首根爲弓科

82143219410 粥門：鬻 鷟

8214321942 首根爲火科

82143219421 燚類：鑾 爕 夑

821432197 首根為傾斜類

8214321971 首根為幺科

82143219710 繃門：樂

82143219711 絲門：孿 欒 孿 帶 電 變 欒 樊 變 變 變 臠 譻 蠻 劈 鑾 彎 彎 彎 鸞 變 燮 攣 轡 巒 巒 覺 蠻 戀 攣 孌 孌

82143219712 絲門：鑾 戀

8214321972 首根為彳科

82143219721 衍門：懲 饗 蜑

82143219722 衛門：響 蓬 憲 韓 蘽 纛 鸞 蠹

8214322 疊夾旁態→疊同夾字居上，其下依傍另字根組成合體字者。

82143223 品疊夾旁種：燮 嚞

82143224 矩疊夾旁／迂迴夾旁種：脊

822 四散軾→四駢軾之對。由不相對、不相同、不相夾、不相旁等四「不相」的異字根散聚而成者，又稱「肆異軾」。凡隔離狀字不歸入一對、二同、三夾、四旁軾等四駢軾者即納為四散軾／肆異軾。"肆"義為放恣、雜亂，又假借為數字四，有「四分五裂」涵意。從上而下依十字型排列。

8220 第一列為一元體→無○ㇷㇷㇷㇷㇷㇷㇰㇰㇰㇰㇺㇺ～ㇰㇺ～ㇱ丨ㇻㇻㇵㇽ乚乚乙乙ㇷㇻ了ㇰㇺㇲㇻㇺ乙乚一，只有丶一丶丶一共五格，上下切合者切割其上部列此，但マクㇱㇺ為傾斜型不列此一元體而列傾斜體。

82200 第一列為 一 格

822001 第二列為交叉結構樣→有 千 夭 禾 釆 重

8220010 千起態：舌

8220011 夭起態：喬

8220012 禾起態：委 季 秀 黍 香 禿

8220013 采起種：番 悉 番

8220014 釆起種：兎

8220015 重起種：熏

822009 第二列爲左右結構樣→有爪

8220090 爪起態

82200900 第三列爲一元種：爰 爯 爲

82200901 第三列爲交叉種：孚 妥 孚 爭 采

82200902 第三列爲匣匡種

822009022 下向開口類：受 舜 愛

822009028 上向開口類：臽

82200905 第三列爲圜圍種：覓 爵 尋

82200906 第三列爲巴巳種：爲

82200907 第三列爲傾斜種：奚 巂

82201 第一列爲 ⼅ 格

822010 疋起樣：胥 蛋

82202 第一列爲 ⼃ 格→凡從 ⼃ 起筆者均不列於「上下型」，如 ⼑ 列傾斜型，
　　　 向列匣匡型，戶臼鳥血烏列巴巳型，自白臽冎由閨列圜圍型，身舟臾
　　　 列交叉型等。 ⼃ 稱爲「附屬撇」。

82203 第一列爲、格→有、宀宀穴，至於广疒等內涵字根者列入原崖型。

822030、獨起樣：

8220304 尾儀爲迂迴態：辶

8220307 尾儀爲傾斜態：衤（袖之左）礻（禮之左）

8220309 尾儀爲左右態：永

822031 宀樣：

8220310 第三列爲一元態：言

8220311 第三列爲交叉態

82203110 文種

822031103 第四列爲原厓類：彥 產

822031105 第四列爲圓圍類：吝

822031107 第四列爲傾斜類：紊

8220312 第三列爲匣匡態

82203128 离種：离

8220313 第三列爲原厓態（無）

8220314 第三列爲迂迴態

82203141 几種：亢

8220315 第三列爲圓圍態

82203150 口種

822031501 第四列爲交叉類：享

822031502 第四列爲匣匡類

8220315020 高科：高 膏 槀 槀

8220315021 高科：亮 亭 毫 毫 豪

822031504 第四列爲迂迴類：亨 烹

822031509 第四列爲左右類：京

82203151 回種：稟 亶

82203152 田種：亩

8220316 第三列爲巴巳態（無）

8220317 第三列爲傾斜態

82203171 衣種→有全衣，斷衣兩類

822031710 全衣類：裔卒脊育堯卷尭

822031711 斷衣類

8220317111 第三列爲交叉科：衷衰裏裹

8220317112 第三列爲匣匡科：哀

8220317114 第三列爲迂迴科：裏

8220317115 第三列爲圜圍科：哀褢褢

8220317117 第三列爲傾斜科：裛裛

8220317119 第三列爲左右科

82203171191 一對門：裒

82203171192 二同門：襄

82203171195 四散門：褒褒褻

82203172 亥種：亥

82203173 玄種：畜牽

8220319 第三列爲左右態

82203191 一對種

822031910 六類：六交尭

822031911 亠類

8220319110 立科（又列 8228010800）

82203191100 立門：妾童啇豪音竞育（龍）

82203191101 音門：音章竟意

8220319111 产科

82203191110 旁門：旁

82203191111 帝門：帝啻

8220319112 商科

82203191121 商門：商

82203191122 啇門：啇

82203192 二同種

822031921 卒類：卒

82203193 三夾種

822031931 亦類：奕 弈 帟

822031932 率類：率

822031933 豐類：豐

82203195 四散種

822031951 夜類：夜

822031952 雍類：雍 甕 饗 甕 甕

822031953 齊類：齊 齋 齎 齏

822032 宀樣→分為宀、穴二態。

8220320 宀態

82203200 第二列為一元種

822032001 丿類：宅 審

822032005 、類：宰

822032006 一類

8220320061 第二三列切合科：宁 宇 家 室 寅 寡 賓

8220320062 第二三列分離科：宗 完 宣 富

82203201 第二列為交叉種

822032011 平交類

8220320110 一元交科

82203201100 虛框門：宄 字

82203201105 涵實門：宏 宥 守

8220320115 圜圍交科：宙 實

8220320118 上下交科

82203201181 丰門：害 憲

82203201182 禺門：寓

8220320119 左右交科

82203201191 必門：宓 密 蜜

82203201192 共門：搴 褰 寒 謇 寨 塞 騫 賽 蹇

822032012 切叉類

8220320121 女科：安 案

8220320122 木科：宋

8220320123 大科：寄 寮

82203202 第二列爲匝匡種

822032026 右向開口類：宦 宧

822032028 上向開口類：寫

82203203 第二列爲原厓種

822032032 下向開口類：察 容

822032033 右下向開口類：宸 宕

822032039 右上向開口類：它 寇

82203205 第二列爲圓圍種：宮 宴 寰

82203206 第二列爲巴巳種：官 宜

82203207 第二列爲傾斜種

822032071 傾側類：牢 客

82203209 第二列爲左右種

822032091 切合類：（無）

822032092 分離類

8220320921 四駢科

82203209211 一對門：穴

82203209214 四旁門

822032092141 對旁綱：寬

822032092142 同旁綱：寞 寥

822032092143 夾旁綱

8220320921431 對夾旁目：宵

8220320921432 同夾旁目：窟 甯 寧

8220320922 四散科

82203209222 左根爲匼匡門：宛

82203209228 左根爲上下門

822032092281 切合綱

8220320922810 盾起筆目：宿 寶

8220320922811 矛起筆目：寂

822032092282 分離綱：寵

82203209229 左根爲左右門

822032092291 切合綱：寐 寢 寤

8220321 穴態

82203210 第三列爲一元種

822032101 ／類：窆 窆

822032105 、類：窨

822032106 一類：空 窒

822032108 乙類：窀

82203211 第三列爲交叉種

822032111 平交類

8220321110 一元交科

82203211100 十門：寶 竈

82203211101 九門：究

8220321112 匚匡交科

82203211122 下向匚交門：帘

82203211124 左向匚交門：窨

8220321118 上下交科：寁 窶

822032112 切叉類

8220321122 匚匡叉科：穿（匸被亅交插成牙）

8220321127 傾斜叉科：突（人被丶交插成犬）

8220321128 上下叉科：寠（且被木交插成果）

82203212 第三列爲匚匡種

822032121 左下向開口類：歺 窨

822032128 上向開口類：鼠

82203213 第三列爲原匡種

822032132 下向開口類：簌

822032139 右上向開口類：寶

82203214 第三列爲迂迴種：穹

82203215 第三列爲圜圍種：窗

82203216 第三列爲巴巳種：窩 窟

82203217 第三列爲傾斜種

822032171 傾側類

8220321711 切合科：窄 窞 窖

82203219 第三列爲左右種

822032191 四駢類

8220321911 一對科：窯 窊

8220321912 二同科：窳

822032192 四散類：

8220321921 左根爲交叉科：窈 窺 窮

8220321926 左根爲巴巳科：窒

8220321927 左根爲傾斜科：窈 窪

8220321928 左根爲上下科：竊 窾 竅

8220322 亡態→下從匸，邊框長過半框之一，所以移入「匸匡型附切狀」

82204 第一列爲一格

822040 第二列爲一元樣

8220400 丨態

82204001 工起種：汞 虫（虹）貢

8220401 丿態

82204010 亠起種

822040101 而起類：耍 奀 恧

822040102 百起類：頁 夏 戛

822040103 亘起類：憂

822041 第二列爲交叉樣

8220411 平交態→有五王于西兩雨爾

82204110 于種：盂

82204111 王種：弄

82204112 五種：吾

82204113 西種：堊 罜

82204114 兩種

822041140 第三列爲一元類：票

822041141 第三列為交叉類：要 栗 粟

822041145 第三列為圜圍類：覃 賈

822041149 第三列為左右類：覆

82204115 雨種

822041150 第三列為一元類

8220411500、起筆科：雩 霽 霎

8220411501 一起筆科：雰 雲 需

822041151 第三列為交叉類：雪 電

822041152 第三列為匣匡類：霓

822041153 第三列為原匡類

8220411532 下向開口科：零

8220411533 右下向開口科：震 靈

8220411539 右上向開口科：霆

822041155 第三列為圜圍類：雷

822041157 第三列為傾斜類：雹 霉

822041159 第三列為左右類

8220411592 分離科

82204115921 一對門：霏

82204115922 二同門：霖 霝 靈

82204115923 三夾門：霄

82204115925 四散門

822041159251 左根為交叉綱：霜

822041159256 左根為巴巳綱：霹 霞

822041159257 左根為傾斜綱

8220411592571 豸目：霾

8220411592572 氵目：霈 霪 霈

822041159258 左根為上下綱

8220411592581 切合目：霍 霧 露

8220411592582 分離目：霰 霸 靄

82204116 爾種：璽

8220412 切叉態

82204121 天起種：吞 忝 蚕

822045 第二列爲圜圍樣：豆 鬲

822047 第二列爲傾斜樣

8220470 不態：丕 否 盃 甮 歪 孬

8220471 至態：至（又列一切狀）

822049 第二列爲左右樣

8220491 切合態：焉 丒

8220492 分離態

82204920 ㄙㄙ種：晉

82204921 巛種：巠

82205 第一列爲丨：夺（臣），夻（臣，頤）

8221 第一列爲交叉體

82211 平交格→交插者、被交插者均非切合結構，下依「被交插者」之十字型分樣。

822110 一元交樣→一元型被交插者，有：一直叉、元匡叉、元迴叉三態

8221101 一直叉態→有十 ナ ㄨ 三種

82211011 十種→交插兩軸呈十字形，下依「第二列」之十字型分樣

822110110 第二列爲一元類

8221101100 土科

82211011000 土門→去 走 喪（又列入切合狀）

822110110000 虛框綱：寺 袁 赤 幸 走 去 尢

822110110005 涵實綱：嗇 喪 丧 𠰻（喪）

82211011001 去門：盍

82211011002 尢門：坴 麦 嗇 龕

8221101101 士科

82211011010 第三列爲一元門：壽 燾

82211011011 第三列爲交叉門：毒

82211011012 第三列爲匣匡門：壺 壺 売 壹

82211011015 第三列爲圜圍門：吉 豈 熹 臺 喜 嘉 賣

82211011016 第三列爲巴巳門：声

82211011019 第三列爲左右門：志

822110111 第二列爲交叉類：支 卉

822110112 第二列爲匣匡類

8221101122 下向開口科

82211011220 虛交框門：南 圡 索 孛 憲

82211011225 實交框門：卉 甹 賣 資

822110113 第二列爲原厓類：直

822110115 第二列爲圜圍類

8221101150 虛框科：古 克 辜

8221101155 涵實科：卓（朝戟乾）

822110116 第二列爲巴巳類：直 眞

82211012 第一列爲广種

822110125 交框涵實類：盔

82211013 第一列爲乂種：杀 希 肴

8221102 第一列爲元厓叉態→交插軸有厓線，有又一種

82211021 又種

822110210 虛框類：圣

822110215 涵實類：蚤

8221103 第一列爲元迴叉態→交插軸有迴線，有九子兩種

82211031 九種：杂 㐜 厽

82211032 子種：孟

822112 第一列爲匣匚交樣→匣匚型被交插者，依匚之開口方向分態

8221124 左向開口態

82211241 彐種：帚 尋

82211242 尹種：君（又列原匡型）羣

8221128 上向開口態

82211280 開口被封種

822112800 廿類

8221128000 虛框科

82211280000 第二列爲一元門：黃

82211280001 第二列爲交叉門：革 堇

82211280009 第二列爲左右門：燕

8221128005 涵實科：某

82211281 開口未封種

822112811 屮類

8221128110 屮種：屵（巤）

8221128111 屮種：屮 蚩 出（又列匣匚型）祟

822113 第一列爲原匡交樣→原匡型被交插者，依匡之開口方向分態

8221131 左下向開口態：韋

8221133 右下向開口態

82211331 成種：盛

82211332 咸種：感 霽

82211333 戚種：感 蹙

8221139 右上向開口態：蕢

822114 第一列爲迂迴交樣：費

822115 第一列爲圜圍交樣→圜圍型被交插者

8221150 整齊圍被交插態

82211501 中種

822115010 第二列爲一元類：貴

822115016 第二列爲巴巳類：蠱

822115019 第二列爲左右類：忠

82211502 由種

822115020 第二列爲一元類：粵

822115022 第二列爲匣匡類：胃

82211503 曲種

822115030 第二列爲一元類：豐

822115033 第二列爲原厓類：農

82211504 毌種：貫

8221151 參差（附切）圍被交插態

82211511 毌種：卑

822116 第一列爲巴巳交樣：典

822117 第一列爲傾斜交樣：惑

822118 第一列爲上下交樣→扣除交叉縱筆｜後取上部字型分類。

8221180 上部爲一元被交叉態

82211800 一被交叉種

822118001 主類：毒 青 責 素 表 纛

822118002 重類：重 專 惠

822118003 甫類：尃 甹

822118004 曲類：曹

822118005 車類：橐 囊 蠹 橐

822118006 車類：責 責

82211801 ／被交叉種

822118011 丰類：書

8221182 上部爲匣匡被交插態：書 晝 畫 盡

8221185 上部爲圓圍被交插態

82211851 次部爲一元被交插種：黑 墨

82211852 次部爲匣匡被交插種：愚

82211855 次部爲圓圍被交插種：患 婁

822119 第一列爲左右交樣

8221191 ++態

82211910 壮種

822119100 壮類：昔 菫 苐（散）黄（黃）

822119101 共類

8221191010 虛框科：共 巷 恭

8221191015 涵實科：其 萁 基 碁 甚 綦 綦

82211911 壮種：菁

8221192 卅態：帶

82212 第一列爲切叉格→交插者爲切合結構，依「被交插者」之十字型分
樣。

822120 第一列爲元叉樣→被交插者爲一元單筆，依交插者即切合結構分
態。

8221207 交插者爲傾斜態→交插者屬傾斜型。

82212071 交插者爲傾側種→切合結構爲左上角與右下角相切之傾側型，如
"人"。

822120710 第一列爲大類.

8221207100 第二列爲一元科：夸 奈 寀 夳（泰）

8221207101 第二列爲交叉科

822120710101 尾儀單列門：本 夯 奄 奢

822120710102 尾儀多列門

8221207101021 竝同綱：奎

8221207101022 疊同綱：奔

8221207102 第二列爲匣匡科

82212071021 左下向開口門：奓

82212071026 右向開口門：奩

8221207103 第二列爲原厓科

82212071031 左下向開口門：奇

82212071033 右下向開口門：套

8221207106 第二列爲巴巳科：巹

8221207109 第二列爲左右科

82212071091 一對門：奎 奅

82212071092 二同門：夰 夰

82212071095 四散門：奪 奮

822120711 第一列爲夾類

8221207111 第二列爲日科：昚 奃

8221207112 第二列爲目科：睿

82212073 交插者爲斜敘種→一被交插者如入厶所交插。

822120731 第一列爲厺類：弃 棄 育 充 㐬

8221208 交插者爲上下態→丿被「交插者」如土士所交插。

82212081 第一列爲土種

822120811 老類：耆 耄 耋

822120812 者類：煮 翥

8221209 交插者爲左右態→一被交插者如木所交插。

82212091 第一列爲木種

822120910 虛框類→在第四、六等宮位無字根。

8221209100 第二列爲一元科：柰

8221209101 交叉科：李

8221209103 原匡科：桼

8221209105 圓圍科：杏 杳 査

8221209109 左右科：杰

822120915 涵實類→在第四、六等宮位有字根「从」「丶」。

8221209151 第二列爲來科：麥麰

8221209152 米科：类娄豵糞

82212092 第一列爲求種：裘

822126 第一列爲巳叉樣→被交插者爲巴巳型，如 Ⅱ。依交插者一切合結
構分態。

8221267 交插者爲傾斜態

82212671 交插者爲傾側種→切合結構爲左上角與右下角相切之傾側型，如
"人"。

822126710 央叉類→被交插者爲 "Ⅱ"，交插者爲 "人"

8221267106 第二列爲巴巳科：盎 鴦

822128 第一列爲橫叉樣→被切合結構所交插者爲上下型分離字，如二三。

8221287 交插者爲傾斜態

82212877 交插者爲傾側種→如人

822128771 第一列爲夫類

8221287715 关科

82212877150 第二列爲一元門：詟 篆 拳

82212877151 交叉門：希 鏊 棽

82212877152 匣匡門：卷

82212877153 原匡門：劵

82212877154 迂迴門：鶿

82212877155 圓圍門：眷

82212877157 傾斜門：牵 觠 鶯 綮

822128772 第一列爲ベ類

8221287720 第二列爲一元科：奏 秦

8221287721 交叉科：奉

8221287722 匣匡科：春 憃

8221287725 圜圍科：春 蠢

8221287729 左右科：泰

8222 第一列爲匣匡體

82221 左下向開口匡格

822212 距切匣樣→外框係相切形成如ケ勹。

8222121 ケ外框態

82221211 第一列爲夕種：名 夤

82221212 第一列爲夕種：炙 夛（將）夅（額）

8222122 勹外框態

82221221 第一列爲勿種：曶 忽 甮

82221222 第一列爲勿種：忽

82222 下向開口匡格→依外框組合方式分爲：接觸匣、距切匣、附切匣三樣。

822220 第一列爲接觸匣樣→外框係相接而成如冖冂。

8222200 冖態→分爲冖宀冖。至於宀穴則列「首爲、」態。

82222001 冖種：軍 冠 冗 冤 冥 冢 冪 帀（帚）亞（壺）

82222002 宀種：罕

82222003 冖種：冢 冝

8222201 冂態：最 冒 曼 勗 冕 冐 冔

822221 第一列爲距切匣樣→外框係相切形成 如乃。

8222210 乃態

82222100 虛框種：孕 朵 尕 鼐

82222105 涵實種：及 盈

822222 第一列爲附切匣樣→僅匦一種，至於半外框冖上附著切筆如宀穴，因匡內不涵字根，所以列入「、起筆上下型」。

8222220 圂種：奧 鼺

82226 第一列爲右向開口匡格→依外框組合方式分爲接觸匡、附切匡兩樣。

822260 接觸匡樣→外框係相接而成如ㄈㄈ。

8222601 氏態：氏 昏 昮

8222602 巨態：聶

8222603 匿態：慝

822261 附切匡樣→外框附著切筆如亡──、附屬於ㄈ。

8222611 第一列爲亡態

82226111 亡種（聲符）

822261110 第二列爲一元類：㐫

822261111 交叉類：妄 朰

822261112 匣匡類：肓

822261115 圓圍類：盲

822261119 左右類：忘 荒 蟲

82226112 羸種：贏 嬴 蠃 羸 嬴 蠃 羸（又列匣匡型之右向開口離匡式）

82228 第一列爲上向開口匡格

822280 接觸匡樣→外框係相接而成如ㄩ山臼。

8222801 山態

82228010 第二列爲一元種

822280100 、類：崇 嵩

822280101 一類：崒 豈

82228011 第二列爲交叉種：崴

82228012 第二列爲匣匡種：嵐 崗

82228013 第二列爲原匡種

822280131 左下向開口類：岢

822280132 下向開口類：岑 峇 崙

822280133 右下向開口類

8222801331 接觸匡科：岸 炭 崖（又列原匡型，外框爲屵式）

8222801332 距切厓科：岌 岩

82228015 第二列為圜圍種：崑 崗 崽 崽

82228016 第二列為巴巳種：岜

82228019 第二列為左右種

822280192 分離類

8222801921 四駢科

82228019212 二同門

822280192121 朋綱：崩

822280192122 吅綱：巖

82228019213 三夾門：嶽

8222801922 四散科

82228019221 左根為交叉門：嵌 嶄 崧

82228019223 左根為原厓門：嶺

82228019226 左根為巴巳門：崞

82228019228 左根為上下門

822280192280 丿起筆綱

8222801922801 第二列為隹目：崔 嶲

8222801922802 第二列為魏目：巍

822280192281 十起筆綱：崁 巓

822280192282 匕起筆綱：嶷

822280192283 自起筆綱：歸

8222802 第一列為凶態：兇 燮

8222803 第一列為凶態：罃

8222804 第一列為曲態：豐

8222805 第一列為出態：祟 枭（又列上中為交叉體）

8222806 第一列為臼態

82228061 第二列為交叉種：舁

82228064 第二列為迂迴種：舄

82228065 第二列為圜圍種：舅

82228069 第二列爲左右種：兒 鼠

8223 第一列爲原匡體

82231 左下向開口格→依外框組合方式只一彎曲匡樣

822310 彎曲匡樣→外框係一筆彎曲形成，如冂乁

8223101 刀態：召 免

8223102 刃態：忍

8223103 卂態：螽

82232 下向開口格→依外框組合方式分爲：接觸匡、距切匡、分離匡三樣。

822320 接觸匡樣→外框係兩筆之頭端相接觸形成，有 A 今合余。

8223201A 態：禽 會 僉 龠

8223202 今態：含 念 貪 衾 会 畬 盦

8223203 合態：盒 拿 翕 弇 龕 畣 龠

8223204 余態：悆 畬 龠 龗

822321 距切匡樣→外框係二筆相切形成，如人入。

8223210 入態：肏 汆 糅 俞（均移原匡型）

8223211 俞態：愈

822322 分離匡樣→外框係相離二筆成匡角而成，如八乀乂。

8223220 八態→有酋父分公等，本字列入原匡型。

82232200 八種：曾 冀（冀）

82232201 六種：盆

82232202 兮種：盆（讜）

82232203 酋種：奠 尊

82232204 父種：爸 爹 斧 釜 爺 爺

82232205 分種：忿 岔 盆 貧 炎 弅 坌

82232206 八種：兌

82232207 公種：翁 瓮 忩（恖）枀（松）

82232208 六種：谷

8223221 ㄢˋ態：登 凳 發

8223222 癶態：登 瞀 祭

82233　第一列爲右下向開口格→依外框組合方式分爲：整齊匡、參差匡兩樣。

822331 整齊匡樣→外框係由接觸、距切組合而成。

8223311 接觸匡態→外框係兩筆之頭頭或頭尾端接觸形成，如厂。

82233110 厂種

822331101 辰類：辱 唇 脣 蜃

822331102 原類：愿

822331103 厭類：醫 嫛 壓（壓魘列原匡型）

822331104 厥類：蹙 鷟

82233111 广種

822331111 鹿類：麝

8223312 距切匡態→外框係兩筆相切而成，如石。

82233121 石種：泵

822332 參差匡樣→外框係由附切、分離組合而成。

8223321 附切匡態→接觸匡之外框附著切筆如广疒，冫、附屬於厂。

82233211 疾種：瘧

82233212 鹿種：麑 麝 麋 麞 麕 麑 麛 麚 麏 麛 麖 麑 麚 麑（麕麑塵列原崖型）

8223322 分離匡態→兩根分離成厂形外框。

82233221 臥種

822332212 臥類：監 鹽 鹽

822332213 臣匚類：監 掔 槩 縶 覽 瞥 罃 醫 鑒 醫 鑒

822332214 臨類：鑒 覽 堅 擎 樂 覽 縶 鹽 臀 槩 醫 覽 堅 豐

82233223 扒種→有旋旅族種

822332231 旋種：壥 鷟

822332232 旅種：臇 膂

822332233 族種：驚 搫 螫 籊 驡 幭

82237 第一列為左上向開口格：蠿

82239 第一列為右上向開口格→依外框組合方式分為：彎曲匡、交叉匡、
　　　距切匡、分離匡五樣。

822390 彎曲匡樣

8223901 乚態：旨 矣（疑敓肆左邊）

8223902 乚態：恵 県

822391 交叉匡樣：蜑

822394 距切匡樣：咎 晉

822395 分離匡樣：導

8224 第一列為迂迴體

82241 迂旋格

822411 己樣：忌 异

822412 几樣：朵 殳

822413 馬樣：舁 羃

82242 迴轉格

822422 迴匡樣：乎 發

822423 迴匡樣

8224231 火態

82242310 首儀為火種：炎 曽 燮 燹 粂 袋 充 枀 芲 耸 耸 脊 簽 韋 螢 弄

82242311 首儀為炎種：斴 粦

8224232 火態：脊

8225 第一列為圓圍體

82250 整齊圍格

822500 虛框樣

8225000 口態

82250000 第二列爲一元種：呈 号

82250001 第二列爲交叉種：另 呆 吊 虽

82250002 第二列爲匣匡種：冐

82250005 第二列爲圓圍種：呂 員

82250006 第二列爲巴巳種：邑 昌

82250009 第二列爲左右種

822500091 切合類：足

822500092 分離類：兄 只

8225001 凹態

82250019 第二列爲左右種：兕

822505 涵實樣

8225050 日態

82250500 第二列爲一元種

822505000、類：晏 景 昱 囊

822505001 一類：旦 量 旱 是 易 昊 疊

82250501 第二列爲交叉種：早 見 昗 界 杲 暑 暴 晟

82250502 第二列爲匣匡種

822505021 左下向開口類：昜

822505022 下向開口類：量

82250503 第二列爲原厓種：晨 戻 晷

82250504 第二列爲迂迴種：炅

82250507 第二列爲傾斜種：星

82250509 第二列爲左右種

822505092 分離類

8225050921 四駢科

82250509211 一對門：昴 晁

82250509212 二同門：昆

82250509213 三夾門：晃

8225050922 四散科：昂

8225051 曰態：曷

8225052皿態

82250520 第二列爲一元種：眾 罜 罡 罾

82250521 第二列爲交叉種

822505211 平交類：罟 罱 翠 罯

822505212 切叉類：署 罨

82250522 第二列爲匣匡種：蜀

82250523 第二列爲原厓種：置 罾

82250524 第二列爲迂迴種：罵

82250525 第二列爲圜圍種：買

82250529 第二列爲左右種

822505291 切合類：罩

822505292 分離類

8225052921 一對科：罪

8225052925 四散科

82250529258 左根爲上下目：罰 罷 羆 羅 羈

82250529259 左根爲左右目：罹

8225053 目態

82250531 第二列爲交叉種：臭

82250539 第二列爲左右種：見 貝

8225054 田態

82250540 第二列爲一元種：畀 畏

82250541 第二列爲交叉種：男 異

82250542 第二列爲匣匡種：胃

82250543 第二列爲原厓種：界

82250547 第二列爲傾斜種：累 罱

82250549 第二列為左右種

822505491 一對類：奰

822505492 二同類：毘

822505493 三夾類：思

8225055 因態

82250559 第二列為左右種：恩

82251 第一列為參差（附切）圍格

822510 白樣：

8225100 第二列為一元態：皇 臮

8225101 第二列為交叉態：帛 皀 皁 皋 皐 皋

8225109 第二列為左右態：泉

822511 自樣

8225110 第二列為一元態：皋

8225111 第二列為交叉態：臭 臬

8225115 第二列為圓圍態：鼻

822512 由樣：鬼

822513 圍樣：粵

822514 囟樣：恩

822515 囱樣：睪

8226 第一列為巴巳體

82260 整齊巳格→巳形圍面外無附切筆畫者。依圍面形成方式分為切接、
　　　互切、匡切三樣。

822601 切接樣→圍面係由接觸與距切兩組合方式組成，如巳尸。

8226011 巳態

82260110 虛框種：导

82260115 涵實種：岊

8226012 民態

82260125 第二列爲圓圍種：昏

82260129 第二列爲左右種：蟊（蚊）

822602 互切樣→圍面係由彎曲筆畫互相距切而成，如互瓦丏。

8226021 互態

82260210 第三列爲一元種：蟲

82260212 第三列爲匣匡種：彙

82260219 第三列爲左右種：彝 虤

822603 匡切樣→圍面係由匣匡形矛與其它筆畫相切而成，分爲：單邊匡切、雙邊匡切兩態。

8226031 第一列爲單邊匡切態→圍面只一邊有兩個切點者，如且皿丘。

82260311 且種：具

82260312 丘種

822603121 第二列爲一元類：乒 乓

822603122 第二列爲匣匡類：岳

822603129 第二列爲左右類：兵

82260313 咼種：骨 咼

8226032 第一列爲雙邊匡切態→圍面兩盾居外緣，共有四個切點者，如亞。

82260321 亞種：堊 蛋 惡

82261 參差巳格→巳形圍面外有 附切筆畫者 如戶。

822611 自樣：阜 㠯 㠯 皀

822612 鳥樣：梟 裊

8227 第一列爲傾斜體→有傾側、傾頗、斜敘、斜八四格，下再分切合、分離。

82271 傾側格

822711 切合樣

8227110 盾起態

82271101 𠃌種

822711010 𠃌類：每 乞 复 气 饣

822711011 乍類：怎

822711012 𠠌類：無 舞 㮇

82271102 夂種：多 各 条 务 夆 备 夅（隆）夆（降）螽

82271103 勹種

822711031 尾儀單節類：色 龜 角 龟 㐱 争

822711032 尾儀多節類：奐 象 兔 負 魚 魯 黿

82271104 久種：灸

82271105 𠂉種：告 靠

82271106 生種：𡄣

82273 斜敘格

822731 切合樣

8227311 矛起態

82273111 厶種

822731111 第二列爲交叉類：弁 矣 奋

822731115 第二列爲圓圍類：台 枲 炱 怠 枲 炱

822731117 第二列爲傾斜類：牟 矣

822731119 第二列爲左右類：允 夋

82273112 マ種：予 矛 甬

822731121 矛類：柔 矞 蟊

822731122 甬類：勇

82274 第一列爲斜斜格

822741 切合樣

8227411 起態

82274110 〈→幺種：糸 矣（奚）

8228 首儀為上下體

82280 首儀為上下切合格（又見 822031 條）

822801 矛起樣

8228010 首儀為上態：亡 文 亢 古 玄 衣 亥 言 离 亹 卒 齊 立 六 亣 亦 夜 亘 雍

82280100 首儀為亡種：亢 肓 宄 盂，贏 贏 贏 贏 贏（又列匣匡型），

82280101 首儀為文種：吝 紊 彥 產 孝

82280105 首儀為古種：亠 亨 享 亯 畗 京 亭 高 哀（又列衣），百 宙 向

822801050 首儀為亠類：亭 亮 高 亳 豪 毫

822801051 首儀為高類：膏 稾 槀

822801052 首儀為亨類：烹

822801053 首儀為百類：京

822801054 首儀為向類：亶 稟 稟

822801070 首儀為玄種：牽 畜 率

822801071 首儀為衣種：裔，衷 衰 裏 裏 裛 裛 哀 裹 裹 表 裘 裏 褒 褻 藝

822801080 首儀為立種：立 产 商 商 产

8228010800 首儀為立類：辛 辛 亲 業 苦 辭 豢 豢 音 妾 童

82280108000 首儀為音科：章 竟 意

8228010801 首儀為产類：帝 啻

8228010802 首儀為产類：廉 產 彥

822801081 首儀為六種：交 兗 兗 袞

822801082 首儀為亦種：奕 弈 帟 欒 奯 恋 鑾 変 蠻 恋

822801083 首儀為雍種：壅 饔 罋 甕

822801084 首儀為齊種：齎 齏 齏

8228011 首儀為上態：未 夫 志

8228012 首儀為止態：步 肯 齒 歲 走 莃

8228013 首儀為丷態：羊 芈 羊 美 業 六 羌

8228014 首儀爲业態：兴 光

8228015 首儀爲业態：業 叢 㒼 羮 莘 蓇

82280160 首儀爲少態：劣 雀

82280161 首儀爲尐態，尐

8228017 首儀爲兴態：與 興 輿

822802 盾起樣

8228020 首儀爲下態：丆

8229 首儀爲左右體

82291 第一列爲左右切合格

822911 矛起樣：（缺）

822912 盾起樣

8229120 第一列爲卜態

82291201 第二列爲交叉種：攴

82291202 第二列爲匚匡種：𠫔 卢 卣

822912020 第二列爲匚匡種𠫔類：睿 容

82291203 第二列爲原匡種：虍

82291205 第二列爲圓圍種：占 鹵 卤 卣 卥 卣 臽

822912051 第二列爲圓圍種占類：卓 桌 皀

822912052 第二列爲圓圍種臽類：貞 鼎

82292 分離格→第一列爲左右字根分離，依左根字型分樣。

822920 第一列左根爲一元樣

8229201 第一列爲╱→八態：年 父 肖 分 兌 酋 欠 公 兮 兼 曾 冀
  公 允

8229202 第一列爲╲→╲╱態：弟 曾 酋 兼 兒

822921 第一列左根爲交叉樣

8229211 平交態

82292112 匣匡交種

822921121 敝類：嫳幣弊獘彆瞥暼瞥驚鷩憋蟞嫳嫳蟞擎嫳獘瞥繁

彆鐅覽贅魕褩鷩鼈鼈

82292113 原厓交種

822921131 加類：架駕袈賀毠駕哿恕妿智閡砮絮旃蛪鴐鴐

82292117 傾斜交種

822921171 扎類：紮蚻鳺

822921172 折類：哲蜇誓裚捿晢悊埑帢娎焎悊烎嫳桚硩嫳晢禁絜

踅鵇鍪餮蟨鷙

82292118 上下交種

822921181 邦類：帮幫

822921182韧類：契齧栔挈絜犎恝挈垫契娶毠挈犎碧挈閡鵹誓鴽挈

822921183 斬類：暫塹慙蹔槧嫳蹔幣擊磛蹔覽鏨鏨鏨饕覽翟

8229212 切叉態

82292120 一元叉種

822921201 木起首類

8229212011 札科：紮蚻鳺

8229212012 析科：晳惁蜇娎晳鴌

8229212013 相科：想揌覩鵖

822921202 來起首類

8229212021 欶科：憖埜鶩䵘

822921203 女起首類

8229212031 奴科：努帑拏砮弩駑怒閡拏毠帑帑督蛪絮袈駑絮鴑

8229212032 如科：挐帤駕絮恕挐架毠架蛪袈誓翟

82292122 匣匡叉種：擊嫛槃幣犟磐盤縏蟠鞶蹔鏧鷩鱉瞥

82292128 上下叉種

822921281 未起首類

8229212810枚科：𢪃𢪃棨毷警鼜→從𢪃者列原厓型

822921282 束起首類

8229212821 敕科：整 驚 摯 謷 螯 鼇 憼

8229212822 刺科：掣

822921283 夫起首類

8229212831 規科：槼 嫢 槷 槼 鵟 鵟

822922 第一列左根爲匣匡樣

8229221 左下向開口態

82292211 距切匡種

822922111 左根爲夕類

8229221111 夗科：怨 娿 駕 㬪 鴛 餎 㪭 帑 㲈 盌 蚤 聟 貿 登 謍 㿽 䶃 鴛

8229221112 舛科：桀 堁 挛

822922112 左根爲肉類：然

8229226 第一列左根爲右向開口態

82292260 接觸匡種

822922601 臣類

8229226011 臣又科：擊 豎 堅 腎 鉴 蟹 緊 賢 嫛 嫛 㝹 帑 臤 㸀 𡙫 賢 豎 𦩘 䯏 㛹 堅 蝥 㲈 餐 鞏

8229226012 臣月科：朢

822922602 医類：醫 緊 鴛 嫛 豎 㾆 黳 翳 賢 鬱 鑒 堅 臀 槃 裛 㲈 䯂 臀 蟹 覽 譬 鷖 鷖 鱉

822922603 第一列左根爲臣巳類：熙 嫛

82292261 附切匡種

822922610 第一列左根爲亡類：望

8229228 第一列左根爲上向開口態

82292281 半涵種

822922811 第一列左根爲㲃類：擊 繫 聲 槃 磬 㲃 㽵 磬 槃 𦩘 磬 蟹 磬 聲 醫

822923 第一列左根爲原匡樣

8229232 下向開口態

82292321 切合匡種

822333211 研類：掔

822333212 石又類：砮督

822333213 石戈類：硻

82292322 分離匡種

822923221 谷類：慾篕篘

822924 第一列左根爲迂迴樣：譬犟

822925 第一列左根爲圓圍樣

8229251 左根爲日態

82292511 明種：盟盟盟盟盟盟盟盟

82292512 昭種：照

82292513 昫種：煦騰

82292514 日巨種：㬻

822926 第一列左根爲巴巳樣

8229260 整齊巳態

82292601 接距巳種

822926010 第一列左根爲尸種

8229260101 殿類：臀壂臋臀壂臀

8229260102 尉類：熨慰褽犚掔罻螱罻

8229260103 辟類：擘譬璧壁檗臂劈嬖幦繴襞躄鼊慦甓鷿孹皧孹

　　甓辪孹臂慦璧辪

822926011 第一列左根爲阝種

8229260111 隊類：墜隧䜃隧鐆鐆

8229260112 隋類：墮隋隳嫷檃讆鷲䳚

8229260113 陟類：騭

822926012 第一列左根爲耳種

8229260121 取類：聚 聚 娶 棸 冣 焣 摼 堅 毲 �掔 瞥 鰲 䃺

8229260122 耳口類：聖

8229260123 耴類：臤 㙵

822926013 第一列左根為民種：愍

8229261 參差巳態

82292611 附切巳種

822926110 第一列為㪉類：棨 肇 啓 綮 幣 唘 䃅 肇 臂 啟 肇

822926111 第一列為啓類：綮

822926112 第一列為戶戈類：啓

822926113 第一列為殷類：慇

822926114 第一列為既類：塈 暨 鱀 餸 㤅 棐 氅 墍 臂 覬 蟿 槩 驥

822927 第一列左根為傾斜樣

8229271 傾側態

82292711 切合種

822927111 第一列為制類：掣 製 㓷 㓪 犐 鏨 䮳 㸞 醫 鏨

822927112 第一列為豸艮類：墾 懇 碞 醫

82292712 分離種

822927121 第一列左根為四駢種

8229271212 二同類

82292712121 竝同科

82292712121213 三竝門

82292712121213131 第一列左根為彡綱

82292712121311 第一列為須目：嫋 霈 㵫 鬙 䨄 嫠 盥 㬥 㝫 鬙

8229271214 四旁類

82292712141 同旁科

822927121411 左根為彳門

8229271214111 第一列為從綱：聳 慫 摐 瓾 㷀 毡 䉦 螽 簛 鬃

8229271214112 第一列為徵綱：懲

8229271214113 第一列為御綱：禦

8229271214114 第一列爲征綱：懲

822927122 第一列左根爲四散種：（無）

8229274 第一列左根爲斜刹態

82292742 分離種：有 冫 氵

822927421 冫類

8229274210 馮科：憑 凴 凜 凜

822927423 氵類→依第一列右根型分科。

8229274231 右根爲交叉科→有沰、汎、波

82292742311 第一列爲汎門：染

82292742312 第一列爲沰門：柒

82292742313 第一列爲波門：婆 嶓 挈 鋬

8229274231 右根爲匣匡科→有洰

82292742310 第一列爲氵巨門：渠 湦

8229274233 右根爲原匡科→有沏、涂

82292742331 第一列爲沏門：梁 梁

82292742332 第一列爲涂門：塗 鵽

82292742333 第一列爲沂門：涇

8229274238 右根爲上下科→沃、次、沙、滿、湯、涌、流、滯

82292742380 第一列爲沃門：鎏

82292742381 第一列爲次門：盜

82292742382 第一列爲沙門：娑 鯊 裟 挲 犖 坐 桫 毟 砂 翆 眷 縒 鷥 鲨

82292742383 第一列爲滿門：懑 瀗

82292742384 第一列爲湯門：燙 盪 薚 瀇 濦 盪 盪

82292742385 第一列爲涌門：慂

82292742386 第一列爲流門：鎏

82292742387 第一列爲滯門：灜

8229274239 右根爲左右科→有淮漸

82292742391 第一列爲淮門：準

82292742392 第一列爲漸門：嫛 壄 聲 醤 矗 饔 覵

822928 第一列左根爲上下樣

8229281 切合態

82292810 盾起種→依字型將盾分類

822928100 一元起筆科→有 丿 乀 一起筆。

8229281001 丿 起筆種→有上下、傾斜切合。

82292810017 傾斜切合類→有 ⺊ ク

822928100171 ⺊ 科→有矢

8229281001711 矢科

82292810017111 知門：智 䇛 謁 智 蛭 賀 瞽 鼅 鞪

82292810017112 矩門：榘

8229281001712 角科：蟹 觷 愍 蟹

8229281001713 攵科：煞

82292810018 上下切合類→有 亻、禾、舌。

822928100181 亻科→按右旁字型分門。

8229281001811 右旁爲交叉門→有代、他、休、付、化、伐。

82292810018111 代綱：岱 貸 黛 袋 朵 牟 帒 忩 㑣 蚩

82292810018112 他綱：㐾

82292810018113 休綱：㤭 烋 烋 篤

82292810018114 付綱：㤬 妏

82292810018115 化綱：貨 华 㑸 篤

82292810018116 伐綱：垡 炗 砓

8229281001812 右旁爲原匡門

82292810018123 備綱：儤 燘 㦹

8229281001818 右旁爲上下門→有隹、保、你、任

82292810018181 隹綱

82292810001181811 第二列為交叉目：隻 隼 集

82292810001181812 第二列為匣匡目：隽

82292810001181814 第二列為迂迴目：雋

82292810001181815 第二列為圜圍目：售

82292810001181819 第二列為左右目：焦

82292810018182 保綱：煲 保 堡 鴇 貿

82292810018183 你綱：您

82292810018184 任綱：賃 恁 鴜 枀 凭 婹 烎 裦 僑 絰 簤 雐 雈

82292810018191 右旁為左右門→有收條

82292810018191 收綱：悠 焂 遥 婆 築 昝 鋆 蝇 翕 肇 飱 餕

82292810018192 條綱：鋆

822928100182 禾科：有利称秋

82292810001821 利門：犁 梨 鼣 黎 愸 鼣 鼣 鴷 鼣

82292810001822 称門：黎 鼣 鼣 鴷 鼣 剺 恝 劦 犂 棃 鼣 挈 芼 瞀 蝥 黎 袅 鼣 鼣 鼣 鼣 鼣

82292810001823 秋門：愁 鷲 嫯 蝵 鼣 挈 幣 緐 覧 鼣 鼣 鼀 龜

82292810001824 禾尤門：毟 暜 暜 鼣 穜 鼣

822928100183 舌科

82292810001831 舌自門：憩

82292810001832 舌甘門：憇

8229281006 第一列首根為一起筆種→有工、王、开、歹、豕。

82292810061 工起筆類

82292810001611 巩起筆科：蟄 鞏 恐 跫 鋆 喾 鞏 晉 玚 坙 碧 壾 枼 晉 恐 槃 鴛 鴛 挈

82292810001612 敢起筆科：憨 鬠

82292810062 王起筆類

82292810001621 王白科：碧

82292810063开起筆類

822928100630 刑科：型

82292810063 歹起筆類

822928100631 列科：裂 烈 裂 烈 鴷 剄 帉 恝 畱 習 鋫 翟 翼 鸐

822928100632 殄科：饕

82292810064 豕起筆類

822928100641 豬科：虇

822928100641 狠科：懇 鼞

82292811 矛起種→依字型將矛分類

822928110 第一列首矛爲一元類

822928112 第一列首矛爲交叉類

8229281121 平交科

82292811210 一元交門

822928112100 第一列左根爲土綱：鋬 塩

822928112101 第一列左根爲赤綱：螫

822928112102 第一列左根爲幸綱

8229281121021 第一列執目：瞽 蟄 墊 摯 贄 鷙 鴥 縶 埶 熱 暬 熱 漦 褻 摰 鼜 鞿 鋬 蟄

8229281121022 第一列爲敦目：摮

82292811218 上下交門

822928112181 第一列左根爲里綱

8229281121811 第一列爲野目：墅 奲

822928112182 第一列左根爲寿綱

8229281121821 第一列爲敦目：獒 螯 鷔 鼇 贅 驁 熬 聱 鏊 摮 謷 勢 瞀 嫯 憨 嗷 督 鼚 獒 鬏 鰲 贅 鼇 鼟 驁 鏊

822928113 第一列首矛爲原厓類

8229281133 右下向開口科

82292811331 第一列左根爲長門

822928113311 第一列左根為彡綱

8229281133110 第二列為一元目：髦髼髫髣髢

8229281133111 第二列為交叉目：髻髥髵髹髽髦鬃髮髮

8229281133112 第二列為匝匡目：鬢鬃鬟

8229281133113 第二列為原厓目：髻鬢

8229281133115 第二列為圓圍目：鬍鬘鬟

8229281133116 第二列為巴巳目：鬂

8229281133117 第二列為傾斜目：髦髣

8229281133119 第二列為左右目

82292811331191 四駢別

82292811331191 一對屬：鬍鬏鬏

82292811331191 二同屬：髯鬟

82292811331192 四散別

82292811331192 左根為交叉屬：鬆鬎

82292811331192 左根為傾斜屬：鬚

82292811331192 左根為上下屬：鬍鬃鬎髭鬆

822928117 第一列首根為傾斜類

8229281173 斜敘科

82292811731 切合門

822928117311 左根為矛綱

8229281173111 第一列為敉目：粲鶩鶖婺鞏蝥塋督鑒幣嵍愁督燄碧鞏縶登嫯醤鼟鼇桑鼇

8229281173112 第一列為務目：粲楘婺簪燊縩蝥登鑒鞏鶩鍪

822928119 第一列首根為左右類

8229281191 切合科

82292811911 第一列左根上部為卜綱

822928119111 第一列為叔目：督鑒裻怒癸殺督桑檠幣

822928119112 第一列為叡目：鏨

822928119113 第一列為奴目：粲餐鼚努婺舝質鵆幣鼇鼇

8229281192 分離科

82292811921 四駢門

822928119211 一對綱

8229281192111 丶丿起首目

82292811921111 第一列左根爲屰別

82292811921111111 朔屬：塑槊愬槊響

8229281192112 ⺍起首目

82292811921121 第一列左根爲尗別：尵對

82292811921122 第一列左根爲凿別：鑿鑿鸞礬礬

82292811922 四散門

822928119221 止綱

8229281192211 左根爲止目

82292811922111 第一列爲此別：些訾柴砦鉴貲紫紫呰訾觜垼岦帒娑
毕挲奜夎劳甦背啙皆夎柴啙啙裝辇柴蛍鬻觜觜驾鼃

8229281192212 左根爲步目

82292811922121 第一列爲頻別：顰蠙顰顰

8229282 第一列左根爲上下分離態

82292821 四駢種

822928212 二同類

822928212 二竝科

8229282120 二門

82292821201 第一列爲次綱：姿粲瓷咨資槃槃桼餐拿䋵蚕瓷鸞

8229282121 圭門

82292821211 第一列爲封綱：幫犎鼙夎帮封犎鬅絜絜

822928214 四旁類

8229282141 對旁科

82292821411 卄起首門

822928214111 左根爲苟綱

82292821411211 第一列爲敬目：擎 驚 警 憼 螫 檠 警 莍

8229282142 同旁科

82292821421 巛起首門

822928214211 第一列左根爲邕綱

8229282142111 第一列爲讎目：雙 擧 雧 雦 雧 雧

8229282143 夾旁科

82292821431 小起首門

822928214311 第一列左上根爲小綱

8229282143121 第一列爲敝目：氅 憋 瞥 鷩

8229282143122 第一列爲雀戈目：蠿

82292822 第一列左根爲四散種→將左根依十字型分類

822928220 一元起筆類

8229282205 、起筆科

82292822051 亠門

822928220510 享綱

8229282205101 第一列爲孰目：塾 熟 墊

8229282205102 第一列爲敦目：擎 憝 墪 嚉 撆 裛 碞 鼗 饕 驚

822928220511 京綱

8229282205111 第一列爲就目：蹵 鷲 鼊

822928220512 育綱

8229282205121 第一列爲龍目：襲 聾 壟 龔 聾 礱 蠪 鸗 槷 礱 幪 擎 龑 槀 奬

　　　態 罏 夒 蠶 龏 龒 矗 龖 駹

822928220513 章綱

8229282205131 第一列爲顡目：顜

8229282205132 第一列爲贛目：戇 韒 矗

822928221 交叉起筆類

8229282211 十起筆科

82292822111 左根爲埶門

822928221111 第一列爲埶綱：勢 熱 墊 幣 摯 藝 瞀 槷 瑩 熱 褻 瞀 墊 蓻 鷙

82292822112 左根爲声門

822928221121 第一列爲殸綱：謦 磬 罄 馨 聲 漀 劈 甓 督 槧 槃 督 殸 罄 磬 鐅

　　罄 聲 擎 槃

82292822113 左根爲壴門

822928221131 第一列爲鼓綱：瞀 鼙 鼕 饕 瞀 鼟 瞽 鼙 鼕 瞀 鼕 鷙 瞽 鼙

82292822132 第一列爲彭綱：鬏

82292822133 第一列爲皷綱：夆 鷙 鼕 鼕 鼙

8229282212 廿起筆科

82292822121 左根爲堇門

822928221211 第一列爲勤綱：勸

82292822122 左根爲莫門

822928221221 第一列爲難綱：戁 爇 戁 擘 瞀 鬊 蠤

8229282213 屮起筆科

82292822131 左根爲耂門

822928221311 第一列爲薛綱：蠤 薛 隳 擘 劈

8229282223 原厓起筆類

8229282233 右下向開口科

82292822331 第一列爲獻門：蠁 斸 瞀

8229282239 右上向開口科

82292822391 第一列爲縣門：懸 蟹 鬠

82292822392 第一列爲疑門：嶷 鸒 懿 嶷 顋

8229282225 圓圍起筆類

8229282250 口科：饕

8229282251 目科：蠤

822928227 傾斜起筆類

8229282271 傾側起筆科

82292822711 ㇐起筆門

822928227111 第一列為敏綱：繁 縈 縶 縈 縶 鷙

8229282273 斜敘起筆科

82292822731 厶起筆門

822928227311 第一列為能綱：態 熊 皆 皆 夒 蠥 蠱 翁

822929 第一列左根為左右樣

8229291 切合態

82292911 矛起筆種→依字型將矛分類

8229291181 爿類：

82292911811 第一列為壯科：奘 裝 奘 婆 葷 鑒

82292911812 第一列為將科：獎 槳 漿 醬 螿 墏 鸘 斨 誫 蹡 鏘 鋬 蹡 饗 鼐 鼨

8229292 分離態

82292921 忄種

822929211 第一列為惰類：憻